QINGCHUN

LIULANG

青春流浪

冰戈
作品

中国言实出版社

图书在版编目（CIP）数据

青春流浪 ／ 冰戈著 ． —— 北京 ：中国言实出版社，2017.12
ISBN 978-7-5171-2634-8

Ⅰ．①青… Ⅱ．①冰… Ⅲ．①长篇小说－中国－当代
Ⅳ．① I247.5

中国版本图书馆 CIP 数据核字 (2017) 第 306019 号

责任编辑：薛　磊　史会美
文字编辑：崔文婷
封面设计：淡晓库
责任印制：佟贵兆

出版发行 中国言实出版社
　　地　　址：北京市朝阳区北苑路 180 号加利大厦 5 号楼 105 室
　　邮　　编：100101
　　编辑部：北京市海淀区北太平庄路甲 1 号
　　邮　　编：100088
　　电　　话：64924853（总编室）64924716（发行部）
　　网　　址：www.zgyscbs.cn
　　E-mail：zgyscbs@263.net
经　　销 新华书店
印　　刷 北京温林源印刷有限公司
版　　次 2018 年 1 月第 1 版　　2018 年 1 月第 1 次印刷
规　　格 700 毫米 ×1000 毫米　1/16　15.25 印张
字　　数 200 千字
定　　价 39.00 元　ISBN 978-7-5171-2634-8

目　录

自　序

　　当 2017 年 11 月初冬到来的时候，一群头发花白的人相约聚集在了一起，像孩子一样拍手击掌，像年轻人一样热烈相拥。

　　他们时而热泪盈眶，时而谈笑风生，时而表情凝重。他们回想起了五十年前，同样是 11 月初冬到达北大荒、到达连队营房的那个时候；他们回想起了那如冰似火、激情燃烧的岁月。

　　那时，刚刚十六七岁的他们，乘坐着装满同样青春鲜活、血气方刚年轻人的北上列车，歌唱着奔赴那片神奇的土地——北大荒。

　　作为这个队伍里的一员，我和这些在那儿度过了三年五年抑或十年八年以及更长岁月的同学、战友们一样，绝不会忘记北大荒那冰天雪地、天寒地冻、广袤洪荒的自然环境以及工作、生活都十分艰苦的生存状态，更不会淡忘北大荒人那战天斗地、热火朝天、艰苦奋斗，自觉作出青春奉献、生命奉献的精神状态。

　　北大荒人精神、知青岁月的价值，更多的在于对北大荒这种冰火相融状态的亲历体验、咀嚼体味以及深刻反思！

　　半个世纪前的那段时光，这些个面庞略显稚嫩、肩膀并不宽阔的年轻人，依然斗志昂扬、依然激情燃烧。在冰封万里中挺起镇守边关的脊梁，在亘古荒原里种植丰收的希望，在莽莽沃野上轻拂北风磨炼刚强，在沉甸甸的果实里让爱的血液默默地流淌！

这些个当年十六七岁奔赴北大荒，保卫边疆、建设边疆，如今业已年近七旬的老者却依然思念着北大荒。他们以不同的理由、不同的方式，从全国各个城市乃至海外各地以几乎同样的心情、同样的神往，汇聚于那依然遥远又似乎近在咫尺的北大荒。

《青春流浪》一书记录的事儿，正是他们，也是我的难忘经历。作为那段生活与历史的亲历者，谨以该书献给我永远的北大荒，献给我敬爱的北大荒人，献给我最亲爱的知青战友们！

半个世纪弹指而去，新时代迎面扑来，让我们一起拥抱新时代、创造新生活。翩翩耄耋寻梦去，跌跌撞撞好风光！

冰戈

2017 年 11 月

上山下乡大潮起

　　说起知青上山下乡，那可是 50 年前的事儿，半个世纪一晃就过去了！

　　刚刚初中毕业的刘学峰，参加革命大串联从广东回到北京。

　　这天，突然听到中央广播电台说，北京有五男五女十名同学，自愿去了内蒙古，要当牧民，值得提倡。他就动了心思！随后的第二批，又有三百多名北京中学生，在天安门广场宣誓后出发去了内蒙古。刘学峰便更加强烈地产生了离开学校、离开北京城，上山下乡、闯荡天下的革命豪情！

　　恰逢此时，黑龙江东北农垦总局到北京招人来啦！说是要继续开发、建设北大荒。就这么着，随着学校的大动员，刘学峰和他的同学们，便毅然决然报名参加，并且很快就获得了批准，成了全国第一批、一千多名北京中学生奔赴北大荒知青专列的光荣成员！

　　出发的那一天，他和火车上的许多同学一样，刚刚十七岁，心里边充满了对神秘的北大荒的好奇、冲动与期盼！

第 一 篇

青春流浪

一 这就到了北大荒

那是 1967 年的 11 月下旬，正值初冬时节。来自北京各校的一千多名男女中学生，也就是北京知青，身着东北农垦总局统一定制的蓝棉袄、蓝棉裤，头戴驼色羊剪绒棉帽，脚蹬黑色棉胶鞋，满怀激情、满怀理想，乘坐着知青特别专列，高唱着革命歌曲"下定决心 不怕牺牲"，奔向了遥远的黑龙江，奔向了那神秘莫测的北大荒。

知青们对北大荒的概念，大多是从话剧或者电影《北大荒人》里有所了解的："一望无际的大草甸子黑土地""志愿军铁道兵，开荒种地拖拉机""棒打狍子瓢舀鱼，野鸡飞进饭锅里"。何等的神秘、何等的浪漫、何等的向往啊！一路上同学们都在想象着，真正的北大荒到底是个啥模样啊？

伴随着火车的长鸣，绿色车厢疯狂地向北冲去！足足的两天两夜之后，刘学峰这一路人马，终于来到了东北边陲——虎林县宝东火车站。此时，太阳已然落山，浓浓暮色之中，同学们谁也看不清对方的脸色，懵懵懂懂地背着自己的行李，不知所措！

当那列专车上继续前行的其他知青呼喊着再见、高唱着红卫兵战歌向前驰去的时候，大家所能依稀看到的，只是列车身后的两条铁轨，在寒风中闪着亮光，默默地向远方伸去。

首批北京知青

夜幕中，啥也看不清楚。一长溜儿的解放卡车把刘学峰这伙北京知青，拉到了距离宝东火车站三十公里开外的一座小山岗，也就是东北农垦总局 586 农场场部所在地——小青山上。

说来也巧，这天正赶上场部停电，整个小青山漆黑一片，人们完全失去了东南西北的方向感，甚至产生了时空大错乱。迷迷糊糊的知青们随着人流，涌到了据说是农场俱乐部的一栋大房子里，满满当当地挤了一屋子人。

在昏暗的汽油灯下，在看不清什么脸的领导欢迎词和热烈的掌声中，欢迎仪式就非常隆重地开始了。当汽油灯下换了几个人、喊了几段热情洋溢的话之后，欢迎仪式就又很快地在掌声中结束了。

紧接着，同学们就拥到了煤油灯照射下的大圆餐桌旁，围站着、晕头转向地吃到了北大荒的第一顿晚餐。列车上的欢声笑语早就不知去向，也不知道吃了些什么东西，只听到集合的哨音再次响起来，还没弄清楚怎么回事，跟着队伍就又爬上了汽车。

在一片"上车了，上车了！出发了！""紧跟着，别落下！跟着！"

等嘈杂声中，在一串车灯的照耀下，浩浩荡荡的车队呼呼地就开下了小青山，继续向东北方向驶去！

一路上，好一大段儿的沉闷气氛，空气好像凝固了一样，让人喘不上气儿来，只知道汽车在黑乎乎的荒野中呼呼地往前开着！突然间也不知道为什么，前前后后的各辆汽车竟爆发出阵阵歌声。

刘学峰他们这辆车，在一个名叫李海的高中男同学的带领下，也大声吼唱起了《我们的队伍向太阳》，这歌声与其他车上的歌声前呼后应，好像要把那寂寞无声、沉睡千年的大荒原唤醒似的，倾心而出、几近疯狂。

整个荒原世界都是黑乎乎的一片。半路上同一个方向行进的几辆汽车，也不知何时何地去了何处，反正是越行越少。漫无边际的黑夜伴随着呼啸而去的寒风，大家伙顿时清醒了许多。他们知道，待到这辆乘坐的解放汽车停下来时，那个渺无人烟之中建立起来的边境连队，将是这伙子北京知青们生活、学习、战天斗地、实实在在的北大荒了。

当时的586农场23队距离著名的珍宝岛地区，也就三十多公里；距离中苏边境乌苏里江仅二十多公里。

一望无际的荒原，在夜色灰白的公路上飞奔着的解放卡车，无规则地晃晃悠悠，乏顿的知青们迷迷糊糊、半睡半醒的！刘学峰伸长了脖子向前张望，突然间就像发现了新大陆似的叫喊起来："灯，灯！灯光！快看！快！"

车上的同学们就像打了鸡血似的骚动起来！个个伸长了脖子，向前望去。只见星星点点的灯光越来越近、越来越亮，恍恍惚惚地看到了一些人影在晃动！

"红岩上红梅开，千里冰霜脚下踩——"随着一个叫马淑惠的女同学高调开唱，全车的同学们便一起吼起来"——三九严寒何所惧，一片丹心向阳开，向阳开——"，汽车撒野似的满载着这火热的青春歌声向23队飞驰着！

　　这个地处边境队的老同志们，早就听说北京知青要来北大荒，要来586 农场，23 队也分配给了二十来个。这不，队领导和老同志们早早就做好准备了。可惜呀！那个时候，这里还没有通电，黑灯瞎火的只好提着马灯，等待着欢迎从首都北京来的学生们！

　　只见那解放卡车刚刚停稳，老同志们便热情地围拢过来，搀扶着坐麻了脚、冻木了脸的知青们，往挂着马灯的一栋房子里走去。待到领导简单的欢迎寒暄过去，知青们按照预先分配好的房间安顿下来，老同志以及家属们便把热气腾腾、香气喷喷的热汤面端了过来，好让大家伙充饥暖暖身子。随后，老同志们便悄然告别回家了。

　　房间里的同学们，左看看，右瞧瞧，看到这栋显然粉刷不久、白灰气味十足、暖烘烘的新房子，就是他们的新家时，这才突然间意识到：啊，北大荒的生活，真的就要从这个夜晚，从这儿开始了！

　　第二天，这些北京知青才知道，当时的整个队仅有两栋砖瓦房，除了他们住进去的那栋，另一栋就是开阔地前，靠近大道边的那栋砖瓦房，那儿既是队里的大食堂又是大会场。

　　刘学峰他们住的那栋砖瓦房，是队里专门为知青盖的。其实，他们

首批上海知青

营房建设

第一批知青在那栋新砖瓦房里，也就仅仅住了半年时间，待到来年上海新知青补充队里的时候，他们已然成为老知青、老同志，已然要理所当然地把这砖瓦房让给新知青、新同志，自己则按照队里的安排，搬到了散落几处的老旧土坯茅草屋。

那些个茅草土屋，多是些队里头两年在此建点的时候修盖的，基本属于正宗的东北特色——地窨子。

所谓的地窨子，也就是看好了地儿、划好了线儿，往地下挖它几十厘米形成一个规整的大方坑，再往这坑的四角立上几根树干、架上屋顶，顺边儿再立上若干根不是很粗的木棍子，把早就梳理好的长长的草辫子，在备好的泥浆里打上几个滚儿，从下往上在那些木棍子上左编右织，编织得严严实实，然后再里里外外糊上草泥浆，最后通过那些基建班的战士们精心修整，得！一座座漂漂亮亮的茅草地窨子就这么着大功告成了！

刘学峰、李海他们当时住过的，就是这些几经风雨、荒味儿十足的老旧地窨子！

他们这个队属于后建边境队，和先建队三四百人、四五百人的规模相比，算上家属也就二百多人，属于小型队。

连部前

　　在队里的欢迎会上，知青们才明白，那个到北京接人、和和气气、清清瘦瘦的高个子领队沈子文，就是队里的指导员。

　　根据沈指导员的讲话才知道，别看这个队不大，天南地北的，以山东人稍多，什么湖南河南人，四川贵州人，京津河北人也是不少。人员构成就更热闹了：既有朝鲜战场下来的指战员，也有部队转业官兵；既有20世纪五六十年代初来自全国各地的支边青年，也有1957年、1958年下放边疆的知识分子、右派人员等，这回再加上北京知青，以及后来的沪津哈齐鸡等城市知青，农垦生产队人员的基本构成就明了啦，那就是现役及复转军人、下放的知识分子、支边青年及知识青年等几部分。

　　这个队的队长赵希才就是个从朝鲜战场下来的铁道兵军官，山东人。听说这位赵队长是位战斗英雄，受过重伤，个子不高，声音不大，眼睛有神，水平不低，故事挺多。欢迎会上他没有露面，说是正在局里参加培训，所以就特别给人一种神秘、期待的感觉！

　　你还别说，由于黑龙江农垦系统的干部净是些部队官兵，农场的队基本也都是半军事化，办什么事儿还真有股子部队打仗的劲头儿！这不，

青春流浪

为了让知青们了解队里的情况，专门指派了个名叫陈钟的副队长负责给大家介绍情况。

陈副队长属于精明强干的那种人，中等个子、黑瘦黑瘦、话语不多，三言两语几句话，就把队里的生活居住、活动场所、生产布局，以及未来的规划思路，喊里咔嚓地说完了！

临了，他向大家扔了一句："同志们，情况都讲了，不再多说，不明白的，来日方长。用你们的眼睛，用你们的脑子仔细了解，结果肯定比我说的准，明白了吗？"

知青们正小声议论这位陈副队长，人挺利索、性格还挺怪哪，还没反应过来，陈副队长紧接着又甩了一句："啊，好！没问题，好！下边咱们就简单了，你们跟着我，到几个特殊单位去看看，然后转地号！"说着，一扭身，双手往后一背，竟自顾自地往前走去了！

那年的冬天来得晚，偌大的北大荒好像憋着一口气，都靠近年底了，还没有松开口下过雪，湛蓝湛蓝的天空下，整个大地黑、黄、灰、白地混成一片，构成了连队景色乃至北大荒的大色调。

为去炮连的战友送行

再看这位陈副队长，在灰黄光硬的连队土道上，在大犁翻过的垄沟地，就跟长了飞毛腿似的，走起路来噔噔的，快得不得了。刘学峰他们几个男知青还好，基本能跟上趟，可个个解开了大蓝棉袄，提溜着棉帽子，大冬天的愣是热得汗水淋淋，看那架势就跟热透了的老玉米热气腾腾，更像是拼命张飞似的。

那些个女知青可就更甭提啦，一身蓝棉袄、蓝棉裤穿在她们身上，把马淑惠她们这一个个原本苗条瘦溜的女孩子，活生生地放大、放宽起来，慢慢走还真是一道缓缓流动的蓝色风景线。这快步行走就热闹非凡了，说跑非跑，想快快不了，踢里踏拉、嘻嘻哈哈，你瞧，还真有点革命乐观主义！

队里的人都说，能跟得上陈副队长跑连队、跑地号，那可是真不简单了！还别说，北京来的这伙子知青甭管男女，这几天无论是就近跑机务油库、转粮库场院、看猪马号，还是往远处踩地号、溜泡子、钻林子，风风火火的，愣是没被落下，并且状态十分良好！

其实，刘学峰他们心里非常明白，跟着陈副队长，这哪是参观介绍情况啊，整个就是个跑啊！就是个马拉松啊！就是对知青的一次见面小考哇！他和李海几个男知青，跟马淑惠她们几个女知青一琢磨，妥！今后在北大荒这疙瘩，天地简直是太广阔了，地面简直就是无边无垠，跑地号那肯定就是家常便饭哪！

诸位问了，北大荒农垦队的地号有多大个啊？它干吗叫地号哪？咱们简而言之，至今天下荒原第一的北大荒，主要特点就是土地极其肥沃辽阔，人员极其稀疏罕见。它的地号到底有多大？形象地说，刘学峰他们这些知青，这几天跑的地号，基本上是，早上从离队近的这边下地出发，到了将近中午就算是走到了这个地号的另一端，三里五里的就是它了！你要是再从那边走回队，差不多也就该下班了！

因此，在北大荒要想科学开垦、科学管理、科学作业，那就必须大地块、大面积、大机械、大作业！每个队的土地面积达几万亩，都很庞大。为了便于管理，就根据地理方位、种植规划等情况，把全部土地划分成若干面积相当的地块，编制成号，于是地号就产生了。由于开垦之初地大车少，农垦人下地作业全凭两条腿跑，就美其名曰：跑地号了！

所以，面对着跑地号这档子事儿，咱北京知青那可是从毛主席身边来的，在北大荒的第一次考验中，决不能怂包！决不能掉链子！一定要坚持跑到底，跑出个名堂来！

几天下来，就连沈指导员都纳了闷啦，原本还怕那个老陈疯跑起来没谱，别把知青们给累蒙了，就特意过来看看大家。一看刘学峰、李海、马淑惠这些个知青情绪挺高涨，就说："同学们，陈快腿儿这回嘴上没吭声，可是看他那高兴劲儿，保准儿对你们这批知青相当满意！队里研究决定，这两天大家就好好休息一下，准备过新年！"

一听指导员宣布休息，准备过新年，知青们一下子就欢呼起来！好家伙，就好像从小到大，没休息过，没过过新年似的，愣是乐个没完！

可也是啊，自打从北京出发到北大荒，到了 586 农场 23 队，就一直处于亢奋状态的知青们，想静都静不下来，想做和该做的事儿都没做，欠债太多！这下子可好，可有时间还债了。

头一天，这些个知青们基本上都是在写信。特别是赵晓萍、沈玉兰这些女知青，一边写着一边笑，一边笑着一边哭，一边哭着一边写，哭完了笑，笑够了再哭；家人的、同学的、老师的、朋友的、发小的——她们坐在床边一通猛写，好像这辈子的信非得一下子写完似的，好像这一天不写吧，过几天就没时间写、就不让写似的！

刘学峰、吴启凡、孙大力他们男生也写，不过他们可不像女生那样闷头猛写。这帮小子属于溜溜达达型的，一会儿写一会儿睡，一会儿睡一会儿写，写着写着就迷糊着了，等醒了吧就再写，不小心一歪脑袋就再睡！他们写信也不像女生那样整得挺长，大多是喊里咔嚓大笔一挥，一会儿一封，好像是到了北大荒，没有点儿北大荒的帅劲儿就对不起谁似的。也就是那位话不太多的张强，写信慢慢悠悠的，不知道他在琢磨些啥！

年龄最小、精力旺盛的董平平，净忙着逗弄着这些大哥哥们迷迷糊糊、半睡半醒的窘态，不老老实实地坐那写信。等他闹够了，再看他给家里写的信，也就是开头的一句："爸爸妈妈你们好！我很想念你们，想念爷爷奶奶，想念姐姐，还有弟弟——"看他那个鼻涕眼泪的样子，真不知道这是哭还是笑——

就这么着，到了下午乃至晚上，您就听吧！整个知青宿舍就剩下鼾声一片了，直接就迎来了第二天的灿烂黎明乃至艳阳高照！

二 偷闯虎林惹祸端

冰天雪地跟天寒地冻向来都是北大荒的形象和专利，可是北京知青奔北大荒的 1967 年，到了年底乃至快过春节，586 农场还没有正经下过什么雪，好像还没北京下雪多似的！光剩下天寒地冻，根本就见不着冰天雪地。

整个农场乃至生产队都憋闷得够呛，特别担心来年的春种会天旱，或是来年的雨水过于集中，而影响庄稼的收成，完不成国家的粮食计划。种好庄稼多打粮，那可是我们黑龙江农垦战士的使命所在，绝对不能马虎！

记得那年的新年与春节相隔不远，也就是 1968 年 1 月 1 号刚刚过完元旦，1 月 30 号立马就又到了春节，一头一尾挤在一个月里，一个大马勺就都给烩了！

天不下雪，精神不爽！眼见着队里领导急得直流鼻血，职工们火急火燎喝凉水，那也没招儿啊！天就算是再干再冷，可这日子总还得往下过，这年也得过，还得热热乎乎地过，是吧！

1968 年的大年三十，知青们是在队大食堂兼大会场度过的。由于586 农场 23 队是边境农场、边境队，根本就别想着放焰火什么的，生怕咱们的鞭炮二踢脚噼里啪啦一响，满天再那么一闪亮，引起对面苏联的严重军事误会，那可就麻烦大了！再加上当时边境队还没有通电，大食堂里，就算是点上它二十盏煤油灯，基本上也是黑黑乎乎、影影绰绰，跟演皮影儿戏似的，不使劲看连对面的人是谁也看不清。

为了让北京来的知青安心过年不想家，连队决定还像部队那样，打破各家各户回家过年的常规，杀了两头大肥猪，整了三大麻袋冻鱼，让忙乎了一年的全队职工家属，与知青们一起热热闹闹地过三十！

这下子可好，刚到晚上六点多钟，大食堂里"喝！喝！喝！""干！干！干！"的喝酒、干杯、吆喝声，顿时此起彼伏，就跟打仗似的热闹起来。

刘学峰、张强、孙大力、董平平他们几个男知青显然受到了这般豪爽气氛的感染，不知天多高地多厚地抄起了大海碗，和老同志们干起了北大荒烧酒，好像有多大酒量似的。就那么猛打猛冲几下子，还没喝多少，就跟老同志打成了一片。随后，便扯开嗓门唱起了《铁道兵战士志在四方》，引起全场一片欢腾。

几位女知青也早就跃跃欲试，马淑惠、赵晓萍即兴跳起了舞蹈《在北京的金山上》，一招一式、一颦一笑、婀娜多姿，看得那些职工家属直愣愣的，好像看大戏似的极其认真。这些颇具红卫兵式儿的舞蹈、合唱，水平还真不低，挺艺术、挺拿人，愣是引发了阵阵掌声，热烈欢呼，有一种要将整个大食堂的屋顶掀翻的革命大气概！

年纪稍大些的知青李海，这会儿酒喝得也差不多了，满头大汗不住地喝开水，时不时地呱唧呱唧一通鼓掌！

坐在他旁边的知青吴启凡，伏在他的耳边不住地说着什么，李海则频频点头又不时地喝水，鼓掌！

这时候，满大食堂的男男女女、老老少少，谁也没想到，李海他们几个男知青，在第二天也就是大年初一，愣是神秘地消失了！

青春流浪

那一年北大荒的头一场大雪，是在大年初一的清晨飘然而至的。而此时，由 23 队通往虎林县城的小路上，李海、吴启凡、张强、孙大力、刘学峰他们几个北京知青，正兴致勃勃地向前走去，飘飞着的几颗算不上雪花的雪粒儿，打在他们的脸上显得颇为惬意。

他们悄悄地离开沉寂的队，穿过东北角的 5 号地，路过一道土岗子，进入林中狭窄的马车道，往虎林方向走去的时候，也就是凌晨四五点钟，天色灰白，空气不冷，没有一丝风吹草动的样子，谁也没有想到，待一会儿天就下起大雪来了。

第一波雪的降临，是早晨六七点钟的时候。灰亮的天空渐行渐淡，他们正行走到林子与草甸子交集处的一片开阔地，眼看着高高的天空突然变得十分低矮，好像一使劲儿就会钻到天上一样，稠密的雪花飘然而至、扑面而来。

就跟听到口令似的，所有的人都停下了脚步、闭上了眼睛、张开了大嘴，贪婪地追啄、吸食着片片雪花。雪花飘至脸颊凉爽爽的，雪花洒向眼睛蒙眬眬的，雪花触碰舌尖甜丝丝的，憋闷了一冬的干涸与烦躁，伴随着这飘飘洒洒的白雪降临，竟然消失得无影无踪！

"哎——同学们！今天可是 1968 年 1 月 30 日——"

号称小机灵的吴启凡话音未落，其他几个知青顿时快速齐声呼喊起来："大年初一！过年喽！——""过年喽！"

吴启凡干脆吼唱起秧歌调："正月里来是新春，家家户户开呀了门——"李海、张强、孙大力，还有刘学峰紧随着就大声和唱起来，并扭起了大秧歌"猪哇羊啊，送到哪里去？送给咱亲人八路军！——"

"咚咯隆咚呛！咚咯隆咚呛！送给咱亲人八呀路军！——"

这哥儿几个就这么着，在这咚咯隆咚呛的叫喊声里，在这雪花飘洒之中唱着跳着，扭着疯着，不知道的还以为这几位魔怔了呢！

还是高中老大哥李海的脑子来得快，他摆了摆手，大家就停下了疯狂。李海郑重其事地说："诸位同学，咱们离开北京、离开爸妈、离开家，已经快三个月了，都很想念他们！正赶上今天过春节，也没法儿给他们拜年了。所以我提议，咱们就在这北大荒，在这荒草甸子里，顶着漫天大雪，冲着北京的方向，给爸爸妈妈爷爷奶奶拜年，给老师拜年，给中南海的毛主席拜年！你们说，行不？"

"行！好！太好了！我这儿正不知道怎么办好呢！一定要磕头！对，磕头，磕头！"知青们立刻就七嘴八舌应和起来！

块儿头挺大，感情却比较脆弱的孙大力竟然泪水涟涟地说："我想我妈了！她身体不好，真不知道这个春节她怎么样呢？"他轻轻地抽泣了一下。

孙大力的这声抽泣和情绪，一下子就传染到了其他知青，一个个的都没了声音，没了动静，呆呆地杵在那里，任凭那片片雪花飘洒在一张张红润稚嫩的脸颊上。

李海抹了一把脸，看了看大家伙，没吱声，冲着北京的方向跪了下去；其他的人也默不作声地紧随着李海跪了下去。大雪依旧飘飘洒洒，知青们三个叩头过后，啥也没说，站起身来朝着虎林方向大步走去。

很快，偌大的林子，广袤的草甸子，愣是盖上了厚厚的一层白雪。可是，这场雪简直就是来去匆匆。当李海、刘学峰他们几个知青走出草甸子，爬上大堤，影影绰绰地发现远处县城影子的时候，漫天飞舞、密密麻麻的鹅毛大雪，瞬间就稀疏起来，惨兮兮、灰白色的阳光立马也变得柔和、透亮、温暖了。

正当李海、刘学峰等五位知青在虎林县城乱逛的时候，23队的领导、老同志们，乃至守在队里过年的其他知青全都蒙头抓瞎了！五个大活人不打招呼竟然失踪了。关键是如果真出点安全问题，这怎么向北京他们的家长交代？怎么向上级领导交代呀？这可不是闹着玩的！队里领导赶紧向场部汇报，希望能够早点有消息。

经过农场的排查及反馈，没有发现23队的北京知青在农场内游走串队的情况。沈指导员、陈副队长组织了在队知青们进行回忆、调查、研究，队里初步判断：这几个知青极有可能到虎林县城玩儿去了！所以，到了第二天傍晚，当李海他们离开虎林县的时候，他们的行踪早就被虎林警方电话告知了23队。队里很快就组织了几路人马，进行寻找、搜索！

这天傍晚，雪后晴朗的天气以及重返来路，使得五位知青返回连队的困难减少了许多，速度自然也加快了不少。

但是，待到夜间气温骤然下降之后，这几位走热了身子呼呼冒汗的哥儿几个，算是尝到了冷汗贴身冰冰凉、北大荒冬夜难熬的滋味！首先是吴启凡开始喊冷！这小子一路上嘻嘻哈哈、蹦蹦跶跶，一副不知愁、不觉累的模样肯定消耗不少体力，出了不少汗。

听到吴启凡喊冷，那个习惯于不吭不哈的张强，走近吴启凡的身边，摸了摸他的手吓了一大跳，心想：这哪儿是手哇？简直就是冰疙瘩！再看看启凡的脑袋、启凡的脸，眉毛胡茬满是冰花，整个脸皮紧紧绷绷的就跟冻鼓皮似的，吓得他连忙喊道："吴启凡脑袋冻冰了——冻冰了！——"

哥儿几个赶紧围了上去，一时不知怎么办好了。平日里就有些医学常识、积攒些小门道的刘学峰，啥也没说弯腰就从雪地上抓了一大把雪，先是将吴启凡的双手用雪缓缓搓动，直到微露血色这才将他的手擦干让张强用棉袄暖着！然后，又将自己的手在雪地里使劲儿搓了搓，慢慢地在吴启凡的脸上轻轻按动，就这样反复几次之后，吴启凡的脸色就由惨白变得微微泛红了。刘学峰长吐了一口气，对李海说："没事儿了！没事儿了！放心！大家都放心！"

李海颇为凝重地点了点头说："那就好，那就好！"又说："距离连队不远了，大家一定要注意安全，注意节省体力，注意保暖！"

刘学峰知道老大哥李海的心里最着急，本来这次去虎林就是他挑的头，一直琢磨着回到连队准备作检讨，这要是出了人身安全问题，那事情可就大了去啦！还好，大家的情绪挺饱满，再说了，坚持坚持就要回到连队了！

这会儿，孙大力想要背着吴启凡走，刚要弯腰搭手，吴启凡也缓过来了，对孙大力说："大力，我没事儿了！自己走！"又对李海说："老大哥！放心吧，没事儿，我行！"说着，这吴启凡就推开了孙大力，向前缓缓走去！

随着吴启凡的状态好转，以及大家伙返回连队的急切心情，知青们又恢复了活跃的气氛，加快了前进的速度！

一行人连唱带吼、连蹦带跑，在灰白的大地上蹚开了一条深浅不一、翻滚着的雪花沟壑，不知不觉地将一片片的荒草甸子、小树林子甩在了身后，说话间就来到了那片来时的林间车道。哥儿几个高兴得停了下来，大口喘着粗气。孙大力瓮声瓮气地说："瞧这马车道，瞧这弯道上的几棵大树，这回差不多了！"

突然，只见吴启凡连比画带喊叫地让大家安静，哥儿几个真的就顿时没了声息，大地好像也冻结了一样静悄悄的！平时听力就极其好使的吴启凡，支起了耳朵跟军犬似的探索着灰蒙蒙、黑乎乎的远方夜空！

眼看着吴启凡支棱着耳朵、大气不喘、神神秘秘的一副侦探架势，哥儿几个知道这鬼小子肯定是发现了什么，非常默契地蹲下了身子，有的也竖起了耳朵在仔细听，有的瞪大了眼珠子使劲儿地往四周看。

深更半夜、大冬天的，偌大的荒草甸子，除了这几个还有点热乎气的年轻人，一切都是冰冰凉凉的，似乎空气都要凝结了一样。当然，过了好一会儿，大家伙啥也没听到、啥也没发现，刚想起身活动活动往前走，只见吴启凡挺兴奋地说："锣声！锣声！我听见敲锣的声音了！"

孙大力说："我还看见鬼了哪！走吧！"他的话音未落，张强也蹦出了一句："好像有动静！"

紧接着老大哥李海充满希望地说："那就再好好听听！吴启凡，你耳朵好使，要真是敲锣声，那可就太棒了！太欧钦哈拉硕了！"您听，这生怕出危险、神经紧绷的老大哥，愣是蹦出了课堂里、同学间赞赏时常用的一句俄语，"欧钦哈拉硕——太好了！"

青春流浪

　　大家又安静下来，蹲在地上的、趴在地上的，摘下了大棉帽、竖起了耳朵，企盼着能从那白雪覆盖、渺无声息的大地上捕捉到丝丝动静、传来点儿充满希望的好声音，生怕漏掉了什么救命稻草似的，都不敢使劲儿喘大气儿！看那架势就好像几只饿透了的熊瞎子，期望在收割后的庄稼地里，能寻觅到难得的吃食！

　　约莫着过了几十秒钟，这伙子一动不动、雪雕般的年轻人，竟然复活了似的扭着头互相对视、互相试探着，异口同声地说："锣声！锣声！就是锣声！""对！就是敲锣声！"

　　说着喊着，只见他们"噌！噌！"的像是安了弹簧一样，从地上蹿起来，高兴地就像野狼似的"嗷嗷"直叫！

　　"保存体力！注意保存体力！"李海也大声"嗷嗷"叫着，又不时提醒着自己的战友们，说："前方就是咱们的连队，锣声就是战友们的呼唤！连里的同志们肯定在前边迎过来了。打起精神，互相帮助，向着锣声响起的方向，前进！"

　　"下定决心，不怕牺牲，排除万难，去争取胜利！下定决心——"那边儿李海的话音刚落，这边儿的哥儿几个就跟刀切似的，一起喊起了"下定决心，不怕牺牲，排除万难，去争取胜利！——"

　　来了精神儿的吴启凡，竟撒欢儿地向前跑去了，在那覆盖着白雪的草地上，一拐一拐的像只找不到去向的傻狍子！

　　刘学峰、张强、孙大力他们几个和李海，就像冲锋打仗似的紧紧地跟在后边！

　　果不其然，跑在前边的吴启凡回过身来，扯开嗓子就高声朗诵起来："红军不怕远征难，万水千山只等闲，五岭逶迤腾细浪，乌蒙磅礴走泥丸，金沙水拍云崖暖，大渡桥横铁索寒，更喜岷山千里雪，三军过后尽开颜！"

　　"好！好！""噢！噢！""啪啪啪啪！"叫好声、鼓掌声、起哄声响成一片！

这伙子人就这么一路走哇，跑哇，喊哪，唱啊！锣声越来越大、越来越近。显然，对面的人从这伙子人的歌声、喊叫声中，找到了明确的方向和目标！

只见这灰蒙蒙、白茫茫的荒草甸子上，两队人马，从两个方向迅速地向对方奔跑着，就像是母狼寻崽，失而复得、唯恐消失一样，同时发出了"嗷嗷"的叫喊声，透露出慌张、期盼与激动！

在那两股射箭一般的黑色剪影的运动之中，在那声波极速跳跃的"嗷嗷"的叫喊声中，火光下黑色的剪影很快就融合成为即分即合欢快的一团，而那极速跳跃的叫喊声很快就撞击在一起，发出了交响的激情！

"吴启凡！——"听得出这是陈副队长略带沙哑、急切的喊叫声。

"到！"耳朵最灵的吴启凡高声答应："陈副队长，我在这儿哪！"

"好！张强！""到！""孙大力！""孙大力到！""刘学峰""刘学峰到！"点到的哥儿几个一个赛一个的回答的利索。

当最后要点到李海的时候，陈副队长放慢了速度、降低了语调说："李海！李海呢？你在哪儿！"

"李海到！"李海应答着从人群中走了出来。

小不点董平平抢先一步蹿到了李海跟前，紧紧地抱住了李海，生怕他再消失了似的。

陈副队长举着马灯仔细瞧了瞧李海，又一个一个照了照回来的哥儿几个，好像这才放下心来对李海说："都回来了，这就好！这就好哇！你看看咱队里的这老同志、你们一起来的同学，都急成啥样了！"

那话音刚落，一个叫沈玉兰的女知青早就控制不住了"哇！——"的一声就哭开了，抢着拳头就砸向了吴启凡他们，赵晓萍、冯双双她们几个女孩儿也是又哭又笑的；队里来寻找人的老老少少把哥儿几个抱成一团，紧紧抓住他们的手、抓住他们的胳膊、抱着他们的脖子，生怕他们再突然跑掉、突然没影了！

陈副队长打断了这一副战场归来，亲人大团圆似的场面，说："行了，行了，差不多了！队里的同志们还在等着哪！"说着就把马灯交给了李海："你在前边领着，朝着西南方向，看见没有，那个忽隐忽现的红光点点，就是挂在咱队里大食堂前旗杆上的马灯！"

李海点了点头，朝着刘学峰他们一挥手，提着马灯径直向前走去。那团黑色的剪影紧随着昏黄的小马灯，缓缓地向 23 队方向移动着！沉闷不多时之后，这支兴奋的队伍又响起了热情洋溢的歌声！

"雪皑皑，夜茫茫，高原寒，炊断粮。红军都是钢铁汉，千锤百炼不怕难，雪山低头迎远客，草毯泥毡扎营盘……"年轻的、火热的，过雪山草地的朗朗歌声，在这冰寒之夜、在这茫茫大荒原，不断地激昂着、回荡着！

三 黎明不再静悄悄

1968 年春节过后，寒冬也很快随之而去。然而，北大荒的春天还远未降临，那种沁人筋骨的春寒料峭，让这些初来乍到的北京小青年，既见识到了冰冻三尺非一日之寒，也感受到了地暖一分也并非容易的冷春滋味！

23 队这批北京知青，在正式分配班排之前的第一项重大任务，就是挖电线杆子的杆坑。接到这项任务，李海、刘学峰一伙子人雀跃不已。队里没有通电，一到夜晚漆黑一片。像萤火虫似的小油灯稍一见风飘飘忽忽的，凑合着看一会儿书就会把鼻孔熏黑，让这些在灯火通明的北京长大的人，感受到了一种返回远古的洪荒之气。

这下可好，就好像马上能通电一样，知青们的情绪与干劲儿也像充了电似的高涨起来。他们恨不得一天就把杆坑挖好，把电线杆子竖起来，过不了几天拉上电线，把电闸那么一合，得，电就来了，整个队也亮堂堂的了！

开工的那天，大家伙吃完早饭扛起了镐头、铁锹就向工地出发。孙大力一副志在必得的劲头儿说："分给咱们的任务才十八个电线杆子坑，还不够一人一个的，不过瘾！"

张强闷闷地说："地好像还冻着，未必好挖。"

小机灵吴启凡跑到张强跟前说："你怎么回事儿，这活儿还没干，千万不能泄气！诸位，冬天已经过去，春天这就来了。我们的任务一完成，电灯很快就该亮了！哈哈！——"

　　说话间，这一路队伍跑跑颠颠地就赶到了挖坑的地点，任务一分配，两个人一伙，就看谁干的又快又好又漂亮了！

　　三月中旬的大地应该万物复苏了，可是北大荒却有着它特立独行的硬朗与冷峻。

　　孙大力和赵晓萍这回摊上的活儿，就是一块儿难啃的冰冷硬骨头，看上去地面平整不用太过清理，就可以按照规定施工挖坑了。孙大力挺高兴地跟赵晓萍说："这回咱可逮着了，地面利利索索直接开挖！争取下午早点拿下！"只见他把棉袄一脱往旁边一甩，抄起铁锹就往地上挖，使了不少劲儿、震得手生疼，而那地面上浅浅的浮土之下根本就纹丝不动。他又抡起了镐头往下刨，足足刨了十几下，喘了一口气又是十几下，胳膊肘子累得够呛，可顶多就是刨开了个书本大小、浅浅的一个窝窝，却造了个满头满脸的汗水淋淋！

　　旁边的赵晓萍也有点傻眼了，安慰着孙大力说："没想到都三月中旬了，地还冻得这么硬！这就不错了，说不定他们那儿连个小窝窝都没凿开——"

　　五十米开外的另一处杆坑挖掘地，却是另外一番模样，甭说是凿开个小窝窝，搭帮成伙的吴启凡与沈玉兰甚至连施工地面还没有收拾利落，旁边堆放了不少清理出来的杂草残雪。沈玉兰挺泄气地嘟囔着："瞧你挑的这块儿地，真够窝囊的，咱哪儿是挖电线杆坑啊，这不就是打扫卫生吗！"

　　吴启凡清理出施工面之后，在地上来来回回地踩了一会儿，往那儿一坐，煞有其事地说："阿弥陀佛，看来咱们这块儿地可是块宝地呀！哈哈哈！"

　　沈玉兰挺当回事儿地说："啊！真的吗？不许胡编！"一把就将吴启凡拽了起来推到一边，拿起了铁锹就往地上挖。一锹下去软软乎乎，竟真的不费太大力气，接着又是一锹还真出活儿！这下子可把沈玉兰高兴坏了，说："嘿！真奇怪了，孙大力那边儿又是抢大镐，又是好大的刨地声音，那地得多硬啊！怎么？——"

正说着，刘学峰跑过来了，看了看施工地面说："宝地，风水宝地，你俩抓着了！"

前方的孙大力、赵晓萍，后边儿的张强、冯双双，瞧吴启凡这边儿挺热闹，也赶忙跑过来一探究竟！只听刘学峰正说着："从咱们几个任务点的情况看，老同志们的经验没错！北大荒的初春仍旧地冻春寒，凡是地面高凸裸露、无遮无挡，甚至是来回踩踏的地方，必定冻层坚厚、难以深挖——"

吴启凡抢着说："哎，凡是地面低洼积雪、无人踩踏，特别是草厚保暖，冻层就非常薄软！哈哈哈！"

孙大力、赵晓萍拿铁锹试探着挖坑里的土，果然松软热乎直冒热气，和自己那边儿一比，简直就是天壤之别啊！羡慕得只愣神儿！

张强用脚踩了踩那块地，嘟囔着："啊！看孙大力那眼神儿，他那边儿肯定和我们差不多，整个一个硬碰硬！"

赵晓萍无可奈何地说："吴启凡、沈玉兰，你们可逮着了！"

冯双双火辣辣地喊着："吴启凡，你们俩赶快挖，回头别忘了去帮我的忙！"话音一落，准备拽着张强就跑。

刘学峰忙说："冯双双说的没错，咱们的优势地段不少，互相支援，两天之内一定能够完成任务！"

冯双双特认真地说："孙大力、赵晓萍，你们的实力足够强大，先可劲儿挖着，啊！等吴启凡他们一完成，就先支援我们了，没意见吧！哈哈哈哈！"说完，就拽着张强直奔自己的任务点跑去！

看来，在天寒地冻的北大荒，就连挖个电线杆子坑都不那么容易！

这个队的队长赵希才差点回不了23队，那是因为局里担心他的伤病加重，想调他去别的农场坐机关。经过左思右想、软磨硬泡，同意在

青春流浪

医院里调理了一段时间，这个舍不得亲手创建起边境队的赵希才队长愣是又回来了。虽然有段时间不在地里风吹日晒，但是那张刀刻一样的脸，依然透露着战争的痕迹与足够智慧，一回来就指挥全队把种在冰上的小麦春播战役顺利拿下了！

有人要问了，什么叫种在冰上的小麦？就不能暖和点儿再说？不行，还真不行！

在这儿还真的跟大家伙儿说明白了，什么叫北大荒奇特的种地、收割规律。简而言之那就是：小麦种在冰上、收在火上，大豆种在火上、收在冰上。稍微具体点，那就是：

每年的三月中下旬，黑龙江大地的冰冻尚未完全化解，一年一季的小麦就必须顶着冰土去播种，等到了当年的七月末、八月初又必须顶着似火的酷暑收割麦子；而每年的四月末五月初，早早光临北大荒的炙热大地，就迎来了种植大豆的最佳时节，同样独特的是，大豆收割的最佳时间则来到了寒彻北国的当年十月。

您好好琢磨着，就北大荒这么独特的种地、收割规律，再加上那黑黝黝、闪亮亮、肥沃沃的黑土地，那粮食能不好吃吗？能不金贵吗？说话间一出五月，这一年的大豆地也火火热热的播种完毕，按赵队长的话

团支部在麦田

水中捞麦

说，全队可以好好休整几天，然后就要做好一切思想和物质准备，随时投入到紧张的麦收战斗！

从 1968 年 6 月下旬起，全国各地的城市知青开始大规模向黑龙江北大荒开进，高峰时期达到了五十余万人。

刘学峰、孙大力他们 586 团（原农场）以及 23 连（原队）身处中苏边境前沿，自然就率先吸纳了众多的各地知青，最多时全团知青达到四千五百余人。仅 23 连在短短的半年时间，就先后又迎来了北京、上海、天津、哈尔滨、齐齐哈尔、鸡西等城市的近百名知青，在随后的几年中，则达到了几个批次二百多名。

那段时间，连队热闹得就跟开了锅似的，京、津、沪、哈、齐、鸡多座城市的知青，天南海北多种口音，潮水般地一起涌进了北大荒；半年多的时间连续召开了五六次欢迎会、动员会，光是为了提高思想觉悟、体验阶级感情的忆苦思甜野菜团子、菜糊糊粥就隔三差五吃了很多次；先来的老知青给后来的新战友腾房子，早几天来的又变成了老战士欢迎后来的新战友。

青春流浪

　　编班分排、理顺编制、政治教育、军事训练，边境连队、兵团生活的序曲就此拉开了大幕。

　　从那个时候起，"我是北大荒人""我是兵团战士""屯垦戍边，建设边疆，保卫边疆"的誓言，则成了这一代知青、这一代兵团战士，人生旅途的崇高使命与红色烙印！

　　说起兵团，说起屯垦戍边，说起刘学峰他们的边境团，仅从进入586团的地理位置便可以略窥一斑。作为与苏联接壤的重要战略前沿虎林县的后缀铁路支点——宝东火车站，前行到586团边境穆棱河检查站仅仅八公里。可是您想要进入586团团部及其腹地就不那么容易了。因为地理的因素，您就没有别的选择，必须手持通行证在边境检查站获得许可，通过天然屏障的三道关才有可能到达。

　　头道关口穆棱河，发源于黑龙江省穆棱县由西南向东北流去的穆棱河流域，这里曾是古代渤海国的牧马场。

　　穆棱河秉持着神马的刚烈与矫健，风风火火地奔腾流淌近千公里，

武装训练

勘察

流经至 586 团时，一百多米宽的河水，显然已经变得温文尔雅。郁郁葱葱的树木将弯弯曲曲的河岸，遮掩得影影绰绰，像是一道天然的屏障，横在了 586 团与外界之间。

迈上穆棱大桥，伴随着桥下潺潺流水声向前行进，就会在不由自主地掂量着看似平静的穆棱河的同时，又会不由自主地眺望大桥另一端不远处的制高点——虎视眈眈的小龟山。

那座小龟山并不高大，但是只要任何人一脚踏进穆棱河大桥区域，便会完完全全地接受着它全方位的审视。作为里出外进的必经之路，这个第二道关口小龟山，就像一名恪尽职守的忠诚卫士，绅士而威严从上到下、从头到尾注视着你的一举一动！有趣的是，几乎所有的来客都会随着山道的弯转而与它长久对视着，似乎在祈祷这尊山神会给自己带来幸运与护佑！

当你的眼神刚从那小龟山上收回来的时候，一座高大巍峨的大山则横空出世般拦在了面前，将其山后的所有秘密遮挡得密不透风。当然这就是进入 586 团腹地的第三道大关——密虎宝饶一带颇具名声的战略要点大青山。大青山易守难攻，山上洞穴、壕沟纵横交织，再加上树木繁茂，外界很难看透其中的奥秘！

这座大山，当年就曾经落入日本鬼子的手中，而成为他们侵占我国东北的后方基地。这些大山里有许多秘密，咱们且留为后话再叙。

随着那条绕山公路盘桓而上，山下平原地带、庞大的丘陵山地缓缓进入你的视线，那庞大的丘陵山地就是586团团部——小青山。这块儿占地总面积一千二百五十多平方公里，耕地前景达百万亩，水面达十三万亩的大荒原，开发建设的指挥机构就设在了小青山。

远远望去，小青山就像一颗充满生机，而随着天象季节变化无穷的硕大宝石，时而翠绿，时而金灿，时而洁白，时而多彩，诱惑着众多探险者跃跃欲试。

当年铁道兵转业官兵挺进密虎宝饶地区，决心全面开发这荒蛮、肥沃、神秘的北大荒，就把独特的、深邃的、极具战略眼光的视线，投向了穆棱河、投到了大青山，落在了小青山，并把未来开发的目标，大踏步地推进到了与苏联交界的乌苏里江畔。

如今，作为黑龙江生产建设兵团的重要边境师团，作为这个边境团与苏联极为接近的前沿边境连队，作为这个边境连队的兵团战士，李海、刘学峰、赵晓萍、冯双双等各地知青们，深感肩上的责任沉重而又光荣。

哨位眺望小青山

四 为了战争的胜利

已经身为青年排排长的吴启凡，说什么也没想到，自己竟栽到了最普通的军事素质养成跑步、立正、报数上了。

那天上午，正在连队大食堂帮忙的吴启凡，听见通信员董平平喊他，叫他马上回宿舍，说是团部来人了，还挺神秘地告诉他："你得小心，这位领导爱骂人！"

吴启凡赶忙放下手里的活儿，向青年排宿舍跑去，老远就看到宿舍门前，有几位现役军人正在和排里的几个班长说着什么，慌忙紧跑几步赶了过去。

还没等他站稳，其中一位身材不高、敦敦实实、很是干练的军人，就给了吴启凡一个下马威，说道："你就是青年排排长，瞧你那个熊样儿，能带好兵吗？"

吴启凡随声应道："能！"

旁边已经升为副连长的刘学峰忙说："这位就是咱们团作训股的赵股长，那几位是作训股干事！"

还没等刘学峰说完，赵股长就打断了他的话："吴排长，刚才说你熊样儿，知道为什么吗？"

武装拉练

吴启凡挺认真地回答："报告领导，不知道为什么说我熊样儿，可能我的动作有些吊儿郎当吧？应该是有些猴了吧唧的猴样儿吧？"

大家伙一听吴启凡这么回答，以为一向以脾气暴躁而闻名的赵股长一定会火冒三丈。谁知道人家赵股长竟然笑呵呵地说："哎！你还别说，这个小子还很实事求是啊，熊样儿吧他还真不够，顶多也就是个猴样儿！来来来，今天我就好好训训他这只小猴儿！"

刘学峰刚想上前打圆场，只听赵股长一声吼叫："吴排长！"

吴启凡大声应道："23 连青年排排长吴启凡到！"

赵股长说："带着你的几个班长跑步到操场，我和你们一起训练！"

"是！"吴启凡答应着，就带领几个班长往连队操场跑去。

刘学峰赶忙对赵股长说："股长，你可别生气，手下留情！吴——"

赵股长瞧了瞧刘学峰说："刘副连长，想哪儿去了！吴启凡那小子有点意思，我得给你好好修理修理，是块料！嘿嘿嘿！"说着就直奔操场而去！

那几位作训股的干事笑着对刘学峰说："刘副连长，有赵股长亲自给你练兵，今天你可是赚到了！哈哈！走！一起熏陶熏陶！"

随着珍宝岛边防形势的愈加紧张，586 团的备战气氛也愈加浓烈。在赵股长的严格要求与示范下，在团作训股的指导下，23 连全体指战员的军事素养得到了大幅提升，为确保"屯垦戍边，建设边疆，保卫边疆"

的誓言落到实处，打下了坚实基础。

　　就说这个青年排排长吴启凡，虽然那天他和他的那几位班长，被训练得双腿几乎拉不开栓、屁股蛋子不敢着地儿、一甩胳膊就好像要掉下来，但是他们心里深深明白：人民子弟兵不是那么好当的，兵团战士也不是那么好干的！一切必须立足于真枪实战的战争观念！

武装训练

　　从那个时候起，这些兵团战士们的脑海深处，就扎下了"我是一个兵"的种子，养成了"我是一个兵"的习惯。一般的队列训练、内务要求自不必说，夜间的站岗、放哨、巡逻任务显然加强了许多。在北大荒那滴水成冰的隆冬时节，经过反复磨炼，作为连队里的主力排，青年排排长吴启凡和他的战友们，对于那些相对紧张和高难强度的半夜三更紧急集合、全副武装野营拉练，已然应付自如。然而，对于让吴启凡和他的伙伴们刻骨铭心打怵的科目——趴战壕，永远不会忘却！

　　各位也许会想，趴战壕有什么呀？不就是趴那儿吗？也累不着，就是真累了，迷糊一会儿不就得了！

　　没错！就是在连队四周的警戒线上、曲曲弯弯的战壕里，目视前方、耳听八方地趴着。可是吴启凡他们那回趴战壕，却没有那么轻松简单，更没有那么潇洒自在！因为那是冬天，而且是北大荒的冬天！

　　那天夜里，根据天气状况，要求吴启凡的青年排按照预定时间到达指定位置，进行伏击状态趴战壕训练，练的就是抗寒、抗寂寞、无动静，训练时间一个半小时。按说，这在平时也不算什么，问题是战士们按照规定刚刚趴了半个多小时，天气状况却发生了极大变化，原本近似无风的天气突然风速加大，气温骤然下降，夜间温度从零下二十多度一下子降到了零下三十多度。

一开始还没太大感觉，没过多久，对于经受过被严寒冻僵差点不会说话的吴启凡，马上意识到了情况不妙，他不敢大意，连忙赶到了一班长孙大力的位置问："怎么样？还能盯多久？"

孙大力呼着寒气说："我还没事儿，肉多肉肥！估计那几个瘦肉型的有点儿够呛！不过，每个人都说能坚持。"

正说着，又过来两个班长，说他们那边的战士们决心挺大，都想按时完成任务，不能退缩！

吴启凡再三叮嘱："几位班长，你们看这天气太要命了，一定要盯住，随时检查情况，千万不能把战士冻坏一个！"他看了看表，说："现在是北京时间 1969 年 2 月 21 日凌晨一点二十八分，距离任务完成还有三十二分钟，也就是说凌晨两点钟必须撤离！随时听候我的命令！"班长们答应着连忙散去，查看各自班里战士的情况。

顶着呼呼直叫的寒风，吴启凡也回到了自己的位置，暖了暖几乎冻僵了的手，又看了看手表，似乎觉得时间过得太慢，心里沉甸甸的，简直每一秒钟都是度日如年。他正琢磨着，这么冷，战士们趴在那里万一冻坏了怎么办？

没想到副连长刘学峰气喘吁吁地跑了过来说："吴启凡，连长命令立即结束训练，带领你排返回连队！"

吴启凡冻得嘴都快张不开了，挺纳闷地说："我说刘副连长你就别逗了，就差二十分钟了！"

刘学峰着急地说："没跟你开玩笑！气温急剧下降，赶快执行命令！"

"就二十分钟，怎么着也坚持下来了！"吴启凡不甘心地小声争取着。

刘学峰不容分辩地说："我再说一遍，一分钟都不行，马上执行！吴排长，你必须无条件执行命令！"

"好好好，我没你官大，我说不过你！我——"眼看着刘学峰急眼的样子，吴启凡嘟囔着、极不情愿地想站起来，但被冻木了的双腿根本就不听使唤。

刘学峰一看吴启凡这个样子，心里咯噔一下，想："坏了！他都冻成这样了，其他战士也一定够呛！"刚想大声喊叫让青年排撤回，就被一股子大风给呛住了，猛烈地咳嗽不止，简直没法张嘴说话。

"刘副连长，吴排长，是我，我在这儿呢。我班战士冻得快不行了！快出事儿了！怎么办哪？"不知道什么时候，孙大力班长挺费劲儿地来到了跟前汇报情况！

吴启凡的脑子倒是一下子清醒许多，说："传达命令，立即撤回连队！"

刘学峰那口被大风噎住的气刚喘过来，就说："快！快！快！训练结束！"

孙大力一边应答一边赶忙去传达命令，嘴里还不停地叨咕："是！快！快！再慢就麻烦了！快，快！"

吴启凡与刘学峰也迅速地顶着大风向其他班跑去，争取尽快下达训练结束的命令。

大风刮起的雪末在战士们的头顶上来回盘旋，寒冷箭一般地穿透了捂在脑袋上厚厚的狗皮帽子。他们已经完全感受不到皮帽子的丝毫温暖，倒像是扣着一层一吹就透、薄而易碎的冰凌纱。

接到撤回命令的战士们，费力地挪动着冻僵冻硬的双腿，纷纷从各自的战壕里往地面上爬，平时那种跳跃腾挪、生龙活虎的劲头儿，被严酷的冰寒打磨得所剩无几。

这一年，刘学峰他们所在的边境连，经过不断的充实，这个时候知青人数已经达到了二百余人，再加上原有的老铁道兵、复转军人、下放干部及其家属孩子，整个23连达到了四五百人，真可谓兴师动众了！

到了这个份儿上，按照老俗话儿常说的：既然兴师动众，必须车马先行、安营扎寨，确保养精蓄锐、兵强马壮，确保部队关键时刻冲得上去、打得赢！

五　炉火红红雪飞扬

　　要说安营扎寨，各个连队原先的那些个干打垒、土坯草房，显然不足以应对如此规模的兵团扩展需求，基本建设成为各连队当前的大事儿，盖房子的砖头、石头立马成为紧俏战备物资。

　　你还别说，23连的赵希才连长不愧是朝鲜战场下来的老班长，自打他去年从师部学习回来，耳听着、眼看着兵团迅猛发展的势头，他早就盘算好了，单靠师团划拨的那点儿砖头，也就是盖那么三间二屋，根本就解不了大渴！必须要自己烧砖那才能解决问题！

　　妥！就这样，北京知青李海立马被赵连长钦点成为连队基建排副排长兼窑地班班长。再说这个李海也够绝的，二话没说就走马上任，张罗着筹建窑地准备烧砖去了。

　　当时，一起来连队的知青们都纳了闷了，老大哥李海是不是脑子出问题了，你干什么不成，非要啃建窑地、烧砖头这个最基础、最累，也是最难啃的骨头！你想想看哪，连队里那么些个老兵、老同志都没有一个人敢承担这等难事儿，你一个北京小青年怎么那么大的胆儿啊？

　　刘学峰副连长带着青年排排长吴启凡、后勤排排长马淑惠、青年女排排长赵晓萍几员干将，还有连部通讯员董平平找到了李海，他说：

"老大哥，啥也别说了，咱连烧砖盖房子这事儿全靠你了，到时候有情况就吱声！你看到了吧，这几位可是咱们一个火车皮载来的，绝对不能客气！"

几位排长刚想说话，就让李海给拦住了，笑呵呵地说："学峰副连长的意思全有了，诸位千万打住！李海同志全都心领了！咱到北大荒干吗来了？不就是学习、锤炼、啃硬骨头来了吗？啊！建窑地、烧砖头是个大难题儿，可是，它要是不难还轮不到我李海同志，我李海同志干不干还是两回事哪！是不是？"

"要不是闹革命下乡来兵团，就冲李海大哥的学习成绩，非上北大清华不可！"通讯员董平平接着李海的话就插了这么一句。

李海赶快接过话头，说："哎——董平平同学算是说着了，上北大上北大，咱们这不是到了北大了吗？只不过它眼下还荒凉了一点儿，所以叫北大荒！在这所享誉全国的北大荒大学校里当学生，只要你拳打脚踢、真枪实弹、真才实干地学出来，走到哪儿都是响当当的！"

后勤排长马淑惠抢过话就说："李海，到时候你有什么需要必须和我们打招呼，不然的话，就等着挨骂吧！"

"好好好！我记住这句话了，关键时刻李海有困难找你们，到时候别说你们忙没工夫就行！学峰同志，我就一个要求，从现在起谁也别来找我，到时候我找你们行不？行了行了！该干吗干吗去吧！"说着说着，李海就把这几位干将连推带哄给轰走了！

看着伙伴们走远，李海深深地吐了一口气，又使劲儿地吸了一口气，琢磨着，这军令是接下来了，可是这块儿硬骨头到底怎么个啃法儿，还真是个未知数！

从连里决定让李海承担建窑烧砖的任务以来，刘学峰就琢磨着怎么能帮助这位老大哥。他们几个同学都了解李海，在学校的时候那就是个学习拔尖、遇事不绕弯的主儿，脑子好使，有一股子勇往直前的劲头儿，答应下来的事儿就一定会给你办好！

可是，就算是李海喜欢古建筑，就算是在北京东城学校附近的王府大院巨多，自己所就读的学校本身就是个王府大院，再加上李海他们家离朝阳门不远，同学们没事儿就一块儿去爬城墙玩儿，那也就是个喜欢或者游玩罢了，和真正建窑烧砖的事儿那距离可就远了去了！

总之，老大哥李海这回可真正摊上难办的差事了！刘学峰他们就算是想立马帮忙干点儿什么，还真插不上手，也只能随时准备着出手相助了！

再说这李海同志也够邪乎的，自打那天与刘学峰副连长以及吴启凡他们几位排长分手之后，就不见了踪影。有人说他找师傅学习去了，也有人说他带着条大黄狗在连队的四周乱转，不知道在找什么。

总之，过了一个多月的时间吧，也就是那年的四五月份，连队的东北角三里地之外的一块高岗之处、密林之内，人们发现李海对那儿产生了极大兴趣。他在那儿一待就是好几天，等到他回到宿舍的时候，头发挺长、胡子拉碴的，就跟一个野人进村似的。

不过，到了第二天，休整利落、恢复常态的李海，向连长、指导员他们汇报完工作并且得到了完全的支持之后，到了下午，便带上窑地班的十个大小伙子，直奔那连队东北角的未来窑地——土岗子！

小不点通讯员董平平，对李海关于未来窑地的描绘非常佩服，例如，一块普通黏土砖的标准尺寸是240毫米×115毫米×53毫米，加上砌筑用的灰缝的厚度10毫米，则4块砖长，8块砖宽，16块砖厚分别恰好为1米，所以包含着灰缝，每一立方米的砖砌体需用整砖512块；经济实惠的单体标准窑，出砖量是3000到4000块，也就是7立方米砖砌体；必须要烧足半个月，用柴8000到9000左右，等等。这么一组组数字，再加上什么烧砖必须要用地表以下的中层、黄色黏质土壤，要做到无杂质不含沙等一连串专业用语，一下子就把董平平给整蒙了。他就琢磨着，到时候非去窑地好好看看不可！

问题是，账好算、话好说，一旦具体到实际就怕没有那么简单了！

谁都相信李海的能力，可是谁都又替李海捏了一把汗！

还好，由于事先的谋划与准备工作比较严谨仔细，在李海的指挥下，窑地的工作场面以及晾砖棚很快就整理搭建完毕，砖窑的具体位置也最终确定并进入建窑施工准备阶段。

要说这盖房子、搭烟筒、垒锅灶用的一把就抓起来的砖头很不起眼儿，可是真正把它烧制出来，还真挺麻烦！什么取土、炼泥、制坯、晾坯、装窑、焙烧、出窑，哪道工序都不能缺、都马虎不得。

这一天，晴空万里、艳阳高照的北大荒，一丝云彩都没有，天气热得简直让人喘不过气来。通讯员董平平实在耐不住窑地的神秘，悄悄地跑向了连队东北角，想去一探究竟！上了慢坡土岗他就看到了那片正好将窑地神秘遮挡住的小树林。待到靠近树林道边的时候，突然发现一棵树上挂了一块牌子，上边写着八个字：砖厂重地，谢绝参观！

一看这几个字，董平平就有点傻了，琢磨着：人家这是不让看哪！接着又那么一转眼珠子，心想：我这来都来了，大热天的积极性这么高，说什么也得学习学习，总不能白跑一趟吧！

想着想着他就猫着腰往树林里走去，找了个隐蔽之处往窑地看去。这一看还真把他吓了一大跳，只见那场地之上，八九个大小伙子个个光着膀子，仅穿着小裤头，浑身上下泥了吧唧、水淋淋的没个人样了。就这，一个个还忙忙活活，筛土的筛土、和泥的和泥，还有几个在和好的泥堆里光着脚丫子踩来踩去，嘴里头还哼哼唧唧地唱着歌，一副自得其乐的神情！

董平平在那儿看得、琢磨得正带劲儿，突然肩膀被人轻轻地拍了几下，回头一看，光着大膀子的李海站在了跟前，冲他说道："小子，你这通讯员怎么改行了，当起侦察兵啦？"

董平平支吾着说："什么侦察兵啊，那块牌子挂着，我不敢进去！"

"好！守规矩，就冲这，你董平平随时来，随便进！走，参观参观，给我们提点建议！"李海说完，就领着董平平到砖厂里边转悠去了！

董平平直接就跑到那几个知青光着脚丫子踩泥的泥堆旁，冲他们叫唤："大热天的我也来凉快凉快！"说着就准备脱鞋跳进去，却让紧跟在身后的李海一把就给拽住了，说："小子，这个你不行！北大荒的水太凉！"

"是啊，大热天的，要的就是凉快儿！不凉还不过瘾哪！"董平平挣扎着还想往里跳，只见李海把脸一拉，说："不行！你给我听着！"又对那几个小伙子说："哥儿几个也都听着，临来北大荒之前在北京火车站，董平平的妈妈特意嘱咐：平平患有严重的关节炎，最怕凉！所以，就请大家监督着点儿，决不能让董平平下凉水什么的！听见没有？"

"听见了！保证完成任务！"战友们痛痛快快地答应着。董平平不情愿地穿上了鞋子。

一个块大膘肥叫王实秋的知青说："通讯员，你太小，不下来踩泥那就对了，你看看我们几个，个儿大有劲儿，那才能把这不起眼的黄土泥踩得均匀、细腻、筋道！"

另一个虽然精瘦却很结实的知青随波说："这叫炼泥，得把泥土与水有机地融合在一起，其中很重要的形态就是不能产生气泡，否则脱出来的砖坯子里就会有气孔，就不结实！这就叫学问，哎！"

见几位大小伙子说起了踩泥，李海也顿时来了情绪，说："通讯员，我跟你说啊，这炼泥呀，就是一种生命的创造与呼唤！就是将原本生荒、原始的泥土，经过我们富有节奏与创造力的踩踏，把它们从千年万年的沉睡之中唤醒，赋予了这一堆堆的砖泥，以及那一块块的砖坯，以造福人类与文明的价值与生命！——"

听着这几位老大哥们对自己的关怀，对砖厂备料踩泥这档子事儿的高谈阔论与极大热情，董平平心里感到了一种温暖与收获。他琢磨着，自己年龄小身体不好，但是也应该尽最大的努力为战友们、为连队、为北大荒多做些有益的事儿。

机械收割

　　北大荒的秋天是极其丰满妖娆，又是极其短暂残酷的。昨天那湛蓝湛蓝的天空之下，满大地的玉米高粱，红火火、金灿灿、沉甸甸的果穗儿还随风吃力地摆动着，可是不出三天，原本充满生机的待收庄稼，汇成的那黄澄澄的金色海洋，在果绿色的巡洋舰般的联合收割机往返游弋后，就伴随着沉闷的"轰隆隆"机器鸣响、"嚓嚓嚓嚓"的切割之声以及"唰唰唰"的脱粒声，变戏法似的不复存在了。随之而来的是大地上，堆满了秫秸秆儿，只等着马车接踵而来，运回连队的草秸场，或者给各家各户当过冬的燃料去！

　　而闻名世界的东北大豆收割任务，则是北大荒农作物一年一度的压轴大戏。东北大豆是在北大荒的秋风刮起来，整个热辣辣的大荒原很快骤降成为冰冷冷的寒霜大地的时节，被兵团战士们驾驶的康拜因小心细致地收割、脱粒，随之被专用解放大卡运送回连队场院仔细呵护起来！

青春流浪

　　这一年算得上秋高气爽，气候相当给力，当满地齐刷刷的一米来高的大豆庄稼收割任务顺利完成的时候，漫天的雪花竟毫无顾忌地开始飞舞起来。刘学峰他们所在的 23 连，很快就完成了从色彩斑斓演变成为银装素裹的季节大转换。这个时候的连队营区如果不是各栋房屋家家户户的取暖、做饭烟筒冒热气，从远处或者空中俯视下来，你绝对想象不到在这白雪皑皑的大荒原上，还会生存着什么生产建设兵团连队，还会有一大群生龙活虎的知识青年兵团战士！

　　然而，这几十万个知识青年兵团战士们就这么活生生地生活、守卫、战斗在这白雪皑皑的大荒原上，就像是那冬天里的一把火顽强地燃烧着！

　　这个时候连队最热乎的地方，当然就属东北角慢坡土岗上的砖厂了，要赶在春节前，烧出头年的最后两窑砖，为来年开春基建盖房子备料。

　　你就看吧，在慢坡顺势而起的那座四五米高，五六米直径的砖窑上热气腾腾的，还未等那些飞舞的雪花接近，就变成了股股热气儿四散而去！

　　眼下正烧着的这一窑砖，已经烧了十二个日夜，还得不停地烧它个七八天。让李海担心的是，进入烧制阶段时，砖厂的几位男知青给抽去上山打石头了，连里给调剂了几位女知青来烧窑。李海虽然热情欢迎，相信她们的认真与细心，可同时担忧她们的身体状态，不知能否按要求坚持到最后！

　　根据窑地李海班长学习烧制总结的经验来说，烧砖的学问大了去了！那就是——砖的烧制要分段而不间断地进行，通常分为预热、焙烧、保温、冷却四个阶段，各阶段的工作温度从常温到低温一百二十度再到一千一百度高温，再从高温到冷却那是绝对的不一样，砖坯内的泥料将跟着温度的改变而发生相应的物理、化学反应。总之，烧制的终极目的就是把各种松懈的矿藏混合物——砖坯，成功地转化为质地坚固、功能稳定、形态周正的成品——砖块儿。而对于烧砖人来讲，最重要的就是铁打的责任、钢筑的责任心！

按照烧砖培训的要求，每一个上岗烧砖的同志，必须按照技术要求观察火势、观察坯色、把握窑温、添加燃料。

李海老大哥讲解这些烧制要素的时候，简直就是如数家珍、倒背如流、信手拈来，只见他眉飞色舞又极其认真地说："诸位，咱们都知道，无论做什么事儿欲速则不达，操之过急将适得其反。烧砖也一样，必须讲究技术与标准，决不能掉以轻心，更不能忽冷忽热，所以开始预热的时候不能烧得太猛，必须得循序渐进地烘窑，让那些冰冷的砖坯子慢慢地热乎起来，这就需要我们有足够的耐心来伺候它，有足够的体力来维护它。"

看着李海那身儿满是补丁却干净利落的大棉袄、大棉裤、大棉靴、狗皮帽，再瞧瞧他成天围着砖厂那些个泥堆、砖坯，装窑、烧窑，连晒带烤出来的那张红里透黑的脸，一张嘴就"啪啪啪啪"蹦出来的烧制理论，那神态、那感觉，他好像不是在北大荒忙活着烧砖头，倒像是在北大、清华的大讲堂上给学生们授课。

李海特别强调说："我们上学的时候都学过，燃料燃烧、温度升降，必须借助于氧气与空气的调节，咱们烧窑也必须要让足够的氧气来助燃，有充足的空气传递热能、调理温差；比如到了焙烧阶段，当砖坯温度已抵达其烧成温度规模的下限时，也就是摄氏九百度的时候，砖坯泥料颗粒已经进入半熔融状态，此刻如继续不停升温，一旦超越其烧成温度规模的上限，造成砖坯泥料颗粒过度软化乃至变成半流体状况，将很容易形成严重过烧乃至坯垛坍塌的'塌窑'事故。那样的话，我们前边所有的工序及劳动，随着塌窑的发生，将一切化为乌有！"

李海的认真与反复强调是很有道理、很必要的，进入后七天七夜的这窑砖的烧制，可以说已经到了关键时刻，保持窑内焙烧阶段八九百度的高温，中途绝对不能过火更不能断火，否则就会把砖坯烧僵了、烧成了半生不熟的残次品，严重的就会出现塌窑事件。那是绝对不可马虎大意的！

刘学峰副连长深知老大哥李海对工作的精益求精，也知道他不会轻易向连里或其他同志伸手求援。除了砖厂建厂初期急需人手打开局面时，根据通讯员董平平的及时报告，几位排长及时协调人马强行支援，李海也无可奈何只好接受那一回之后，连里就没再听到砖厂有什么特别的要求！

这一回，连刘学峰都特别意外，自己想给今年最后这两窑砖的烧窑工作进行支援的打算，竟没费什么口舌就得到了李海的点头认可。围绕着确保烧窑工作的安全顺利高质量完成，刘学峰副连长给予了李海中肯的建议与保障的安排。

为了确保窑温的科学升降及绝不能中途断火，每班值守八个小时进行换班的节奏不变；值守烧窑人员则由原来的每班两人增加为每班三人；同时，烧窑的相关燃料也由连里负责派员从防火线外向窑地安全备料地抵近运达。这一下子可给李海解决了不少问题，特别对于那个三人值守的建议特别支持。

按照烧窑工作的需求，原来规定：每班由两个人职守，其中一个人为投料手，专门负责盯住烧窑灶口及时添加燃料，不能断档；另一个人则为备料手，必须及时地为投料手备足所需燃料；两个人的责任以及工作量相当不小，一班下来累得够呛。

作为兵团这部大机器里的一颗螺丝钉，刘学峰、李海他们的连队、他们的砖窑，必须克服国家贫穷、物资匮乏等难以想象的困难。

比如说这烧窑用的燃料，应该用煤吧，很遗憾，没有，全国都缺煤！那就用木头，对不起，不行！因为必须保护北大荒的林木安全与绿化。

那23连李海负责的砖厂到底用什么燃料去烧砖哪？答案是：关键时刻用清林出来的杂木、枯树，平时的主要燃料就是秋收时节储存起来的豆秸、麦秸、玉米秸乃至荒草。

野外就餐

好家伙，烧砖窑那火还不是呼呼的，往那大口张开的灶门里放送木头还勉强能多烧一会儿，人还能多喘口气，要是往灶门里送麦秸、豆秸什么的，那不是呼的一家伙就烧没了吗？夸张点也就是说那位填料手，得不停地像机器人似的抓起燃料转身就得往灶门里送，然后又转身去抓燃料，抓住燃料又转身往灶门里送。

您说，这劳动量得有多大！

而按照新的人员配置，这个第三人就像是排球场上的自由人，在烧窑的过程中，既充当备料手又兼具填料手的角色，确实减轻了每个人的劳动量。

而李海干脆就说："这个自由人只要盯紧了灶门续火不断，确保窑温起伏正常，那就不亏！"

说话间，这窑砖已经烧到了十七八天，再烧它个两三天就该进入保温阶段，就不用不断地往火门里填柴火了，这窑砖就快要烧制成功了！

然而，经验丰富的李海最害怕的就是这最后一哆嗦，二十来天人疲马乏，稍一松懈就会出现意想不到的问题。

虽然李海不用固定值班，但是他会时不时地就出现在砖厂燃料聚集地，细心地拽出几根麦秸芽、豆秸、玉米秸芽，连闻带咬的、左看右瞧的，稀罕不够！他又会时不时地就冒出来在砖窑旁来回转悠，一会儿用手摸摸热乎乎的窑体，一会儿抬头紧盯着窑顶上散发着的水汽，就跟傻了呆了似的一看就挪不动窝了！

这天夜里凌晨一点多钟，寒冬里的北大荒迎来了罕见的无风、无雪、无声、无光之夜。雪白雪白的千里荒原，与黑蓝黑蓝的万里夜空，似乎连在了一起、粘到了一块儿，让人产生了一种挣扎着、喘不出气儿的感觉。

似乎只有那座土岗上的砖窑，因为那暗红色的灶门还在不停地吸纳着柴草，并由此催生着庞大的窑体在不断地散发着热气，没有人会相信这冰封万里的荒原大地，竟然还会有着丝丝生机！

然而人们更不会想到，创造着这丝丝生机的竟然只是几个二十来岁的男女知青兵团战士。

今儿个值守夜班的北京知青沈玉兰班长，是刘学峰专门从青年女排调来充当自由人的，平日里她就精力充沛、敢打敢冲、为人热情，有她

飒爽英姿

在一般不会寂寞、不会瞌睡，关键时刻得起关键作用！

　　坐在灶门前负责填送柴火的投料手叫欧阳华芳，是位上海知青，属于高中生岁数较大的那一拨儿，被小青年们尊称为大姐。别看她戴着副深度眼镜，但眼神和脑子一样好使，负责个事儿、检查个质量认真得让人受不了却口服心服。您想想，让这么一位大姐往炉口旁一坐，妥！那些即将被送进灶口的麦秸、豆秸，就是想再凉快凉快往后出溜儿都跑不掉！

　　而那位主要负责往灶口旁输送柴火的备料手——天津知青胡三石，虽然年纪不大才十八岁，可是愣长成了一米八几的大高个儿。这不才吃了一年多的北大荒大馒头、大碴子，虽然块头儿没大多少，而个头却还在往上蹿，战友们管他叫——大个儿！大个儿手持一把大号六齿钢叉，只见他"喔咻！喔咻！"几叉子就跟小山包似的足够投料手忙活一阵子了。

　　有沈班长、大姐、大个儿这么一个组合，照理说要完成这个班次的职守烧窑工作，那绝对是绰绰有余！

　　没错，备料手大个儿与自由人沈班长的备料工作那是不含糊，备用的麦秸时不时就跟小城墙似的将投料手大姐围住，用大个儿的话说，这叫一举两得，既保证了燃料充足，大姐或者沈班长随手就可以拽去投料，又可以遮挡风寒的吹袭！

　　不过今天这无风、无雪的怪天气，却让麦秸小城墙里边的华芳大姐感到了一阵压抑，甚至有几分憋闷！

　　好像受到了传染一样，怪怪的天气、怪怪的气氛，让这三人组合也光忙活着干活儿了，有段时间都不想说话。

　　好热闹的沈玉兰班长，为了提高三位的精神头儿，一边忙活一边告诉他们自己明年的这个时候，就可以回北京探亲的开心事！

　　大个儿羡慕地问："哎！沈班长，明年的这个时候你到北大荒都三年了，就能给假探亲了，太幸福了吧！"

　　"幸福！太幸福了！想想就乐，做梦都是妈妈抱着我笑，左看右看看不够！"说着说着，沈班长就跟小姑娘似的"咯咯咯咯"地笑起来了！大个儿也跟着傻傻笑着！

"沈班长！快来看看，这是怎么回事？"一向沉稳的大姐那边突然喊起来了。

还没等沈班长和大个儿过来站稳，大姐就指着炉口说："你们看，这阵子窑口突然不吃料了！按照以往这把麦秸送进炉口，呼呼地就烧进去了，可是现在——"

大个儿咋呼着说："可不是咋的！往常这炉口吞麦秸多香啊，连吃带喝、噼里啪啦就呼呼地着进去了，怎么这就吃不进去了呢？"

沈班长琢磨了一小会儿，好像找着了问题的症结说："哎——对呀！是不是焙烧阶段该提前结束了，这窑大肚子就不想吃了？"

就跟考试找到了标准答案一样，大姐与大个儿异口同声地喊起来："对呀！吃饱了它就不吃了呗！"

沈班长干脆利落地说："那咱们就向李海大哥报告，请他过来下结论！大个儿，你腿长赶快回连队跑一趟！"

大个儿放下钢叉就准备往连里跑，这边的大姐好像又找到了另一个答案犹豫着说："不对呀！离焙烧阶段结束还差小两天哪，提前的时辰是不是多了一些呀？"

"说得也是啊，可我这儿到底还去不去报告哇？"大个儿一边系着大棉帽子，一边征询着沈班长的意思。

"暂停片刻，听大姐怎么个想法！"沈班长把目光投向了大姐。

大姐干脆把自己的疑问说了出来："从我这憋闷、喘不上气的感觉，联想到这会儿窑体不吃料的可能，是不是与天气有关哪？气压太低，窑体内缺少空气和必要的氧气，造成了柴火燃烧不充分哪？"

沈班长抬头望了望天空，黑压压的就好像要压到了头顶，茅塞顿开地说："对！烧制培训的时候，李海大哥说过，就是这个道理！大姐，咱们得想办法让窑体喘得上气来呀，哈哈哈！就这么办！为了保险起见，大个儿，你还是赶快去向李海大哥报告，就这鬼天气我估计他呀也睡不着觉！"

"大个儿甭跑了，老李来啦！"话音刚落，李海大哥竟神不知鬼不觉地就从窑顶上站了起来，吓了这几位一大跳，真不知道这位大仙什么时候就转悠过来了。

还没等沈班长他们缓过神儿来，李海又来了一句："看看炉口，再试试，那大老窑的胃口是不是好点？那火势是不是猛了点儿？"

大姐、沈班长、大个儿就跟机器人似的，脑袋唰的一下子就一齐转向了炉口。沈班长眼疾手快一步向前，捎带着就抓了一大把麦秸，小心地往炉口喂去。眼见着那些个麦秸就像见着熟人了一样，呼呼啦啦地往炉口里钻，噼噼啪啪地着了个痛快！

"嘿！嘿嘿！不带这么欺负人的吧？领导一来，这砖窑立马胃口大开，这炉口就跟吃面条似的，呼噜呼噜地往里吞！"大个儿地说起了俏皮话儿！

李海看着那几乎顶在脑袋上的天笑着说："不是谁欺负你，是这鬼天气作怪，不过也是这鬼天气让人憋闷、让人难受、睡不着觉提醒了我，就转悠到这儿来了！省的大黑天的你这个大个儿往回跑！"接着他又指着窑顶上那个一直封口的备用烟筒说："刚才我就来了，听到了沈班长、大姐的分析，没错，气压太低、进气不畅，所以尝试着把这个备用烟筒打开，果然解决了问题！"

沈班长有点后怕地说："这要是真认定窑体吃饱了，焙烧提前结束了，给贸然降了温可就惨了！"

炉体内闪闪的、红红的火光，映衬着往炉口填料的大姐思索的面庞，她说："照这个道理，鬼天气一旦恢复正常，那个备用烟筒是不是——"

"备用烟筒还得封住！哈哈哈哈——李海大哥，这回我大个儿抢答正确吧？"

沈班长也吼了一声："答案不对！应该是，天气正常、气压稳定，备用烟筒应逐渐封闭！"

　　李海看看这几位知青战友，又看了看天，把目光落在了那座寒冬里呼呼冒热气的大砖窑，答非所问、神秘兮兮地说："有点意思啊，鬼天气让我们学会了不少鬼点子。"

六　神秘的大青山上

进入 20 世纪 70 年代的第一场大雪，是在将要过新年前的一个夜晚悄悄来临的。鹅毛大雪飘飘洒洒、悄无声息，似乎生怕搅扰了连续战备、促进生产、忙忙碌碌、紧紧张张的战士们的酣睡。

待到清晨太阳出来时，漫天飞舞的雪花竟又悄无声息地悄然隐去，只剩下冰封大地，银装素裹了。

这个时候，兵团系统的指战员们，根本顾不上去欣赏那壮观、新丽的北国风光、雪后奇景，而是按照各师团的整体部署，586 团的各个连队开始向披挂银甲、巍峨矗立的大青山开战，任务只有一个，那就是在划定的若干山地区域、在划定给各连的红线范围内开采山石，并及时运回各自连队。

团部定下的开采山石的纪律规定有五条。防火护林不得抽烟、山石无情注意安全、遵守纪律违者惩处，这三条对于兵团战士来说那是必须要认真执行的。

然而其中最重要、最特别、最严格的纪律规定就是：不能放炮炸山，以人工开采为主。原因很清楚，地处边境，不得随意响炮，保护山林、不得滥采毁山。

这条纪律规定就决定了大青山的采石工作，只允许小雷管小药包小动静的局部松动、人工为主，使得任务异常难干、异常艰巨。这样的采石方法，使得兵团战士们只能靠铁锤、钢钎去锤去撬；只能靠铁筐、木杠去装去抬；只能靠双手、肩膀去搬去挑，乃至用整个躯体去背、去抱、去推、去顶；当然也必须用心、用脑去智取去巧干。

而另外一条纪律则是非常实际、非常考验人的自律性，那就是：严守施工红线，不得侵占临方。这个缘由也挺明白，相关连队的开采红线几近贴边，难免相互交错。

这不，远道而来的23连与大青山脚下的27连的开采红线，只是间隔了二十多米，根本就没有了秘密可言。而那些在训练、生产过程中总喜欢比赛、较劲儿的连队与连队、年轻人与年轻人之间，摩擦与误会可能随时就会发生。

总之，这座地处边境、古老而神秘的大青山，也正因为这些年轻人的到来，而从多年的沉睡中苏醒过来，默默地审视着那些个进山人的各种举动。

这一次23连派出上山打石头的带队是青年排排长吴启凡，副手是青年排一班班长孙大力，再加上青年女排的一个班以及窑地班加盟的几位生力军，23连采石队可谓兵强马壮。再说了，依照兵团战士们的才智与体质，尽管采石工作难度较大，但是对于他们来说，完成任务绝不在话下。

针对大青山山体主要为风化岩的特质，吴启凡、孙大力他们率领的采石队，首先清除掉了盘生在本连施工红线上那些并不高大、更不成材的次生林木柞杂树，以及并不太深厚的山土杂草与积雪。至于长得稍微像样儿的杨树、椴树，压根儿就很少看见它们出现在这次全团各连的作业范畴之内。

23连的采石作业面很快就清理出来，随即便进入了锤炼意志、磨炼腰身、肩扛手搬的采石大战。

一进入采石战，各个连队的战士们就像发疯了的狮子，没有什么过渡曲直接上了高潮。大山里此起彼伏的"叮叮！叮叮！""哐哐！哐哐！"的抡锤、打钎的金属撞击声，以及撬动石头、滚动石头的"咔咔咔咔！""轰隆隆隆！""哗啦啦啦！"的低沉声交互回响！

说句实事求是的话，头几天的大青山各采石现场简直就是壮观而惨烈的！

在当天傍晚收工前的小结会上，23连青年排排长吴启凡站在堆放在山坡上的石块儿上，挥舞着缠满纱布的双手说："同志们，头三天干下来，收获不小，但损失惨重啊！"

他指了指堆集在眼前那些敲断了的钢钎、压折了的木杠、散架了的铁筐，还有那身首两处的铁锤、木把，又挥了挥双手说："还有更严重的，就是咱们的手、咱们的肩膀、咱们的腰，起泡的起泡，红肿的红肿，扭了的闪了的，不在少数！这可不行！我说，孙大力班长，你那儿怎么样？"

"我们大老爷们没事儿！来他两口北大荒二锅头，精神头马上就足！哈！就看沈班长她们女将了！她们的事儿比较多！"孙大力的话音

水利大战

刚落，沈玉兰班长就接上了话茬儿！

"哎——孙班长，我们青年女班事儿是比较多，除了忙活缝垫肩、补手套，也不知道哪个属猴子的就喜欢钻山、蹿林子，挂破的大棉袄往我们宿舍一扔，不给补能行吗？哈哈哈——"

"噢！噢！孙猴子碰上观世音啰！噢噢！"这帮年轻的兵团战士们顾不上一天的疲劳，逮住个机会就起哄！

排长吴启凡清楚这些知青战友的秉性，往往都是一腔热血、勇往直前，他也知道钢铁是怎样炼成的那种精神，可不是一朝一夕就能炼出来的，愚公移山的那种持久恒心也必须加以呵护！所以他决定，当天晚上啥也不安排，改善伙食好好吃一顿，烧水泡脚让大家好好休息休息。而且第二天上午让大家伙接着缓劲儿，同时安排采石队出谋划策会，以确保尽快、尽早地进入科学、有序的工作状态。

不用说，在随后的采石工作中，23连采石队进展顺利、战果辉煌，竟将附近的其他采石队甩后了一大截。

孙大力除了协助采石，还承担了更加重要的任务，那就是负责管理已经采积好堆放在山坡上的石头，直至协调车辆，安全无误地将这些石头装车拉回连队。

身强力壮的孙大力真的就像一只肥硕的大猴子，上蹿下跳地把那些石头堆放、归纳得妥妥当当，十分方便来车装载；又蹿蹿蹦蹦地穿行于山林之中，勘察了好几条不同路况、不同坡度、不同距离的，上上下下拉载石头的运输车道。

眼看着自己和战友们辛辛苦苦采下的大石头，一车车安全装运下山，孙大力就跟喝了半斤北大荒二锅头似的，心里绝对是热乎乎、美滋滋的！

前边咱们说过，作为密虎宝饶边境地区一带，颇具名声的战略要点——大青山，几座百米山头散落有序地围拱着高高耸立的主峰，山下山外的所有动静简直一览无余；再加上树木繁茂，外界很难看透其中的

运粮忙

奥秘！

　　而孙大力在北京上学的时候就喜欢旅游探险，在他到北大荒之后马上对驻地586团境内的地理环境、人文轶事、历史传说进行了打探，其中特别让他大感兴趣的就是这难觅真容的大青山。

　　孙大力从当地的老人那里得知，大青山周边以及586团辖区之内，散落着大大小小十几个围屯。这些由日本侵略者修建的围屯，四周都挖成壕沟，挖沟的土就地堆成一米多高两米来宽的围墙，墙上则密密麻麻地种植上柞树，把个围屯秘密地遮掩起来。

　　而围屯里边统统规划了道路、管道以及相当的住宅处所，彰显出了日本人一副蛮不讲理、跑到别人家的地盘，却理直气壮、心安理得的安营扎寨的强盗派头。

　　在对大青山的探查中，最吸引孙大力的就是当年这里落入日本鬼子的魔掌之后，成为他们侵占我国东北的后方要地。

　　山上那些因战争而纵横交织的掩体壕沟、弹片弹痕，自然而然地会让人们嗅到当年战争的硝烟，感受到日本兵在我们的大山上悠然生存、漫野晃荡的鬼身魅影。

　　至于藏匿于山里的大小洞穴虽然早已残破不堪，而作为侵略者长久使用的藏兵洞、仓储洞，印记了日本侵略者的极大野心与秘密。

其中的一个据说曾经储藏着日本鬼子上万只军用皮靴的洞穴，就是这些个大大小小洞穴中，最令好奇者、探险者一探究竟的去处，可惜至今谁也没有发现，也不知道何时、何人才能首先找到！这也成为搁置于孙大力心头一道抹不去的疑难之题。

天气还没转暖，往各自连队拉石头的任务逐渐重起来。特别是上半夜，既不耽搁白天采石，又不耽搁下半夜睡个好觉，所以各个连队差不多天天都会安排车辆往回拽石头。

这一天夜里，孙大力忙活着送走了连里的装石头车，按照常规又拾掇拾掇石头堆现场之后，就回屋休息去了。谁知道这孙大力刚想躺下，连里拉石头的大胶轮尤特拖车司机钱途呼哧带喘地跑了过来，说连车带石头让人家给扣下了。

孙大力问："你走的是不是山下那个27连的内部车道？"

"嗨！大半夜想超点儿近道，再说那边儿的路好走多了！"不等钱途叨咕完，孙大力已经穿戴完毕，拿起手电筒之类的家伙什儿就说："走，明白了！"

在孙大力的带领下，二人很快就跑到了人家扣车的路口。对方的几个人，还有自己连里跟车的人都从一间房子里迎了出来。

对方领头的是个中年人，身后还跟着两个小伙子，他先打量了一下孙大力，刚想据理不饶人地数落，一看那块头儿顿时愣了一下，紧接着就颇为客气地说："你是孙班长吧？"

"没错！你是谁？"孙大力不紧不慢地回应。

旁边的一个看样子是老职工子弟的虎头虎脑的年轻人一听，立马冲到孙大力跟前，显得特别激动地说："你就是喜欢漫游探险的孙大力孙大侠吧？我叫杨洋，早就听说过你！我挺佩服你的——"

这个杨洋如此这般的一亲热、一搅和，让孙大力一时还没绕过弯来。旁边的中年人更是一惊，还以为愣头青杨洋要和人家打起来，刚想制止又见到杨洋跟见到电影明星似的对人家崇拜得要命，竟一时不知道说什么好了。

司机钱途在旁边着急地说："我说师傅哎，咱还是先解决这扣车扣石头的事儿吧，我还得往回赶路哪！"

那中年师傅回过神儿来说："对！孙班长，按理说咱们连队关系不错，在采石界面紧挨着，一直挺好的，还互相支援。但是我得到可靠情报，说你们这车装了我们连的石头，这可不太好吧？"说着还瞧了瞧杨洋旁边那个小伙子。

孙大力不温不火地说："你说完了？"

"啊，说完了！"

"你说完了，那好，我说。"孙大力冲着钱途以及自己连里的人问道："23连的钱途师傅给我听清楚了，在咱们采石场的石头堆儿上装完车，我送走你们之后，你是不是就直接上道下山，路过27连准备往咱们连队方向开了？"

"没错！方向盘在我手里，这我敢保证！"钱途信誓旦旦地说。

"好！23连装车押车的几位，在钱师傅开车往回走的路上，你们有没有再顺手牵羊地装过别人的石头？"

"没有！绝对没有！咱们自己连里打下的石头，紧忙活着装运还装不完拉不了呢，我们拿别人的石头干吗呀？"

那中年师傅刚想插话，就被孙大力截住，说："我这边儿都说明白了，你觉得这是误会，就握手言和，我们开车走人！你要是觉得还不清楚，咱们再往深了整清楚！"

杨洋打圆场地对中年师傅说："就这么着吧！大半夜较什么劲儿啊！"

那师傅哪儿能如此没面子地放行啊，甩出了一句呛人的话："行！只要能证明车上的石头是他们连的就行！我立马放行！怎么样，孙班长？"

一听这话，两个连队的人都一时无语，颇为尴尬地僵住了！只见孙大力嘿嘿地笑了几声，说："看来，今儿个这位师傅想考考我孙大力。行！我孙大力不想来个反证举例，也就是不要求这位师傅证明我们车上的石头是他们连的石头，那样不好，那样太不厚道。当然了，如果你们也想证明我们车上的石头就是你们的石头，那就悉听尊便！"

那位师傅瞟了一眼那个没吱声的小青年，想让他吱声，没得到什么回应。又看看杨洋，杨洋的注意力全在孙大力身上，根本就没理会他。于是那位师傅便顺水推舟地说："还是孙班长证明吧！我们这小青年都尊崇你为大侠了，来吧！这么着啊，为了表示严肃，你要是能证明你们车上的石头就是你们的石头，我老范服气！这个连的大道随时向你们敞开。另外，除了向你们鞠躬道歉，从今往后就不管你叫孙班长了，我尊你为孙大哥！"

范师傅见大家伙怪怪地盯看着他，孙大力又不太在意，胜券在握地又加了一句："但是，同志们，请听我说的'但是'！如果孙班长不能证明他们车上的石头就是他们的石头，我只有一个要求，你们按照我们的指定地点把这一车石头卸了，也不用写什么绝不会有下次的保证书，开车走人，路过我们连里的道今后也就不要再走了！你看，行不？"

孙大力仍然一副漫不经心的样子，跟征求意见似的环视了一下大家说："非常尊重范师傅的想法，但是管我叫孙大哥就免了，因为范师傅是老同志必须尊重！这是我的原则！行了，咱们闲话少说，言归正传。我告诉你们，我们车上的那些石头随我。"

这个孙大力抬手用手电筒照着自己的脸说："看见没有，孙大麻子！我们那车上的石头都随我长着麻子，而且是不规则、灰绿色的！"

范师傅他们几个还真凑过来看，孙大力"啪"的一声关了手电筒，指着车说："往那儿看，石头在那儿呢！千万要看准了！"

范师傅和那俩小青年"噌"地就爬上了车，纷纷用手电筒照着那些石头左看右看、前看后看、上看下看，不大一会儿工夫啥也没说就都下了车。一下车连忙走到了孙大力跟前，就开始鞠躬。

孙大力赶紧拽住了范师傅，调侃着说："打住，打住！你们几位一块儿那么严肃地鞠躬，怎么就觉得特别扭呢！好像告别什么似的！啊哈哈哈！"

范师傅一下子就抓住了孙大力的手说："孙大哥！不，孙大侠！老范我服了！那石头清一色的，还真星星点点长了灰绿灰绿的麻子，绝了！真是绝了！这么着，我认输任罚啊，诸位！天黑，天冷，孙大侠、钱师傅给我个面子，我那值班室正热着一盆红烧猪蹄，还有北大荒二锅头管够，咱们说什么也得干他几杯！"

还没等孙大力回应，杨洋还有另一个小伙子就拽着他们奔值班室走去！这大半夜的，按照纪律规定，钱途师傅他们要开车、押车，不能喝酒，一人啃了两个猪蹄子喝了两碗热开水，就启动车往 23 连开去。

孙大力喝了几杯热酒，啃了几只热猪蹄子，就作别了范师傅他们往自己驻地走去，没走多远就听到身后有个人跟了过来，他一闪身躲在了一棵大树后边，悄悄向来人看去。后边那个人一时看不到孙大力了，急忙往前追了几步站在那儿嘀咕："到底是孙大侠，追都追不上！"

孙大力一瞧是杨洋，笑着从树后闪了出来说："大半夜的还不回去睡觉，跟着我干什么？"

"哎哟我的妈呀，孙大侠，你吓死我了！神出鬼没的，猫哪儿了呀？"

对于杨洋的大惊小怪，孙大力没有回答，算准了他有事想问自己，便直截了当地说："是不是想弄明白那石头上的灰绿麻子？"

杨洋点头说道："我怎么也想不清楚，你说那石头上的灰绿麻子，到底是怎么回事儿？"

孙大力说："行！不过你必须先回答我一个问题，点头或者摇头就行。"

"好！您问吧！"

"那个说我们的车装了你们连石头的人，是不是跟你在一起的那个青年？"

"啊？你是说小——蔡？"杨洋支吾起来。

"对，就是那个小蔡。是，你就点头，不是，就摇头！"

孙大力说得挺轻松，杨洋却下了很大的决心似的点了点头说："大侠呀，什么也瞒不了你啊！黑乎乎的，大老远的，小蔡根本就没弄清楚那堆石头是哪个连的，让范师傅狠狠地臭骂了一顿！"

"整清楚了，就好！这一篇就算是掀过去了！至于石头上的灰绿斑点，那是咱们大青山石头的一个基本特征，只不过我研究得多一点罢了。明天你再好好看看你们连的石头就明白了！"孙大力说："我说的你听清楚了吗？"

杨洋显然还是糊涂，说；"就这么简单？"

"简单？告诉你吧，我的秘密全在这儿呢！"孙大力拍了拍随时携带的背包接着说，"知道什么叫行踪标记吗？探险钻林子爬大山，必须要有自己特有的标记，否则你转来转去怎么能搞得清楚！"

杨洋还是挺聪明，叫起来："噢！你在你们的石头上做标记了！"

孙大力笑着说："啥也不唠了，秘密也告诉你啦！你这个朋友也算是交定了！快回去睡觉吧！"

杨洋高兴地说："老师！您的秘密就是我的秘密！当然，我的秘密也是您的秘密！我可是在大青山脚下长大的，大青山如果有什么动静，我头一个就告诉您！老师，再见！回去睡觉啰！"

眼看着杨洋跑去的高兴样子，孙大力琢磨着：大青山！嗯！大青山哪，你还有多少秘密没有破解呀！

七　演出大约在冬季

在人们的记忆当中 20 世纪六七十年代的时候，一年四季春夏秋冬特别分明，该热就热、该凉就凉、该冷就冷，热就热个痛快、凉就凉个舒坦、冷就冷个透心寒。

当然，在咱们中国北方的北边，北大荒冬天的寒冷就更甭说了，用北京知青们的话讲："吃过冰棍儿吧？人在北大荒的户外时间待长了那就是冰棍！在北海滑过冰吧，气温顶多零下十几度、结冰顶多一二十厘米；可北大荒最低气温在零下三四十度，冻土即可达到一百厘米左右。"

诸位说了，北大荒的冬天这么冷，知青们、老同志们那日子该怎么过呀？怎么过？简直就是一团火热！点燃着人们的情感，灼烧着人们的心灵！那是必须的！

远的不说，就说 1970 年的 2 月份，586 团 23 连的大食堂兼大礼堂的小小舞台上，正上演着一出接受贫下中农再教育的大戏——由知青们自编自导自演、自行设计制作、歌舞话剧有机结合、源自于"陈占武忆苦思甜广播录音"的戏剧《陈占武家史》。

这个陈占武，可是"文革"时期闻名全国的忆苦思甜著名报告人，曾任北京鼓楼中学军宣队指导员。报告讲的是，在旧社会他的家境贫困异常，亲人受尽磨难，大伯二伯因抗日被鬼子用铡刀铡死，父亲卖给地

青春流浪

主做牛做马推大磨，母亲在自己出生三天后就被迫去做别人的奶妈，等等。这种苦日子直到中华人民共和国成立后才苦尽甘来。

他的这篇著名忆苦报告，被录音以及印刷成册广为流传，在黑龙江兵团更是家喻户晓。

演出是在一种极其严肃的气氛中进行的。舞台前沿的上方书写着"忆苦思甜苦尽甘来"八个大字，左右两侧书写着十二个大字：以革命的名义，千万不要忘记。

现场宣传

演出之前的一首脍炙人口的忆苦思甜歌曲《生产队里开大会》是绝对必不可少的。在二胡伴奏下，全体人员娴熟而深沉地吟唱着："天上布满星，月牙儿亮晶晶，生产队里开大会，诉苦把冤申，万恶的旧社会，穷人的血泪，千头万绪、千头万绪，涌上了我的心，止不住的辛酸泪，挂在心……"在这充满泪水的歌声中，演出正式拉开帷幕。

而演出结束之后的赞颂歌曲："天大地大不如党的恩情大，爹亲娘亲不如毛主席亲！千好万好不如社会主义好，河深海深不如阶级友爱深——"则将人们的感恩之心淋漓尽致地抒发出来。

23连的《陈占武家史》演出无疑是相当成功的，用正巧在连里办事的团宣传科马干事的话说："没想到这场演出让我哭了七八回，更没想到你们连里的知青演出水平这么高，也没想到那些布景设计会这么好！好！太好了！"

在剧中扮演陈占武的是平日话语并不太多的机务排拖拉机手张强，没想到他的沉稳、真情以及颇具感染力的台词，愣是将观众深深地带入了剧情之中，简直以为他就是陈占武了。他哭台下也哭、他笑台下也笑，他在台上愤怒，观众在台下跟着使劲儿，有点分不清谁是谁了。

副连长刘学峰则扮演了陈占武的父亲，经过化装几乎让人认不出这位胡须飞飘、满脸沧桑的父亲，竟然就是青春潇洒的刘学峰。他的一大段唱词极多、难度极高的戏，把这位苦大仇深、受尽折磨的老人画得入木三分。

这个剧目的编导是青年女排排长赵晓萍，擅长跳舞的她扮演了陈占武的母亲，通过舞蹈语汇及肢体造型，将这个欲哭无泪、拼死挣扎、坚强、富于反抗精神的苦难母亲形象，塑造得既令人同情更让人敬佩！

要说这个戏的布景道具美术设计，更是让久违剧场、久违戏剧的北大荒人眼睛一亮、拍手称绝。不是没有做布景的布吗？把食堂里积攒下来废弃的那些面袋子缝连起来，把场院里那些破旧的麻袋收拾一番，经过剧本设计、知青画家舒高的精心绘制、剪裁、悬挂，再将连队那些破

宣传队来了

旧的农具家什往上一摆，妥！旧时代、旧社会那种历史的沧桑，劳动人民牛马不如生活的苦难与窘境，在那昏黄油灯的飘忽映衬下，得到了充分的展现！

想了半天没想明白，这是什么流派的戏剧。

不过，舞台下的观众可管不了这些事儿了，热热闹闹的歌舞话评多剧种糅合、写实写意自然搭配的意境、戏里戏外的交流呼应，让那火辣辣的演出效果相当不错！

反正23连连长赵希才揉着红肿的眼睛发话了："演得好！奶奶的，就是它了！"反正是指导员沈子文看完演出就安排猪号杀猪慰问，搭配着食堂的菜团子忆苦饭别有一番味道。总之，一股子劳动人民新社会翻身当家做主人的感觉！

让人意外的是，连里的这场演出后不久，就接到了团宣传股的通知：

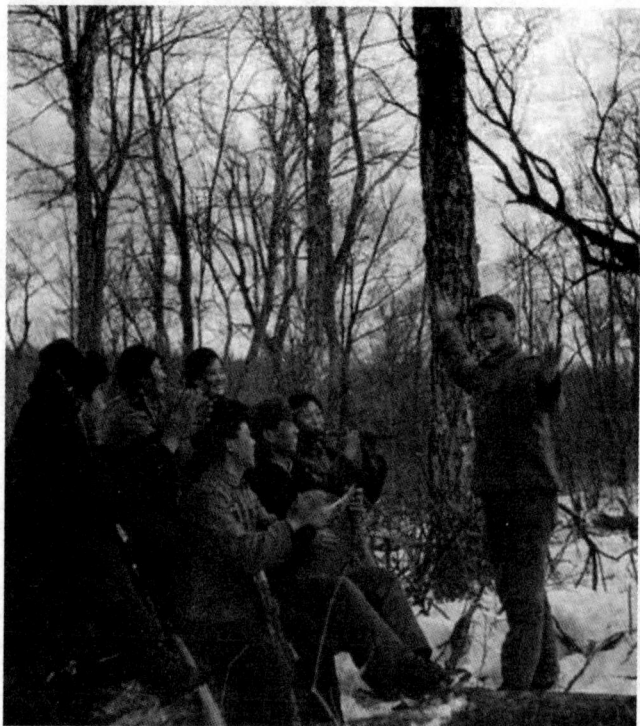

我给你唱首歌

三天之内务必赶到团部参加汇报演出。对于一个普通边境连队，要给团里汇报演出，那可是大事儿。

头一天，赵连长亲自出马进行战前动员，强调说："这一仗必须打好，奶奶的！我看你们行！为了保证你们的运输交通，演出期间，连里的那辆最有劲儿的老尤特就归你们管了！"

剧组的十五六个同志高兴得"啪啪啪啪"地鼓起掌来。

沈指导员在旁边不失时机地敲起了边鼓说："同志们，连长的动员很带劲儿，很重要！大家有没有信心？"

剧组的同志应声喊道："有！"

指导员又说："能不能演好？"

"能！"剧组的人可劲儿地大喊。

"有没有困难？"

"没——有！"

"那好！兵团战士说话算数，这个军令状就算立下了！刘副连长！"

"到！"随着指导员的话音，刘学峰高声答道。

"刘副连长，这伙子人、这个任务，就全交给你了！没问题吧？"指导员追问了一句。

"请连长、指导员放心！保证完成任务！"刘学峰信心满满地回答。

连长、指导员满意地走了。

剧组的同志们开始了紧张的排练与准备工作！

第一天连讨论带调整，白天走了两遍戏，晚上又合排了一遍，时间就过去了！挺好！

第二天的上午又走了一遍戏，就开始收拾布景道具准备装车，计划下午出发，也挺好！

吃完午饭，剧组人马兴致勃勃蹬车出发，行了还不到一半儿路程的时候，原本艳阳高照、晴朗朗的天气突然发生了变化：先是下起了小雪，接着小雪花变成了鹅毛大雪铺天盖地而来，不多时就雪白一片、厚厚实

抓空学习

实，很快就看不清前进的道路了。

　　还好，开车技术很高、脑子好使的上海知青钱途小师傅，对这条通往团部的大道熟之又熟，哪儿平、哪儿洼、哪儿溜直、哪儿拐弯，哪儿该给油、哪儿该收脚，那心里是特别有数。

　　所以，尽管雪大看不清路，照样挡不住咱们钱师傅的双眼与判断。当老尤特"哼哼！哼哼！"地怒吼着，挟持着两只一米五左右直径的巨大后轮儿冲压过去，那被远远甩在车后地上的、深深的两道雪沟，无可奈何地伸展着、伸展着，懒洋洋地望着那战车一般咆哮着、撒欢而去的雪中迷影！

　　可是，更糟糕的情况出现在车子正一往直前、行进到距离团部还有三分之一远，也就是还有十来里路的时候，大雪没停，却又刮起了大风！"呼呼"的大风窜来卷去，很快将路面上堆起了一道道雪梁子，高高低低地往前那么一躺，就像是私设的收费站似的，路杆儿那么一横，您要是不付出足够的代价，就根本无法前行，就不让你过去！

　　这个时候，就算是钱途师傅再长八只眼睛，武艺再高强，那也没法儿了！卷曲在车上任凭颠簸以及风雪侵袭的诸位剧组人士，早就像冻元宵似的，那浑身上下的骨头随时都会散裂。

随着车辆收火停下，老尤特"咕突咕突"慢节奏地喘着粗气，耳听着钱途师傅的大声嘀咕："我算是没招儿啦！还有十里路，下车走吧！"

刘学峰首先跳下拖车，还没站稳差点儿被大风刮一跟头，赶紧抓住车帮喊："风大！都先在车上趴着，待命！"

刚想起身下车的同志们，只好依旧蜷缩在车上躲避着大风，否则那身子骨稍微轻一点儿的，弄不好就被大风刮跑了！

刘学峰凑到驾驶楼，钱途想让他上去挤挤好商量事儿，被刘雪峰赶紧制止，喊道："千万别开门！小心让风刮掉！"钱途只能作罢。

刘学峰看了看手表，又看了看风势，接着喊："钱师傅，现在是下午两点半，按照咱们这块儿的天气规律，这阵子大风来得突然，去得也慢不了！"

钱途摆着手大叫："就是风小了，这个路也开不了车啦！"

"我知道，待会儿风一见小，我们就拔腿往前撩！你千万别熄火，自己想办法折腾吧！"刘学峰嘱咐完钱途，使劲儿咽了口唾沫，侧过身儿用大狗皮帽子遮挡着风，对拖斗上的战友们喊："车上的同志们，风势已经减弱，再坚持闷一会儿！路况太差，车肯定开不过去了，待会儿我们必须甩开双腿走了！"

车上有人喊道："刘副连长，我的腿好像不是我的腿了，又冻又麻，不听使唤了！"

"那你就扛着腿，我负责背着你，爬也要爬到团部！"另一个打着哈哈。

不爱吭声的张强说："哎哎哎！千万不用爬！我是拖拉机手，关键时刻得起作用，今儿个就当把拖拉手！啊！你们两个呢都躺在雪地上，我用绳子拖着你们，拉着你们！说什么也要把你们按时整到团部！"

"噢！噢！还是陈占武厉害，啥招儿都有！噢噢！"随着剧组同志们的说笑、起哄，大风的呼啸声也渐行渐远。

按照刘学峰的安排，三个装着布景的大号麻袋以及两个服装麻袋由

青春流浪

八个男生负责背扛；剩下的几包小道具以及用具由其余的男女生们负责；
而较大型的物件则坚决留在了车上，由钱途负责照管。钱途师傅和他的
助手会联络就近的连队予以援手，确保人车安全。

　　大雪大风肆虐过后的北大荒荒原上，依旧白茫茫的一览无余，原本
十分平整、轮廓清晰的交通大道，已然面目全非，雪盖着道儿、道儿连
着沟、道儿不像道儿、沟不像沟，浑然一片无从说起、无从下脚！

　　逝去的阳光不知不觉又红又亮起来，渐渐地滑向西天！放眼通往团
部的方向，收入眼帘最清晰的标志物，便是在雪白大地之上矗立着的、
因为刷过防腐油呈显黑黝黝的、像标准的受阅礼兵似的溜直溜直、排列
有序、一直通向团部小青山的那一根根不畏风寒的电线杆子！

　　看着路旁那五十米一根等距的电线杆子，刘学峰和他的战友们乐了。
在他们眼里，这就是一条直线距离最近、路标最为明显、好像专门为身
处险境、迷失方向的探险者开设的通天大道。

演出在田间

于是，这一队青春火热的男男女女年轻人，手提肩扛斜背着大大小小的麻袋布包，沿着电线杆子，踏着积雪，深深浅浅、一扭一歪，嘻嘻哈哈、无所畏惧地向着团部走去！

钱途小师傅不失幽默地对着大伙儿喊："你们真牛哇！五十米就有一位大个子警察叔叔欢迎你们！祝你们平安到达！路一打通，我就去接你们！"他身边的老尤特依然在"突突突突"喘着粗气！

队伍里响起了嘹亮的歌声："日落西山红霞飞，战士打靶把营归，把营归，胸前的红花迎彩霞，愉快的歌声满天飞，Mi suo la mi sao，la suo mi dao ruai，愉快的歌声满天飞！一二三四！"

团部汇报演出过后，23连演出的忆苦思甜戏剧《陈占武家史》，受到了团里组织观看的各连队领导以及代表们的热烈欢迎，并由团宣传部门统筹安排这个戏进行了巡回演出。

陈占武家史与兵团战士们的激情演绎，将北大荒那个严寒的冬天燃烧得火热火热！

八　莽莽荒原火之殇

漫天大雪、滴水成冰、哈气结霜、棉袄棉裤、棉帽棉胶鞋，是大东北留给世人的基本印象。对于北大荒来说这些描述还真没错，冷若冰霜简直就成为北大荒的不二形象。

其实您只要多待一些时日便会发现，北大荒最大的特点就是随着春夏秋冬的自然转换棱角分明、不善遮掩地面对世界。

春天里万物复苏、绿意盎然、播撒梦想，夏日里挥风洒雨、昼热夜凉、百炼成钢，秋风里天爽地朗、金穗飘香、收获希望，腊月里冰封万里、白雪皑皑、炉火正旺。

生活战斗在北大荒的人们，无论是打江山走天下的专业官兵，还是纵论国是满腹韬略的知识分子，抑或是别离城郭磨炼心智的知识青年，已然被北大荒的春夏秋冬、北大荒的冷暖世事、北大荒的超然使命，打磨成了一代又一代的新北大荒人！

北大荒的生活无疑是艰苦的，北大荒人的精神状态却又是极其乐观的。黑龙江兵团五十万知青战士的安营扎寨，又使得这塞外边陲平添了几分青春、几分威武、几分妖娆！这些个来自城市的知识青年，经过摔打磨炼成为一批不可小觑的兵团战士、中坚力量，但是他们的一些举动在最开始的时候，确实令一些老同志们十分费解。

其中，有一道靓丽的风景格外引人注目，那是在北大荒的春夏之际，春暖花开、草木翠绿，北大荒一片生机盎然的时候。各师团及驻扎在荒原湿地包围之中的各个连队，每到傍晚生产训练收班之后，这些灰头土脸、油腻衣衫的战士们回到宿舍经过收拾洗涮，再从各自宿舍飘然而出的时候，竟变戏法似的一个个头发蓬软、面色红润、裤线笔直、衣衫整洁、五颜六色，俨然一群时尚青年。

伴随着落日余晖，他们悠然潇洒地前往连队大食堂打饭进餐，在这个连队唯一的社交场所，毫不吝惜地展示着青春的活力。

率先打出这张超人妙牌的，是来自十里洋场大上海的知青，原本他们的沪语就让人听不明白，这一身儿身儿的花枝招展，确实让不少老同志以及他们的子女们晕头转向。紧接着跟进的就是号称东方小莫斯科的哈尔滨知青，衣着素来大胆的他们来了个南北呼应，柔美阳刚并举。一向独领风骚的军绿兰黑灰衣着，使得京城知青略显被动，不过当这支来自毛主席身边的年轻人加入进来时，北大荒的丰富多彩已然更加势不可挡！

事实告诉我们，热爱美好、热爱生活、热爱事业原本就是兵团战士的追求；建设新连队、装点我江山，原本就是男女老少北大荒人的共同理想！站在哨位、巡逻在边境线上，那就是一个个钢铁战士，那就是一道道钢铁城墙！

这一天的生活工作似乎平淡无奇，到了下午却被一场突如其来的大火彻底打破了平静。照常出工干活的战士们，似乎有一种特殊的警觉与敏锐，抄起顺手的家伙朝着呼喊声和着火冒烟的方向跑去。

着火的地方就在连队的西北方，那是一片未曾开垦过、布满着密密麻麻的塔头墩的慢坡树林。救火的人们手持铁锹、扫帚、麻袋、树枝，连喊带叫地扑向浓烟升腾、火光四起的树林。

这是近年来知青战士们遇到的第一场大火，并无扑救荒火经验的他

塔头墩

们就像一群被惹急了的野狼，快速而凶猛地冲杀在布满烟与火的树林外围。"噼啪噼啪"乱响，火燎树着的声音越来越密集。掺杂着呛人的烟雾，引发的令人窒息的咳嗽声也越来越揪心。过火林草轻飘飞动，扑面而来的灼烤烟熏，使得这些只顾低头侧脸勇敢扑火的人们，一时难以辨认这谁都是谁！只能隐约听到有人撕心裂肺的呼喊声："安全！安全！""小心！小心！""护着脸！护着脸！"

可是这个时候已经杀红了眼的他们，也根本顾及不了这些呼天喊地、婆婆妈妈的了，在他们的脑海里唯一强烈的意识就是兵团战士的责任：哪里有火光就冲向哪里，决不能让国家的财产遭受损失！

这哪里还有什么时髦青年的影子，这简直就是一群无所畏惧、冲锋陷阵、所向披靡的敢死队员呀！在这样一支扑火队伍的夹击下，树林里的火势终于得到了控制。

指挥救火的赵希才连长，脸已经让烟火熏燎得乌漆麻黑，望着过火后的林木，他声嘶力竭地喊道："同志们！明火已经扑灭，但是任务并没有最终完成，决不能松懈！咱们要做好两件事，首先要清理人员、互相辨认、各归班排；第二，以班为单位，有组织地进行火场清理，不留余火、不留后患、不能落下人！现在开始！"

往大田去

在连长的命令下，当人们终于得以抬头四处张望的时候，瞪大了眼睛，看着对方脑袋黑乎乎、焦花花的一团，都有些发蒙！盯着对方那一张张冒热气的大黑脸，你瞧着我瞪大的眼珠白亮白亮、忽闪忽闪的甚是可笑，我看着你张开嘴巴露出牙齿水白水白、一张一合相当滑稽，一个个傻愣傻愣的如果不是开口说话，那可真是难以互相辨认了。

平日里挺爱美的沈玉兰，顾不上两根长辫何时被火烧燎成一长一短，招呼着自己班里的姑娘们；孙大力高高的鼻子和那双扇风耳可能因为太凸出，被火燎了一溜水泡，再让烟一熏，就像一串没长熟的紫葡萄，也跟没事儿似的高调大嗓地清点人数；一贯潇洒的吴启凡排长，原本略带自然卷毛的头发所剩无几，东一块西一片散发着焦煳的味道。这时候他瞪着一双白眼珠子，像探照灯一样在扫视着人们、扫视着树林，生怕遗漏了什么。

也不知道什么时候，通讯员董平平和后勤的一个老同志赶着牛车送来了几筐黄瓜和西红柿，说是指导员让送过来的。

青春流浪

赵连长抄起黄瓜和西红柿，高高举起晃悠着高兴地说："奶奶的，正好解渴！咱们谢谢后勤的同志，谢谢董平平，也谢谢指导员！吴启凡你负责分发，尽快到手！"

吴启凡应承着："是！"对着董平平做个鬼脸，就忙活分发黄瓜西红柿去了！董平平立马跑过去帮忙，看着一个个黑乎乎的脸辨认着、招呼着。

在树林里跑来跑去张罗扑火的刘学峰副连长，看着大家手里的东西吃得差不多了，指着林子里树间满地的阳光喊："各排各班注意了，趁着光线充足，立刻进行火场清理，不留隐患，不留死角，保证全员归队！"

吃过黄瓜西红柿之后，扑火的同志们显然精神了许多，睁大了眼睛搜寻着火场。树林子里的明火早就没有了，烟雾也消退了不少，偶尔逬跳出来的火星，让扑火队员们手里的铁锹三拍两拍就给彻底收拾了。

扑火任务很快进入了收尾阶段，刘学峰带着吴启凡四处查看、督促，确保任务圆满完成！

这时候人们才发现，过火之后洒满落日阳光的柞树林子竟如此清爽别样：灌木杂草几乎无影无踪，黑乎乎的树干依然烫手，扑火人的身影在青烟缥缈中跳跳跃跃，晃晃悠悠。

跟着孙大力他们搜寻火场的董平平，突然耸起鼻子使劲儿地嗅了嗅，说："香喷喷的蘑菇味儿！对，就是烤蘑菇那种味道！"

吴启凡调侃着说："董平平你是不是馋疯了？哪儿有什么烤蘑菇哇！有也是烤耳朵、烤鼻子的烤肉味儿啊！哈哈哈！"

孙大力伸过来他那又高又大、红肿的水泡鼻子说："哎！我这烤鼻子的味道还真足！"说着就自我欣赏地、使劲儿地嗅了起来！谁知道他这一嗅，竟也叫起来："是烤蘑菇的气味儿！平平说得没错，是那种味道！"

让孙大力这么一忽悠，附近的几个人都纷纷耸起了鼻子，像是一群馋疯了的军犬，跟在他的身后使劲儿嗅起来！

只见董平平三蹿两蹦地跑向了侧面的一个慢坡地，上面的一片小柞树林火熏过后的树干，虽然不似白桦林木那样清新鲜亮，里边飘然而至的烧烤气息却越来越浓。

董平平忽然发现，不远处的一棵柞树下，一个硕大的、烧焦了的、黄澄澄、喷喷香的大平磨，正稳稳当当地坐落在残草丛中。他立时就扑过去，趴在地上使劲儿地瞪着眼珠子看，使劲儿耸起鼻子闻，想就地拔起来又十分舍不得地侧起身，冲着孙大力他们喊："孙大力！在这儿哪！蘑菇在这儿哪！"

孙大力他们几个很快就跑了过来，围着董平平还有那株大蘑菇，左看右瞧的，不敢相信这是真的，而闻着那飘入鼻腔的香味儿又不得不赞叹起来！"哎哟我的妈呀！这哪是蘑菇啊！简直就是向日葵呀！""可不是咋的，简直就是小雨伞哪！"

一旁还在不停嗅闻着、不停扫视着周边草丛的大个儿孙大力，眼睛一亮，突然发现不远处慢坡上的一片柞树、松树等混交林旁、残草之中，散散落落、或隐或现、圆圆乎乎、深褐焦黄的蘑菇群，正散发着诱人的烧烤香味儿顺风扑鼻而来！他不由自主地喊出来："快去看哪，大片的蘑菇群！"

闻讯而至的哥儿几个，看到那一群大蘑菇，竟傻呆呆的、生怕踩着地雷，或者怕惊动谁似的，慢慢地走了过去，一时不知如何是好了。眼望着这些个焦黄焦黄的大蘑菇，想尝尝香味，又不知是否有毒，一个个犹豫起来。

董平平怯生生地自言自语："这么大的蘑菇，能吃吗？"

"是啊，没见过啊！""别的不怕，就怕是毒蘑菇！""拿不准，真拿不准！"

听到议论，孙大力把手一挥做了个静止的手势，稳了稳神儿，来到了一个大蘑菇旁，仔细观察起来，发现几只小蚂蚁正在不停啃食着那香喷喷的蘑菇。他先是用手沾了些许焦黄蘑菇上泛出来的汁液，放到鼻子前闻了闻，又放到舌尖上品了品，又用随身携带的小刀割下了一小条蘑菇放进嘴里咀嚼起来。

哥儿几个看着孙大力不停地咀嚼，他也不说话，不知道这位旅游兼探险爱好者到底是怎么个意思！

孙大力却用手拔起了那株蘑菇，说："哥儿几个都看清楚了，这种蘑菇俗称大脚菇，学名牛肝菌，茎壮盘厚，边缘光滑，一般为黄褐色、土褐色或赤褐色，菌肉为白色，肉厚细软，掰开后不会变色仍为白嫩——"

不知何时凑过来的沈玉兰着急地说："孙大探险家，都快急死人啦！这些大号蘑菇到底能不能吃啊？那边还有一片哪！你可得看好了！"

孙大力依旧学者派头地说："这个问题提得好！我必须得跟大家说准确、说清楚。你们看啊，这种蘑菇的菌盖呈半球形或稍平展，平时的菌盘直径是五至十五厘米，菌柄长五至十厘米，其实体属于中大型，如果气候雨水合适呢，就会长得极其硕大，这可是咱们黑龙江北大荒夏季常见，生长在混交林地中，或单生或群生的大蘑菇！"

"孙班长，不！孙大师，说了半天，这些大蘑菇到底能不能吃啊？都快馋死了！"董平平吸溜着嘴，生怕口水流下来一样。

"诸位听好了！最终结论，"孙大力举起那株大蘑菇，提高了嗓门说，"经本大师鉴定品尝，这种大脚菇，是一种鲜美可口、优良野生的可食用菌！咱们算是抓着了！哈哈哈哈！"

早在一旁看热闹的吴启凡说："孙大师说的没错，那边赵连长、后勤老同志也说了，这种蘑菇很好吃！大家可以分头采摘，今天晚上大食堂可以好好来他一顿蘑菇宴了！"

吴启凡话音一落，人们便"嗷嗷！"地叫着，像是一群欢快的中学生蹦蹦着四散开来，又像是探宝者发现了奇珍异宝，纷纷蹲伏在那一株株、一盘盘焦黄散香的大蘑菇前，小心翼翼地拔出来，又小心翼翼地捧在手里。瞧瞧这些个扑救荒火者，那一张张火熏火燎后黑花花的脸庞上，纷纷绽放出了黑牡丹般的开心笑容！

这一年的春夏之际，阳光格外明亮，整个荒原出奇的干热，返回连队大本营的知青们，还在议论着那片荒草慢坡树林的火不知何故而燃烧起来，纷纷猜测着那到底是坏人所为，还是风干物燥所致，说来说去，也没得到什么明确答案。

然而，几天之后的另一处荒草甸子跑火、扑火，却成为整个连队、整个知青群体的荒原之殇！

那天的荒火，是从下午晚些时候着起来的，就在连队的东南方向一片待开垦的特大荒草水洼地。

这片荒草地，水源充足土质相当肥沃，可谓水丰草茂。一人多高的大草密密麻麻、随风起伏，应该是一处上好的备垦良田。只是因为期间藏匿着一片地势稍洼、草水相间的大水泡子，如果不修渠排水，把它给甩掉了实在可惜，而不甩掉它，这么一个大水洼子必定影响未来整块大地的完整布局，所以很长时间就这么先撂着，等待开垦。

要说在这北大荒的水泡子地里，一般年景不涝不旱的话，那些矮木桩般、郁郁葱葱、怒发冲冠、披头散发、大小匀称的无数个塔头墩子，

塔头墩

塔头地

就像绿宝石一样镶嵌在飘忽不定的水泡地里，独具风景，煞是壮观；要是遇上大旱天儿，整个水泡子就会大部分干涸起来，而那些个塔头墩子照样披头散发，只不过它们的头型会略微精短、翠绿之间就会夹杂着丝丝枯黄；待到遭遇水涝，那些翠绿的塔头墩子上将会多上几朵悠悠的小黄花，随着泡子水势的深浅而沉沉浮浮。

当年的气候虽属天干物燥，但是在阳光充足之下，水势却相当均匀，那块亟待开垦的荒地，依然是略干之地，大草密不透风、低洼之处水草并茂，照样布满着那些怒发冲冠、披头散发的翠绿塔头墩子。

和往常一样，接近傍晚落日时分，北大荒的气温就会逐渐变低，而一旦日落西山那气温就会骤然下降，就算是大夏天的，日披薄衫夜穿袄也绝不为过！

荒草甸子里的火在落日不久就被大家扑灭了。知青们洗涮之后，三三两两聚集到大食堂就餐。老大哥李海边吃边张望着来来往往就餐的人。

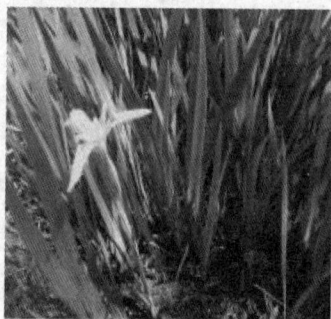
塔头墩黄花

按照往日的习惯，小不点董平平保准凑过来，一边吃饭一边听大家聊天，并且特别喜欢听李海说事儿。他认为老大哥李海说的那些个事儿，不光是侃大山，那里边净是学问！

这时候刘学峰副连长也过来了，问："通讯员董平平哪？连长明天要去团里开个会，问他文件的事儿！"

李海关切地说："没看着哇！"说着就站起来喊："诸位，谁看到董平平了？吱一声！"

吴启凡、孙大力也喊起来："同志们，今天傍晚谁看见过通讯员董平平？"

食堂打饭的一位师傅应了一声说："通讯员下午还在这儿帮忙干活哪，听说草甸子着火了，就跑出去了！"

李海一听就着急了，说："糟了！这小子怕凉！不能着水！"说着将碗筷一放，拔腿就往外跑。

刘学峰当机立断，说："吴启凡、孙大力立即组织青年排，以及在座儿的男青年，到东南荒草甸子找人，三人一组，务必保证安全！注意带足手电筒，每组至少配备一个！"

"是！青年排的以及在座男同志，按照刘副连长的要求马上准备，东南路口集合！快！"吴启凡应了一声，说完就带头跑出了大食堂。

知青们的动作很利索，队伍很快就接近了东南方向，那块荒火过后草灰气味加重的荒草甸子。老大哥李海已经抢先一步到达与大家会合。

按照孙大力的分析，傍晚最后扑灭荒火的地点是接近水泡子的周边，那里干涸的草甸子与水地连接的塔头墩子情况比较复杂，也最容易出现问题。

吴启凡、李海觉得孙大力的分析挺有道理，于是就决定：大部人员兵分两路，迅速包抄搜寻水泡子的周边，特别注意草甸子与塔头墩子的连接处，不能放过任何细节！同时，又另外派出了三个小组，到荒草过火地带再度仔细巡查一遍，因为那里也是扑火队员逗留过的地方。

夜间的天光灰灰亮亮，但向远处望去朦朦胧胧的就像是隔了一层轻纱，队员们打开了手电筒，一束束光柱在水泡子边缘地带晃来晃去，顺着光线人们瞪大了眼睛仔细搜索，伸长了耳朵仔细辨认，生怕遗漏了一丝线索。

将近晚上十点钟的时候，孙大力他们那一组先是在草甸子边，发现了一只黑色的回力牌高腰球鞋，他立即断定这鞋就是董平平的！赶快用红色绸布罩住手电筒向空中画圈，并吹响约定好的哨音让吴启凡、李海赶快靠拢过来！

孙大力让一名队员手持红光电筒，拿着鞋原地等待，马上和另一名队员在附近的荒草与塔头墩间搜寻！

闻讯赶来的李海打着手电筒仔细查看，并用鼻子嗅了又嗅，眼泪"唰"地一下就淌了出来，说："就是他的呀！赶快找吧！董平平怕凉啊！"

吴启凡说："就近搜索，注意塔头墩子，注意安全！注意联络！"

没过多久，不远处传来了孙大力的喊叫声："找到了，在这儿哪！在这儿哪！快过来！"

队员们很快就围了过去。在手电筒光束的照射下，只见董平平斜背着通讯员的黄色军用书包，趴在一个大大的塔头墩上，侧脸枕伏在支支棱棱的杂草上一动不动，双腿侧卧在甸草与塔头墩间，浅浅的泡子水将他的双脚刚刚淹没。跪在一旁的孙大力，显然也慌张得不知所措，两眼泪汪汪地直视着已经了无气息的董平平，嘴里不停叨咕着哭起来：

塔头青青

"不行了！不行了！啊啊——"

李海连滚带爬扑倒在董平平的身旁，哭喊着摇晃着他："董平平，你醒醒！你醒醒啊！——啊——"见董平平不应声他就像发疯了一样，抱起董平平就往稍高处的荒草甸子上跑，一边跑一边喊："他怕凉，他怕凉！他怕凉啊！——啊——"

吴启凡、孙大力他们一伙子人泣不成声，快步随着李海，搀护着董平平向荒草甸子稍高处跑去。

他们渐去渐远，哭泣声也越来越模糊。他们身后的塔头墩子黑乎乎的，隐映在昏昏亮亮、波动闪晃的水泡子里，高高的水草毫无规则地随风晃动着、晃动着——

董平平的坟墓就建在砖厂大窑的东侧，那里的一片松树林是董平平生前特别喜欢溜达的地方，每天早晨太阳升起来的时候，缕缕阳光就会照射进来，暖意融融。

把董平平的墓建在这个地方，是老大哥李海的建议。他知道董平平这个小弟弟生前经常到砖厂帮忙干活，和这里有着深厚的情谊。又知道董平平生前特别怕冷，所以让董平平的墓，背靠火热的大窑，面向温暖的朝阳，就会更暖和一些！他自己也会经常来看望看望！

葬礼那天，连队的知青、老同志们和家属都来了，密密麻麻地将墓地围得密不透风，好像生怕再有一丝凉气吹着董平平。

墓的四周摆放了十八只用野花、大草编织而成的花环，默默陪伴着这个刚满十八岁的北京小青年！人们眼望着墓碑，尽力控制着憋着心里的情感，而胸前的小白花微微颤动着不知想倾诉些什么！

墓碑上方书写着"1970 年 6 月 3 日 因保卫边疆扑救荒火英勇献身"，墓碑正中镌刻着"董平平烈士之墓"，墓碑左下方落款为"生于 1952年 卒于 1970 年 年届十八"。

葬礼是由沈指导员主持，当他弯腰向墓碑鞠躬时，突然一下子就跪在了地上，哭了起来："董平平啊，我对不起你，没照顾好你哇，没法儿向你家人交代呀！啊！——"

三年前，就是沈指导员到北京把李海、刘学峰、孙大力、董平平他们接到北大荒，接到连队里的，董平平年龄最小，刚满十五周岁。

送葬的人们再也控制不住痛失战友、痛失那个人称小不点、可爱的北京小青年的痛苦之情，原本静静流淌的眼泪、低低的抽泣变成了一片痛苦的哀号声。

平日就像大哥哥一样疼爱着他的李海，像姐姐一样呵护着他的沈玉兰、赵晓萍悲痛欲绝！

赵连长的悼词与人们悲伤的哭泣声交响在一起！

"董平平，一个普普通通的兵团战士，一个快快乐乐的北京知青！他没有豪言壮语，也没有惊天动地的事迹。他来到这个世界上，甚至还

墓地青松

苇花飘荡

没有来得及品味更多的人生！可是，他却义无反顾地履行着一个兵团战士的神圣职责：保卫边疆，建设边疆！为此，他急匆匆地告别了战友、告别了家人、告别了人生、告别了冰火交融的北大荒！再见吧，我们亲爱的战友！安息吧，我们亲爱的兄弟！"

这些与董平平临别的话语、这些情谊绵长的述说，久久地萦绕在那个青松环抱的墓地上空！

他的灵魂，久久地根植于广袤的北大荒的土地上！他的音容笑貌始终活在战友们的心中！

九　大鞭子一甩嘎嘎响

　　距离麦收还有一个多月的时间,各个连队都在做麦收前的准备工作。23连后勤排却传出来个消息,说再过几天,连里要举行隆重的马车老板上岗仪式。

　　说来都挺新鲜,在大名鼎鼎的、机械化程度极高的建设兵团各师团、各连队,知青们上个拖拉机、开个老尤特那么重要、光荣的事儿,都没有举行过什么仪式,也就是在分班排的时候,谁分到了机务排、机务班,点名的时候答个到!顶多再加上一阵掌声,完了就去认师傅干活啦!

　　想想也是,还真没听说有多少人争着抢着赶大车、做什么马车老板的。整天和那些不会说话、气味十足的牛哇马呀打交道,能有多大出息?还搞什么车老板上岗仪式!邪乎,真够邪乎!

　　想当初,为确定连队未来车老板的人选,还真难为了后勤排长马淑惠。甚至有人开玩笑说,如果马排长能够在三天里学会甩响大车鞭子,让谁去学赶车,谁就必须二话不说服从命令!

　　就这个甩响大车鞭子的活儿,看着威风凛凛、把控自如,但这绝非易事,甭说马淑惠是个年轻的柔弱女性,就是块大膘肥的爷们那难度也是相当大。可是,韧性十足的马淑惠连眉头都没皱就答应了,还找补了一句:"君子一言,驷马难追。你们等着!"话一说完,她就走了。被甩下的那几位车老板候选年轻人，大眼对小眼的，一时竟不知道说什么好了！

大家都知道，在北大荒、在建设兵团，一般马车按驾驭马匹的数量主要分为三套（四匹马）、两套（三匹马），其中最高境界就是驾驭三套车（四匹马）。

一挂三套马车，套车的马匹排序规矩是：座底驾辕的马称为"辕马"，其责任重大，整架车辆的负载能力、行进速度、平稳与否等都取决于该辕马的素质与水平；其余在前的三匹马统称为套，从左往右分别称为"外套、川套（或中套）、里套"，言外之意这三匹马的职责就是拉套，就是协助辕马将整辆马车的装载、行进能力发挥到极致！

而这一挂三套马车的总领者——车老板，靠什么指挥、驾驭、驯服那并非人类的、嘶叫长鸣、奔腾如风的四匹强壮的高头大马？其实质还是逃脱不了文武双道。

所谓文，就是文若待人，就是车老板必须与马交朋友，跟这些高头大马建立友好关系，建立共同语言。一个优秀马车老板的举手投足、声调高低、口令表达乃至情感思绪，都能够迅速传递并影响到这些大马的动作。

所谓武，就是技艺高超、镇得住马。除了日常的套车、装卸、驾驭等整体水平上佳，关键之处就是那杆扎着红樱穗、令人胆寒的三米多长的大马鞭子！这杆长鞭前端的皮鞭梢儿，那可是令牲畜疼痛难忍乃至致命的家伙什儿。车老板一鞭下去，就是再厚的牛皮马皮也会被抽出一条大血印子！

当然，车老板们若不是忍无可忍、处境危急，那是绝不会轻易甩鞭抽去，必须是武之有理，文情当先。

面对那杆三米多长的大马鞭子，马淑惠有些愣神儿，一时不知道从哪儿下手，小三斤重哪！别说是甩响，就是拿在手里都沉甸甸有分量、拿不稳。这还不算，关键是各个连里的马车老板们封建迷信思想还挺严重，没人敢把甩大鞭子、赶大车的技巧教给这些个女青年！

正当马淑惠无可奈何、不知如何是好的时候，拖拉机手张强来了，并且很神秘地要领着她去找一位甩鞭高手。

马淑惠半信半疑地问："张强，到底是什么甩鞭高手，能行吗？别吹牛哇！"

张强信心满满地说："我张强什么时候说过大话，咱们可是一个火车皮拉来的，能蒙你吗？再说了，那位高手你也很熟悉！"

"谁呀？我说你就别绕弯子了好不好？张强，你要是再绕弯子，我就不去了！"性格颇为豪爽的马淑惠差点没嚷嚷起来。

"别喊！别急！这可是秘密！"张强伏在马淑惠的耳边小声嘀咕着，说得马淑惠频频点头、兴高采烈。

原来，那位甩鞭高手，就是一直挂在一边儿的原副队长陈钟。这个陈钟副队长，在部队的时候就赶过炮车，是一位言语不多但是心灵手巧的人，对于他来说，甩大鞭子的绝活儿不在话下！只不过，处于目前这种无法任用高高挂起的情况，少惹是非尤为重要。

陈钟在张强的软磨硬泡之下，对这伙子北京知青又特别的信任，也就答应下来，但前提是绝对不能声张！

三天很快过去了。毫无疑问，马淑惠甩响了沉甸甸的三米长杆大鞭子。看着马淑惠左手轻握杆尾、右手紧握杆身，那矫健、利索的执杆、晃杆、悠鞭动作，伴随着她右手腕儿微微旋转，以及适时收紧抖动，只见杆头捆绑着那段一米来长的竹鞭连接着又是一米多长柔软且韧劲十足的皮鞭，在空中优雅地盘旋几圈之后，"啪！啪！""啪！啪啪！"清脆山响的鞭声便呼啸而出，震耳欲聋！

啥也别说，马排长大鞭子一甩震响荒原，报名想当车老板的竟多了起来。就这么着，经过筛选，几位未来的马车老板应运而生。开始跟车做起了大车老板的助手，学起了甩鞭、赶车的本事。

这不，跟了快一年马车的车老板助手们——北京知青郑平、胡本田、上海知青周仁福，经过老师傅的严格传带、磕打磨炼，个个身手了得，既有东北大车老板的粗犷彪悍又有着知识青年的精明睿智，把个连队马号班威风得不得了！自然，全连的人就是要看看，这隆重的马车老板上岗仪式，以及那些个未来的车老板们到底有多大能耐！

这天上午一大早，人们就发现连队大食堂门前的广场上，一溜儿排开了三架并未上套的马车。套车所用的绳套、架板、套包、马鞍、搭腰、肚带和后鞧等套具都在各个车板面上摆放利落，静等着车老板们各显身手。

根本就不用吹号或者敲钟集合，早饭过后不到七点，广场上已经挤满了围观者。时间刚到七点，只见刘学峰副连长站到了大食堂门前大喝一声："全连都有了，各排各班按序列集合！"

早就有所准备、平时训练有素的兵团战士们，很快就按照要求排列有序站好队伍；就连家属排的大婶大妈、老头老太也像模像样集合到了一块儿。

刘学峰转身大步走到了连长、指导员跟前，敬了个礼说："报告连长、指导员，队伍集合完毕，请指示！"

赵连长还了个礼，向前迈了几步站住，冲着队伍大声说："请同志们稍息！同志们哪！麦收会战就要来临，各项准备工作非常紧张，把同志们集合到这儿，就一个任务：看一看后勤排马号班的几位年轻车老板，训练得怎么样！说是上岗仪式，其实就是亮相考试，让全连的同志们看一看平平常常的赶大车，能不能整出点儿新动静，能不能给咱们麦收大会战的准备工作增加点亮彩儿！"

赵连长的话音刚落，队伍里响起了鼓劲儿的掌声！吴启凡瞅了瞅马淑惠，马淑惠正起劲儿鼓掌。

赵连长干脆利落，这讲话就算完了。他扭头看了看指导员，指导员更干脆，说："下边，就请赵连长下达命令！"

刘学峰紧接着就是一声拉满长音的大喊："全体立正！"

赵连长喊道："23连，马车老板上岗仪式现在开始！"

只听到"嗒嗒嗒嗒——"一阵马蹄声响，郑平、胡本田、周仁福几个，一人骑着一匹高头大马就从路口颠儿颠儿地奔来，到了广场边儿，又唰的一家伙，整整齐齐偏腿下马，"嗒！嗒！嗒！嗒！——"挺有节奏地、先后有序地一溜排在了那三架大车前，各自报了大号就等领导发话开始汇报。

刘学峰副连长先让大家稍息，把颇为紧张的气氛缓了缓说："今天的科目有三个。第一，人马交流，也就是车老板下口令看马的反应；第二，快速套车，看看谁又快又好地套上车；第三，甩鞭表演，看看咱们的车老板甩鞭的风采！请大家评判欣赏！"

一听说这么热闹，围观的队伍里"啪啪啪！"又响起了掌声！

"马号班郑平、胡本田、周仁福，你们听清楚了吗？"刘学峰问道。

"听清楚了！"几个即将正式上任的车老板，信心满满地回答。

"按照科目要求，汇报开始！"

随着刘学峰的一声令下，郑平、胡本田、周仁福哥儿几个，就算是完完全全地进入了车老板的角色，很快就把现场的人们给吸引住了。

首先是"嘚、驾、喔、吁、翘、淆、靠！"这一套赶车术语的现场理论与实践的结合，堪称人与动物的信任与和谐。

说也绝了，那些平时喜欢撒欢炝蹶子的高头大马，在这几个毛头小青年的调教之下，竟像马戏团的明星似的表演得有滋有味。

前边的几个常用口令自然不在话下，什么"跃"向左、"喔"往右、"驾"是前行、"吁"不动，几个口令下来，那几匹马就跟小学生背课文似的，动作完了还高高抬起马头晃晃悠悠的，好像在说："这叫啥呀，小菜一碟儿！"

至于"翘、淆、靠"的难度还真有点儿，一般脑子不好使的马，还真记不住，你就是给它几鞭子它也不听你的。可是眼前的这几匹马就好像考研似的，脑子绝对好使、绝对有备而来，把一个个口令丝毫不差地落实到动作上，让人以为这哪儿是马呀，这简直就是人精，就是马博士啊!

您看啊,那个郑平牵着红棕大马,稳稳当当站在那里,只听"翘!"的一声口令,那匹马愣是纹丝不动。正当人们纳闷的时候就听到郑平的一小声口令:"翘左!"那匹红棕马"唰!"一下就抬起了左腿,又一小声"翘右!"那匹红棕马放下左腿又"唰!"的一下抬起了右腿;而随着郑平"翘左!翘右!翘右!翘左!"的一小串口令,那红棕大马竟左右腿轮番抬起、放下,放下、抬起,一副悠然自得的神态,立时就迎来了围观众人的喝彩与掌声!红棕大马顿时就响着鼻息、挺胸昂头、左晃右摆好像挺谦虚地回应着大家。

至于"溜和靠!"都是向后倒一倒、退一退的意思,只不过是幅度大小的区别罢了。

胡本田的那匹黝黑的大马,在稍加强势的"溜!溜!溜!"的口令下,步履有序地向后倒退着,似乎很不情愿在主人胡本田手势所到的位置停下来,做出一副随时向前奔去的样子;谁知道胡本田又是几声微微的"溜!溜!溜!"的口令,彻底打破了黝黑大马的想法,又是几步较小的步伐向后慢慢倒退,随着那口令的戛然停止,它也随即止步,稳稳当当站在那里。紧接着它还弯回马脖子向后瞄瞄,再甩回头来看着胡本田,好像在说:"胡长官,没错吧!咱不能再往后退啦,怎么着咱也得往前奔吧!"又是一阵掌声响起,胡本田温柔地抱住马脖子亲热得不得了!

一旁的郑平与周仁福也"啪啪啪啪!"为胡本田和那匹黝黑的马鼓掌!

周仁福带着他那匹雪银色的大白马,走到了指定位置,站稳脚步。大白马歪着头瞧着周仁福,好像在说:"该咱们了,您就瞧好吧!"周仁福朝着大白马伸出了大拇指,晃了三晃,说了声:"妥!"那大白马就伸直了脖子、高昂着头、目视前方,似乎在提醒大家伙儿:"各位老少爷们!我这难度可是不小,待会儿千万别忘了使劲儿鼓掌!"

青春流浪

人们可能不知道，在东北黑龙江兵团大车老板圈子里，最稀罕的就是为大车驾辕的大辕马。当时兵团战士的平均工资也就是三十元左右，而一匹当用的服役大马那就得三千多元，要是一匹辕马那就更贵重了，少说也要四五千元！

周仁福他们几个手中的大马，就属于辕马级别的宝贝。

就说这周仁福和大白马要展示的活儿——"靠！"通俗讲就是微调着向后移动，那可是见针尖儿的细活儿！一般也就是当大车要出征完成任务套车的时候，经过保养休息过后的大辕马，才由车老板小心地亲自牵引着，来到悬架着的大车前，在"靠！靠！靠！"的微妙吆喝声中，那辕马才缓缓地挪动着腰身，进入到两根苗实的车辕之间。其间，绝不能让马身擦碰到车辕子，更不能让马臀部顶触到车前帮，否则就会伤及马匹无法工作。如果要伤及辕马，这样的车老板那是绝对不合格的，什么上岗仪式也是不可能有他的份的。

时间过得飞快，人们屏住呼吸眼瞧着那三架车，在车老板们干净利落的动作中，按照率先套好辕马、先外（右），再中，后里的顺序，将绳套、架板、套包、马鞍、搭腰、肚带和后鞧等套具装配到位，再将三匹拉套的马用链马扣连上，就完成了套车事宜。

当郑平、胡本田、周仁福三个年轻人分别从赵连长、沈指导员、马淑惠排长手中，接过那一杆杆三米多长的掌车大鞭子的时候，全连的同志们报以山呼海啸般的热烈掌声！

队伍中的张强一个劲儿喊好！远处的陈钟默默看着、笑着！

三位大车老板就像是三个新科状元似的，高高举起那属于自己的、心爱的、飘着红绸缨儿的大鞭子，向着领导、向着围观的战友们、向着全连的老少爷们、家属孩子们深深鞠躬！

在黑龙江兵团23连的上空，在北大荒的原野上，传来了一声声车老板们"喏、驾、喔、吁！"的吆喝，飘来了一阵阵清脆响亮、悠扬而绵长的大鞭子甩起来的天籁之声！

十　喊他一声瓦西里

23 连的大礼堂已经半年没有放过电影了，就是过春节那回放个电影吧，还是看过三四遍的"三战"电影《地雷战》《地道战》《南征北战》之中的《地道战》，这部电影里由刘江扮演的汉奸翻译官那句著名的台词"夜袭高家庄，赵庄，马家河，既能端了土八路的老窝，又能解西平据点之围。高，高，实在是高！"简直就是家喻户晓，人人皆知，顺口就出。特别是后边那六个字——"高，高，实在是高！"往往就成了肯定，或者揶揄他人发表意见后的玩笑专用语，怎么说都感觉挺新鲜、挺带劲儿、挺好玩儿！

《地雷战》中那句"太君，土八路的秘密我探到了，不见鬼子不挂弦，噢，不，是不见皇军不挂弦。"还有《南征北战》中那句，"张军长，请你看在党国的分上，你就伸出手来，拉兄弟一把吧！"也是如此。

这些著名台词，都成为人们紧张的劳动之余打趣、调侃的佐料！

让人异常兴奋，奔走相告，乃至癫狂的是，听说团里来了一部外国电影《列宁在十月》，并且团部放映队两天之后就要到 23 连放映。好家伙，这个消息可比快要过年、比放假能去趟虎林县还激动人心！

像这样的片子，根本就轮不到在北大荒这么偏远的地区放映。也许是沾了中国人民解放军沈阳军区黑龙江建设兵团这杆大旗的光，反正是

青春流浪

《列宁在十月》要到连里来了，怎么个高兴法儿、怎么个折腾劲儿，都好像理所应当！

这不，还有两天的时间，连里的人们，特别是年轻的同志们就熬不住、等不及了，就情不自禁地准备着、折腾起来了！

就连一向沉稳的沈指导员，竟提前两天安排马淑惠排长，领着后勤排清扫布置连队大礼堂，把台上台下收拾得利利索索，对固定的长条凳进行了补齐加固，就连那些玻璃窗子也擦拭得干干净净、透透亮亮的！

各班各排的战士们就好像打了鸡血似的，干活的心情特别愉快，干活的效率特别见高。赵连长看在眼里乐在心里，不住地叨咕："奶奶的，电影还没演，就这么大劲头！哎，有点意思！我得好好看看！"

要说这更邪乎、更急性子的就属连队小学美术老师舒高，还有那个平时闷声不响的拖拉机手张强了。这二位连一天都等不及了，愣是各自悄悄地跑了十好几里路，到邻近的兄弟连队抢先一睹为快。

他俩是在人家连队偷偷摸摸看电影的时候，那么一高兴忘记遮掩而引起相互关注，眼神儿稍一接触便心有灵犀一点通，心想：哥们儿，你也来了！再看看没有连里其他的人了，便心安理得地观看下去，直至电影散场。

在回连队的路上，这哥俩没有说别的聊的全是《列宁在十月》的事儿。

什么瓦西里对饥肠辘辘的妻子说的那句："面包会有的，牛奶会有的，一切都会有的。"以及列宁在工厂演讲之后，男刺客诺维科夫故意挡住身后的群众，假惺惺地说："大家不要挤，让列宁同志先走！"使得女刺客芬妮·卡普兰有可乘之机那段词。特别让画家舒高感到不满的是，剧中敌方人物在剧场密谋刺杀列宁时的背景——芭蕾舞《天鹅湖》天鹅美女线条毕露的画面，还有瓦西里夫妇接吻的戏在放映的时候，似乎曾被有意遮挡有些看不清楚的地方，惹得舒高接连愤愤地嘀咕："哎哟喂！糟践了！那可是艺术！那可是美呀！那可是生活呀！遗憾，太遗憾了！

太遗憾了！"

张强梗着脖子附和着："可不是咋的，老早在北京的时候我就看过，都挺清楚的！这回怎么那么模糊哇？"

这两人就这么着，嘀嘀咕咕、吵吵把火说了一路，到了临近连队的时候，才悄无声息、蹑手蹑脚回到各自的宿舍。躺在床上还在琢磨着刚才电影里那些令人激动又令人遗憾的画面！

这个时候，躺在床上同样睡不着觉、满脑子是《列宁在十月》的情节的还有孙大力，他老是在琢磨那个眼睛深凹却贼亮、个子高大却灵敏、肩负着保卫列宁同志安全重任的瓦西里同志。依瓦西里的警觉和水平，怎么就能让那个女特务、女刺客芬妮·卡普兰，如此近距离地接近列宁同志，有了开枪刺杀的可乘之机呢？孙大力可是接连两个晚上，在不同的两个连队来回跑了四五十里路，连续看了两场都没弄明白这是为什么！

孙大力在想象着，要是自己是那个瓦西里，就绝对不能让那个女特务接近列宁同志，至少关键时刻得挺身而出挡在列宁同志身前对不对？！想到这儿，自己竟情不自禁得意起来！不过扭头又一想，不对！不成！敌我斗争情况太复杂，没那么简单！

他又想起了那句瓦西里对媳妇说的台词"面包会有的，牛奶会有的，一切都会有的"以及他们接吻的镜头。他琢磨着，我要是瓦西里，就得抱着媳妇可劲儿接吻，那多不好意思啊！想着想着，孙大力就迷迷糊糊睡着了，还嘟嘟嚷嚷说着："让列宁同志先走！——让列宁同志先走！——"

要看苏联电影《列宁在十月》的激励作用还在不断地发酵，各个班排的情绪显得很高涨，一天的任务量到了下午两点多钟就差不多都完活儿了。

值班排长吴启凡把各方情况综合之后，想先找刘学峰嘀咕嘀咕，好统一思想：建议连里，提前收班，鼓励情绪，以利再战！可惜呀，这刘

青春流浪

副连长带着钱途和老尤特，怕半道生变，亲自到上一个连队去接放映员、放映机和电影拷贝去了。

没辙，吴启凡只好一个人奔连部试一试。到了连部，正好连长、指导员都在，他把建议一说完，连长就努着嘴向指导员看了一眼，沈指导员直接表态："放映这部电影本身就是要高举马列主义的旗帜，不忘阶级斗争，抓革命促生产，提高觉悟和自觉性。对不对？"

吴启凡忙点了点头说："对！对呀！已经发现了同志们的这种觉悟和自觉性了，刚才我说的就是这种——"

还没等吴启凡说完，赵连长就打断了他的话，问道："指导员的话听明白了吗？既然同志们有了这种觉悟和自觉性，咱们就得保护哇！"

吴启凡挠了挠头，又冒了一句："是啊！怎么保护呢？"

指导员笑着说："看来，你这觉悟吧，还得提高！连长啊，你帮他提高提高吧！"

连长干脆说道："你的建议很好！通知各班排，已经很好完成任务的可以提前收工，准备参加晚上的观影活动！"

"好嘞！我这就去通知！"说着，吴启凡抬腿就准备跑，却被连长叫住了，说："别急着跑哇！我得提醒你一下：别忘了今天你是值班排长，晚上的安全巡查得搞好，不能出差错！"

"啊！值班？完了完了！这电影算是看不成了！怎么就偏偏赶上我值班了呢？"吴启凡显然失望得不得了，垂头丧气地说："是！安全巡查，不能出错！"说完，扭身儿就要往外走，却听见连长、指导员在后边笑起来了，笑得吴启凡直纳闷。

赵连长指着吴启凡对指导员说："这小子还行！有点大局观！吴启凡哪，为了鼓励你的觉悟，今天晚上你就踏踏实实看电影，安全巡查值班就不用你了，有沈指导员替你盯着！"

吴启凡先是挺高兴，再一听让指导员替自己值班，说什么也不好意思地推辞："不行不行，那哪行？"

指导员跟吴启凡说："放心吧！头几天到师部开会我已经捷足先登了，就这么定了！走吧，你赶快通知大家去吧，我先到大食堂看看！"

赵连长冲着小吴喊了一嗓："吴启凡，顺便叫孙大力到这儿来一趟！"

"好嘞！"吴启凡高兴地应了一声，就与指导员分别走去！

当孙大力赶到连部的时候，连长正趴在桌前在那本塑料皮笔记本上写着什么，看也没看孙大力顺口就撩出来一句："瓦西里同志来了？"

孙大力猛地就愣了一下，说："哎！啊？连长，您看过《列宁在十月》？"

"听咱们指导员说的，他看过。说你挺像电影里的那个叫作瓦西里的大个子！怎么，你看过了？"

见赵连长这么问，并且也没看他，孙大力就琢磨着不对劲儿，心想：一定是连长发现了什么。刚要想个招儿应付连长，连长却抬起头来轻描淡写地说："兄弟连队的连长给我打电话了，说咱们连有个叫孙大力的大高个子，跟电影里负责保卫工作的那个瓦西里似的，还有两个没弄清楚叫什么，反正一个像是搞艺术的，一个蔫蔫的，到他们那看电影去了！问我知道不知道？"

孙大力想解释什么，连长又打断了他，接着说："我可跟他们说了，这事儿我知道！那都是我派去的，孙大力同志负责保卫工作得多学习学习瓦西里，那两个都是搞艺术的，得先看一下，好帮助连队提高观影水平！"

孙大力一听连长这么说，感激得不得了，一个劲儿地鞠躬，哈哈着说："连长啊，你可真伟大！帮助我们打掩护，水平太高了！高，高，实在是高！"

谁知连长挺严肃地打断了孙大力的哈哈，说："孙大力，我可没跟你打哈哈！什么打掩护？我跟人家这么说，是不愿丢那个脸！啊！自己连里的兵偷偷跑出去看电影，让人家给盯上了！我！哪儿那么好让他们看咱们的玩笑哇！我！我当然——"

孙大力赶忙接上了话茬："连长，您当然知道我们的行踪了！我们那是必要的学习！——"

连长立即截住孙大力的话："孙大力我问你，老实说，你学习得怎么样？"

"学习得挺好啊！就这么说吧，我要是瓦西里，绝不能让列宁同志受伤！了得了还？哪能让什么女特务得逞啊！"孙大力信心满满地说起来，末了还找补了一句："连长，平时您就是没有安排我负责安全保卫任务，我都习惯性地注意观察和探索！"

"哎！太好了！今天就交给你一个重要任务，必须发挥你的特长！——"

"连长，您说，保证完成任务！"

"行！今天晚上的《列宁在十月》放映活动很重要，你要配合指导员负责安全工作，啊！"连长很认真地跟他交代任务。

"没问题！我这双眼，不说火眼金睛，也差不多。有什么情况绝对逃脱不掉！我这双耳朵，那可不是一般的耳朵，老远就听得清清的，大礼堂的事儿您就尽管放心吧！"孙大力一副志在必得的神情。

"不用！大礼堂的事儿你就别管了！有指导员他们哪！你就主要负责连队外围的安全巡视。行了，你去吧！"

"哈哈哈哈！连长，您可真逗啊！不是，您再说一遍，我在哪儿负责安全？"

"孙大力，你刚说你的耳朵可不是一般的耳朵，怎么这就不好使了？我再说一遍，大礼堂的事儿你就别管了，有指导员他们哪！你就主要负责连队外围的安全巡视！这回听明白了吧？"

孙大力哭笑不得地说："连长，我听明白了！今天晚上这电影，我算是看不上了！"

赵连长开玩笑似的冒了一句: "晚上要是连演他两遍,我安排人替换你,你就能看上了! 哈哈哈哈!"

孙大力好像受到了极大鼓舞,连忙说: "哎——对呀! 谢谢连长啊! 我走了!"

"慢点! 孙大力,我跟你说啊,那两个跑到人家连里看电影的家伙,我可就不管了,你得好好帮助帮助他们啊!"

"是,好好帮助!" 说完,孙大力就颠颠地跑了。

麦收前北大荒的天气格外晴朗,晚上八点多钟的时候,清亮亮的月光攀爬到连队礼堂身后的高大树梢间,月中桂人安安静静的,似乎是在仔细倾听那礼堂内不时传出的互相拉歌儿、赛歌儿,青春洋溢的歌声。

礼堂内座无虚席,全连几百口子吃过晚饭之后,早早就聚集到这儿,准备看那部叫作《列宁在十月》的外国电影。特别是那些个知青们,下午提前收工之后,个个收拾得利利索索,就像是迎接盛大节日要走进人民大会堂一样,不少男生竟身着正装,裤线笔直像刀削,皮鞋锃亮连蚊虫都得打滑;女士更不得了啦,花枝招展的自不必说,就是那一身儿兵团战士或黄或绿被洗的微黄、微绿泛着白的军装,也被好美的女孩子们剪裁缝制得掐腰、贴身,尽显飘逸,尽显婀娜多姿!

食堂里拉歌儿已经造了有个把钟头,青年排长吴启凡、女排班长沈玉兰、小学老师冯双双,还有机务排以及后勤排的几位领歌者,你方唱完我方唱、男生唱罢女生唱、小的唱完老的唱,直把那些革命歌曲唱了几十首,直唱得个个浑身大汗、口干舌燥! 这才想起那电影怎么还不来呀?

吴启凡赶紧向外挤出去,想到连部打个电话问问。只见连长从连部走来,一边嘟囔着一边发火: "奶奶的,都九点多了,那边儿还没演完哪!" 看见吴启凡过来,说: "正好,你去通知大家,电影还没过来,先让大家回家休息,两个钟头之后再说! 一定会通知大家!"

待到吴启凡把连长的意思一说,人们 "噢!" 的一阵遗憾,无奈地纷纷涌出了礼堂。

　　年纪大的、带小孩的家属们哄着孩子回家睡觉去了；女士们三个一群两个一伙，叽叽喳喳、嘻嘻哈哈聊得极其开心；穿正装的哥们儿们悄悄跑回宿舍，换上了宽松的衣服又来到了礼堂前一通溜达。一会儿一帮子人又不约而同地转到了连队西头场院，朝着远处汽车或者老尤特必经之路眺望着。

　　舒高和张强不经意地又聊到了一起，张强学着列宁的样子说："你看啊！列宁讲演时略带沙哑而激昂的声音，再加上伸向前方独特的手势，煽动性太强烈了！"

　　舒高则眯缝着眼，审视着比比画画、伸出手臂直向前方的张强，忽然说道："停！别动！别动！画面！"

　　张强吓了一大跳，说："嘿，舒大艺术家，别一惊一乍的好不好！什么就画面哪！"

　　舒高相当兴奋地比画着，半闭着眼，想象着说："列宁讲演那手势，就是一幅油画啊！看着那独具魅力的身姿，你听到什么了吗？"

　　张强也在想象着，他挺激动地说："我听到了工农群众的欢呼声——'呜啦！呜啦！呜啦！'"

　　就在舒高和张强小声地"呜啦！呜啦！"叫唤的时候，另一个模仿列宁讲演的声音也随之冒了出来："摆在我们面前的路有两条：一条是胜利，还有一条就是死亡。死亡，不属于工人阶级！"

　　就在舒高、张强听见孙大力的声音发愣之时，接着又听见孙大力讲演似的说："摆在你们面前的路也有两条，一条是老实交代，还有一条就是顽抗到底。顽抗到底是没有出路的！说！面包到底会有没有？"

　　张强随口应道："面包会有的，牛奶会有的，一切都会有的。嗯！瓦西里？"

　　舒高来了一句："看来瓦西里同志有所察觉呀！"

　　"行了，二位！老实交代的算是不错！瓦西里早就发现你们了！"

孙大力调侃着，"不过，你们必须回答我一个问题！"

舒高、张强对视了一眼说："行，问吧！"

孙大力说："问题很简单，你们怎么就溜到人家连队看电影去了？"

"咱得学习呀！搞艺术得不断提高哇！"舒高回答，张强紧接着说："咱得提高觉悟，提高观影水平啊！"

"得得得！果然回答准确！告诉你们，这可是连长的意思！下不为例！"孙大力说完之后，仨人你一拳、我一捶闹着，还想再白话一阵，却看见吴启凡和沈玉兰跑了过来。吴启凡刚一站稳，便说："沈班长你看看，赵连长说得多准，这三个保准在一起凑热闹！果不其然！"

沈玉兰火辣辣地说："舒大艺术家、张艺术爱好者，连长让你们帮着招呼大家，电影车一会儿就到啦！"

吴启凡说："孙大力，连长还说了，待会儿演电影的时候，让你在外围好好巡视！听见没有？"

"啊？噢，知道知道！你们快忙去吧！"说着就跟克格勃似的与舒高、张强神秘一笑，四处张望着走了。

舒高、张强、沈玉兰招呼着场院的人们往连队礼堂走去。礼堂前的人们逐渐多了起来。

吴启凡轻轻地爬到场院高高的粮库房顶，骑坐在制高点屋脊上，向西边张望，不时地将黑夜中远处忽隐忽现的车灯挪动的情况，告诉房下腿脚利索的车老板郑平、周仁福，还有基建排的木工齐宇他们，让他们随时把电影车前进的速度报告给礼堂的人们，随即而来的就是一阵阵期盼和希望的掌声！

当明晃晃的月亮快要升到头顶的时候，吴启凡在屋脊上做了最后一次呼叫："已经清清楚楚看到了车头，再有三里路，车就到场院了！"

周仁福撒丫子就往礼堂跑，吴启凡像猴子一样迅速从房顶上爬了下来。当吴启凡他们几个与刘学峰、钱途会合，爬上了老尤特与团部放映员老张热烈握手的时候，就听到了连队礼堂那边敲锣打鼓的声音。钱途

青春流浪

立刻踩足油门，老尤特"突突突突！"欢叫着与礼堂前的锣鼓声、人喊声，互相应和着，将沉寂已久的北大荒浓烈地震撼起来！

月亮很快就高悬在了大礼堂的上空，礼堂内荧光闪闪，不时伴随着人们的惊呼、笑声、赞叹！有时候安静得简直就能听到了人们沉重的呼吸声！优雅的《天鹅湖》乐曲让文化生活几近干涸的人们心田得到滋润。当阿芙乐尔巡洋舰的炮声与《国际歌》的旋律浓浓交响的时候，已然分不清那"呜啦！呜啦！呜啦！"的欢呼声究竟来自何处！

夜色深深的礼堂外不远处，沈指导员在悠悠走动！

连队场院处，一个高大的影子像是一尊石狮，透射着深沉的目光！

不知道什么时候，礼堂那边又传出了《列宁在十月》开始放映的乐曲，礼堂外悠悠走动的脚步依然悠悠，那一尊石狮不知何时又蹲踞在了农机库旁、蹲踞在了通往马号的路口！

礼堂内，瓦西里又说出了那句绝望之中充满希望的话语："面包会有的，牛奶会有的，一切都会有的！"

十一 冰花飞溅不觉寒

全国各地的"文化大革命"依然如火如荼，肩负屯垦戍边重任的黑龙江生产建设兵团，大力排除了来自各方的干扰，全力投入到了确保长势喜人、颗粒饱满的几百万亩麦子尽快收割、顺利入仓的重大任务中！

那一年的八月，天气相当给力，火红的太阳一经露面就不愿退去，爆烤之下的所有植物见到太阳就低头耷脑毫无生气，难得的几缕雨丝刚一飘落半空，就被腾地而起的热气烘干而消失殆尽！

面对着白煞煞、明晃晃的太阳神，犹如后羿的战士们群情高涨，全然不顾太阳的炙烤，昼夜奋战在金黄麦海之中。"收在火上"的兵团麦

豆荚摇铃

收大会战很快报捷而终。23连的场院连续火爆了近一个月，直把粮仓装填得满满当当，通往团部粮库大道的运粮解放汽车，来来往往，繁忙异常。

酷热难耐的麦收过去不久，徐徐吹来的凉风便将冷秋送到了北大荒。头些天穿什么都觉得多余的人们，这会儿穿上了秋衣秋裤也绝不嫌热。而到了夜晚如果不捂上绒衣绒裤甚至棉衣棉裤肯定就会喊冷！

这个时候兵团大地上大片大片的大豆地，早已不见了豆棵雨后的如滴翠嫩，不见了绿袍遮身的浓密娇态，甚至随着秋风转寒的吹拂，所有的豆秆豆叶就像听到了军号似的，争先恐后、齐齐刷刷地由绿渐黄乃至渐褐，直至所有大豆棵上的叶子飘落光，仅剩下挂满了鼓鼓胀胀、密密麻麻、晃晃荡荡、充满果实的豆荚。六七十厘米高的大豆秆，清清爽爽、挺胸抬头、笔直笔直、骄傲无比地矗立在一望无际的大豆地上。看那神

丰收粮仓

态，似乎是在等待着兵团战士们的检阅，似乎是在向世人宣称：中国东北之北的北大荒大豆，就是世界的大豆之王！

那就对了，从当年五月到十月一百五十天上下的生长、发育、成熟过程，用世界大豆之王的美称，加冕于北大荒的大豆绝非耸人听闻！

面对这骄人的、浩大的大豆之海，没有人敢掉以轻心，总是期盼着要颗粒归仓！老天似乎很是帮忙，该下的雨照下、该晒的太阳照出。一直到了满大地的豆荚任风吹摇、满大地的豆荚哗哗作响的时候，枕戈待发的庞大收割机、随着接粮的汽车拖拉机、摩拳擦掌的豆收大军，随时准备投入秋收战斗。几乎所有的人都没有想到，一场突如其来、细丝密织的秋冬之雨，在人们伏枕酣睡或者梦幻着大豆飞珠溅玉般的曼妙之音、笑意莹然之时悄然而至！

让人更没有料到的严峻现实是：同一个夜晚、同一个时刻，骤然下降的气温不期而至，毫不在意地将灌浆饱和的大地冻起冰来了！

直到第二天的清晨，被冷气冻醒的人们自感不妙的时候，窗外冰凌遍地的景象让人顿时目瞪口呆！整个大地、房屋、草木，凡是目所能及之处，毫无例外地挂满了冰溜。

突然，人们又触电了似的胡乱披上棉衣，从各自的宿舍纷纷冲向了当天即将开割、长势最好的连队西南3号大豆地。一路冰滑难行、步履蹒跚，人们磕磕绊绊、一溜歪斜、连滚带爬地向前冲去！

快接近3号地的时候，人们先是影影绰绰地看到地边上冰雕般地站立着几个人，又越来越清晰地听到了赵连长野狼般的嚎叫："他奶奶的！这是什么天呀，好端端的，谁让你这会儿下雨，谁让你这么早就把冰砸到了我们的大豆上啊！"赵连长蹲趴在冰地上，狠狠地用手锤砸着，发出了"嘭嘭嘭"的击打声。

沈指导员无奈地劝解着："老赵，老赵，冷静，冷静些！"

赵连长愤愤地骂道："冷静个屁！他妈了个巴子的！这个仗怎么个打法儿啊？全连的同志们辛辛苦苦忙活了一年，多好的豆子啊！整成这

绝地抢收

个熊样，怎么交代？啊！他奶奶的！——"

　　陆陆续续、跌跌撞撞滚爬过来的战士们，眼睁睁地看着满地的大豆棵子像一根根长长的冰棍，满挂的已不光是豆荚而是随风晃荡的晶莹冰溜，目瞪口呆之余脑子一片空白。

　　年长且身体并不好的赵连长痛苦难抑的情绪，已经迅速传入众人的心扉，赵晓萍、沈玉兰等几个女生憋屈已久实在控制不住抽泣着；大个子钟猛，马号班周福仁等男同胞则毫无控制扯开嗓子"噢噢"喊起"他奶奶的！""他奶奶的！"来！

　　身后的气氛，显然让蹲在地上发呆的赵连长意识到自己的失控情绪不对劲儿了，悄悄擦拭了一下眼睛，想飞快调整到以往的状态，"噌"地一下就站了起来，却脚下打滑差点摔倒，被站在旁边的刘学峰一把扶住，那抽泣及喊叫声也随即戛然而止！

　　眼看着几十号各个班排赶来的衣衫不整、情绪低落的战士们，赵连长血红的眼珠子里竟透露出了要和敌人拼到底的一股子杀气，低沉而狠狠地说："弟兄们！弟兄们！啊——同志们！朝鲜战场打美国鬼子也不过如此，那头上落下了的是炸弹、是钢铁，又怎么了？三八线咱们打出来了！"

冬修水利

　　围拢着的战士们也都瞪大了血红着的眼睛，直不愣登地听着赵连长继续说："今天又怎么了？不就是冰封大地吗？咱们是谁呀？兵团战士、北大荒人！在咱们面前，就没有克服不了的困难！"

　　战士们"呱呱呱"地鼓起掌来！

　　"有没有信心哪？"连长趁热打铁问。

　　"有！"战士们可劲儿回答。

　　"好！刘副连长！"

　　"到！"

　　赵连长命令道："我命令：带领所有参战的班排长以及连部人员，仔细查看全部待收大豆地号，做好打恶仗、苦仗的准备，争取把损失减少到最小。其他同志待命准备！"

　　"是！""是！"众人应答着散去，刘副连长大吼着招呼班排长们执行任务去了！连长和指导员也随着人们缓缓移动着向连队走去。

　　身后那大片的豆秆冰棍加冰溜亮晶晶的，满不在乎地目送着那些不知所措却决不甘心、决不放弃的人们！

青春流浪

经过对全连大豆地号的勘察以及机务排的测试，问题逐渐明朗，形势相当严峻。

首先，部分稍高地势的地号冰凌之下并未饱和，收割机着地硬度可以即刻上阵开干，问题是收割挂满冰溜的豆荚既毁机器质量又差；其次，也就是相当多的地号冰凌之下水土饱和，而气温还远未达到冻实地面的程度，收割机上去之后就搅成冰泥浆甚至陷入冰泥潭不可自拔，根本无法施展机器的威力。

鉴于此，连里痛下决心，决定：一、调集足够的收割机抢收稍高地势的大豆，适当放慢速度力争保质保量；二、集中全部人力踏冰刀割大豆，马号班负责及时运达地点，采取收割机、脱粒机定点及时脱粒；三、待到继续下降的气温将着地硬度冷冻到位，集中全部机器再行决战！

咱们前边说过，北大荒的地号大闻名天下，一根垄下去二三里路，那是家常便饭的事儿！夏日里好天气的时候，手持一米五六长短木杆的锄头稍微弓腰锄地，得紧赶慢赶小半天才能锄到地那头。可眼下这是在

艰难作业

冰凌上，得哈着腰、撅着屁股、挥着镰刀，收割那六七十厘米长短、满是毛刺扎手的冰冻豆秆豆荚，可想而知这是多难的事儿啊！

人工割豆总指挥的重担自然就落在了刘学峰的肩上，他手下的这支队伍可谓兵强马壮，也可称为杂七杂八，你看啊：

吴启凡、孙大力他们青年班排以及赵晓萍、沈玉兰她们青年女班排自不必说，那是镰刀收割的绝对主力；还有砖厂的李海、连队小学的老师欧玉华、舒高、冯双双他们一拨人以及家属排的男女老少都拿起了镰刀；意想不到的是就连机务上的张强、大个子钟猛他们这些拖拉机手也都毫无例外磨亮了镰刀加入到了收割大豆的队伍。再加上郑平、胡本田、周福仁他们马号那一挂挂的大马车，来回不停地运送那些割下来的豆荚秆，看这架势，还真有点八路军武工队外带民兵、民工支前的劲头儿！

总之，连长是豁出去了，两边都得督战，吃苦流汗、想方设法也得把那些个大豆抢回到粮仓去！全连的同志们也都豁出去了，大苦大累、拼了命也要从冰水冰泥里把大豆收回来！

一往无前

因为，大家知道国家极其困难需要粮食，人民健康、经济建设、国防建设需要大豆啊！最简单的道理就是，兵团这多收一颗大豆，老百姓的碗里就可能多一份难得的营养。

我国，自古栽培大豆，至今已有五千多年的种植史，由于其营养价值极高，被世人称为"豆中之王""绿色食肉"，其中以东北大豆质量为最优。

肩负着国家粮食安全重任的黑龙江兵团，纵有天大的困难也决不可能退缩半步！

所有的参战人员，面对着那些六七十厘米高、浑身毛刺、挂满冰溜的大豆棵秆，面对着大弯腰、特扎手、冰冰凉的割豆任务，挥起镰刀一把一把地连拉带扯、连搂带抱、连滚带爬的，那简直是太难为人了！

就像吴启凡他们个子适中或者偏矮的同志吧，坚持个把钟头、个把天的，手扎破了用嘴吸吸血、咬咬牙，冰凉冻手、麻木不仁、连甩带拍活活血，还算行，晚上一觉之后那酸痛难耐、折弯了的腰舒缓舒缓，第二天尽管像是拉了胯还能坚持！

可是像孙大力、钟猛等那些一米八几、一米九多的威猛大个子，可就惨透了！简直是没法办哪！

敢打敢拼的孙大力一米八七、壮壮实实、装甲车似的，看着那六七十厘米高的大豆秆棵，再往大豆垄的冰凌上一弯腰，踉踉跄跄还没割几步，就趴在地上了。旁边的同志过去想搀扶他起来，也被大力沉重的身躯拽了个跟头。孙大力呵呵笑着直道歉，干脆也就不起来了，竟坐在冰地上一点一点往前拧着、出溜着割起豆子来，弄得冰花儿四溅。别看他这样，豆子可没少割呢！

那边的钟猛更热闹了，十八九岁，一米九几的高个子，他们那台机器下不了地，拖拉机手们自告奋勇前来支援割豆，他也早早磨快了镰刀，要了一根垄准备大干一场！并不壮实，也不瘦弱，身体还算灵巧的钟猛，到了地里往大豆垄前一站，弯腰就伸出巨手抓那眼前的豆秆，抓了几把愣是没抓着。再仔细一看，他眼中小草一般的豆秆，离他挥舞的大手还有不少距离。倒是痛快，只见钟猛"扑通"一声就跪到地上，舞着镰刀割起大豆秆棵来了。

你还别说，坐在地上或跪倒在地收割大豆的孙大力、钟猛干得还真是有模有样。大胳膊、大手、大力气、大把搂，一搂就是一大片，就跟那小型收割机似的。

刘学峰副连长看着他们这么跪着、趴着、笑嘻嘻、不惜力、头冒大汗的干法，十分不忍心，直想掉泪，想让他们停下来歇着，却也拦不住！

远远望去，亮闪闪、冰灿灿的大豆地里，挥舞镰刀单兵作战的队伍，就像两辆巨型战车似的缓缓前进，人们的心里沉甸甸的，不知道是该笑还是该哭！

第二天早上，在孙大力和钟猛的床头边，各自摆放着一副用废旧马车橡胶轮胎以及厚布缝制的护膝。究竟是谁做好送来的，不得而知！

不久，连长派人到大豆地里将套着橡胶护膝、依旧挥刀收割大豆的

机械收割

孙大力和钟猛强行劝出豆地，这两个彪形大汉才无可奈何地告别了跪割大豆的战斗。

后来，孙大力和钟猛各自的床头边，一直摆放着不知来自何人何方的橡胶护膝。

再后来，那针脚并不娴熟，却散发着温馨情谊的橡胶护膝，被孙大力和钟猛小心翼翼地珍藏在了各自的衣箱里。

几天下来，那几块儿大机器难以立足的大豆地号，被顽强地抢收完，随即又被颇为灵巧轻盈的大马车装载运出。眼看着黄澄澄、圆滚滚的大豆粒儿，从脱粒机内卸载装运到场院吹风、晾晒时，大家伙儿不禁感慨万千！

冰天冻地、千辛万苦收割而来，澄黄滚圆、小小的黄豆粒儿啊，在人们的眼里，你是那么渺小，那么微不足道！可谁会知道，这每一颗小小的豆粒儿却是那么来之不易！

随着天气进一步转冷，尽管阳光亮亮闪闪照射着，薄薄的冰层也被开始光临的小雪花毫无顾忌地轻轻遮住并且愈加坚实，剩余的大豆地号再也不会拒绝收割机的驾到。23连乃至曾经遭遇冰溜袭击的相关师团连队，开始了大豆收割会战的最后冲击！

那一年，尽管相关受灾单位的豆收遭遇了严重损失，但是经过拼死奋战挽回的战果，足以确保国家粮食战略的实施与安全，也足以显示兵团战士、北大荒人不畏艰难、勇于奋斗的精神！

23连孙大力、钟猛两位大个子，腿套护膝、跪割大豆的事儿，也成为"大豆收在冰上"这一记忆的珍贵画面！

十二 大寒过去又一年

天若有情天亦老，一年一度是沧桑。说话间已进入 1971 年。第一批奔赴北大荒的北京知青们，已经奔到了第五个年头。随后陆续到来的各地知青最短的也在这里待了大半年，但给人的感觉恍惚还在昨天！

俗话说，铁打的营盘流水的兵。除了孙大力调往团部当干事，大秋一过，连队的班子人员就进行了调整：赵希才连长调到了团部做副团长，连长一职暂时空缺；沈指导员则调往营里当了教导员；副连长刘学峰接任指导员；哈尔滨知青丁利群升任副连长，他连的上海女知青郭彩贞调来任副指导员；连里的其他情况如常，但是对于在外执行水利工程任务的班排，都给予了高度重视。

住帐篷修水利，对于兵团战士来说已经不是什么新鲜事儿了。可是，要说从秋收过后在水利工地上住帐篷，一直得度过大寒、得过了春节，那却是头一遭！

这不，上一年二十四节气中的最后一个节气——大寒，说话就要来了。这大寒本来就是一年当中天气寒冷到极点的意思，而水利工地前不着村后不着店晾在荒原之上，任凭寒风吹打肆虐、任凭飞雪飘洒冰封，那种兵屯塞外、寒冷荒凉自不必说。

青春流浪

其实，对于拓荒者、对于这些知青们来说，住在哪儿已经无所谓了。兵团生活就是这样，背包一打，小箱子、旅行袋一拎，半个家或者一个家就随身而去了！关键是在那个年代干什么都不方便，在哪儿都一样都不方便。

首先是交通极不方便，上工程时的汽车或者老尤特之类把队伍往工地一卸，没什么特殊情况一个月、俩月，甚至更长，您的活动范围基本就是两点一线：在帐篷里睡觉，早饭之后直奔工地，太阳落山了收工回帐篷吃晚饭，然后吵吵把火、洗巴洗巴接着再睡——如此重复往返、日复一日。

然后就是讯息极其封闭，别说什么数字网络、电视，就是电话、收音机那也是绝对奢华、高消费。整个连队就一部电话还不能随便打，那叫战备值班电话。好歹全国到处都差不多，也很少有电话打过来，你就是打出去对方也没电话，也没地方接。让人稀罕的半导体收音机，23连就一台还是知青个人的，那也是豁出去少吃少喝不消费省下来买的（当时每人每月的全部收入即工资，三十二元人民币）。

至于其他的诸如艺术娱乐活动，也就更谈不上了，全国上下除了八个样板戏、几部地道战、地雷战之类的电影以及毛主席语录歌、无产阶级革命歌曲之外，其他的诸如书报刊等根本无处可觅！

586团本次扩建的水利主渠道，就在距离虎林县十多公里处穆棱河旁的21连所在地附近。

在不远处的23连水利工地一溜五六顶帐篷里，就住着这样一群以知青为主的水利兴修者。

要说这水利工地主渠道两侧，隔几里路就有一个连的营地，红旗招展的大木杆子下挂着黑板报，表扬表扬人、鼓舞鼓舞精神啥的不可或缺。那帐篷也就是一般的加厚棉帐篷，一个帐篷里边左右两侧各有八九个铺位，中间砌着一个火炉子烧水带保暖，铁皮炉筒直通帐篷外，有风没风总是发出"呼呼呼呼"的嘶鸣声。

其中一个蒸汽十足、泛着香味的稍大帐篷，就是厨房食堂兼会议室。这就是典型的各连水利驻扎营地。23连的营地也就这样。

可别小看这些个帐篷，吃饭、睡觉、班排开会，聊天、写信、织毛活全在这里，一到收工回来，暖暖和和的帐篷里顿时就热热闹闹起来。诸位可能要问了，说了半天干这做那的，怎么就没提看书这档子事儿啊？慢着，您可能忘了！"文化大革命阶段"是不能随便看书也无书可看的。

所以，知青们除了偷偷地看书，更多时候看书全靠隐秘"交换调度"。

调到了团部的孙大力以及马车老板郑平，就是这样隐秘调度爱好者。因为必须隐秘，在他们那个圈子里基本都是单线联系，并且免去了个人的名字，调侃着称呼孙调度、郑调度、王调度、李调度罢了。

在连队时孙调度就是有名的探险者、旅行者，酷爱读书的他到了团部之后那还了得！郑调度也是如此啊，再加上车老板的身份与便利，除了团内之外，近边儿的虎林县他也是大有作为！

至于都能调度些什么书？在那个年月，范围不可能太广，就算是能调度两三本解燃眉之急，那也是相当不容易了！

每当调度过来新书，喜爱读书的知青简直就跟久旱逢雨露似的激动得不得了，悄悄排好队、不露声色地接过上家传递而来的新书，抓紧一切时间、采取一起办法去浏览、去享受！

显然这儿所说的新书，并不是真正意义上新出版、新印刷的标准新书，而是先前没有看过，或者是很久没有再看过的经典书籍。凡是被调度过来的书就统称为新书。

比如，我国老一辈革命家深受苏俄文化影响，而倍爱阅读其文学经典作品。19世纪俄国浪漫主义文学主要代表普希金的作品《上尉的女儿》《叶甫盖尼奥涅金》；19世纪俄国享有世界声誉的"现实主义艺术大师"屠格涅夫的作品《贵族之家》《前夜》《父与子》；19世纪俄国文坛

青春流浪

上耀眼的明星，和托尔斯泰、屠格涅夫并称为俄罗斯文学"三巨头"的陀思妥耶夫斯基的作品《女房东》《罪与罚》《赌徒》以及苏联著名作家奥斯特洛夫斯基的小说《钢铁是怎样炼成的》，等等，这些知青们早在学校读书期间就阅读过，或者准备阅读的书籍，就统统被称为读了再读、爱不释手的难得的新书！

特别是那本《钢铁是怎样炼成的》的小说中，那个名叫保尔·柯察金的年轻人的成长道路告诉人们：只有在革命的艰难困苦中战胜敌人，同时也能战胜自己；只有把自己的理想、追求和祖国、人民的根本利益紧紧联系在一起的时候，才会创造出奇迹，才会成长为钢铁战士。保尔·柯察金的革命故事、感人事迹、典范形象，深刻而长久地影响着我国的几代年轻人，当然也深深感染着、激励着广大知青这一代年轻人！

孙大力是大寒那天下午来到23连水利工地的，当知青们看到孙大个子的时候都很高兴地与他打着招呼。他们知道孙大力人虽然调到了团部，可心里还老是惦念着老连队、老战友，团里一有新情况准会与连长，还有吴启凡、刘学峰、赵晓萍、沈玉兰这些老朋友透气沟通，经常会给连里带来些精神食粮什么的。

青年女排班长沈玉兰不失时机地起哄："孙干事，别在那儿戳着了，多冷啊！我代表赵晓萍排长、代表女排欢迎你！甩他几板锹热土、抬它几大筐冻块儿，就暖和啦！哈哈哈哈！"看着孙大力特想过来又迟迟疑疑的样子，沈玉兰哈哈笑起来！

吴启凡连忙跑过来，一副解围的劲头儿。他给孙大力使了个眼色，说："你这个背包我先替你保管着，这边沈班长，特别是赵晓萍排长需要和你切磋切磋什么甩板锹、抬大块儿的技术！去吧！去吧！"吴启凡说着说着，顺手就将孙大力推到了女排已经挖了一米多深的工作断面。

"噢！噢！"女排知青一片欢呼！

"呜啦呜啦！噢！噢！"青年男排那边一片哄笑！

再看人家孙大力棉袄一扔，抄起一把大号铁板锹，稍微一用力，板

大包子管够

锹就跟切冻豆腐似的直接切进了冒着热气的冻土之中。再看他那手臂微微一撬，往回一收，再往前一送一抖，一大块冻土顺着他扬起的板锹，像一条黑黢黢的泥鳅被甩飞到了几米之外的渠道岸边。再过那么一会儿，孙大力面前已经凹下去了一大片，足足能有个一立方米大小的土方被他甩到了渠道岸上。

赵晓萍看着孙大力的满头大汗，顺手拿出了一条花毛巾塞给了沈玉兰。沈玉兰瞥了赵排长一眼，瞅了瞅孙大力，就走了过去，特认真地说："孙大力同志，我谨代表赵晓萍同志给你擦汗！哈哈哈！"说着就像擦机器似的在孙大力脸上抹了几下，丢下毛巾就哈哈笑着跑开了！

郑平跟真事儿似的学着女声说："孙大力同志！面包，还有牛奶啥的，会有的吗？"

孙大力很神秘地说："面包会有的，牛奶会有的，一切都会有的！"

吴启凡会心地朝他做了一个胜利的"V"字手势！

郑平煞有其事地说："那革命群众就彻底放心了！那就好好地呜啦吧！"

青春流浪

青年男排以及女排那边一片哄闹："呜啦！呜啦！噢！噢！"

这天傍晚收工之后，因为新调来的副指导员郭彩贞老早就在伙房张罗着，同志们吃了一顿颇为丰盛的晚餐。

郭彩贞说："今天是大寒，同志们还坚持在工地上抓革命促生产，我代表连里领导感谢大家，并敬大家一杯酒！另外，孙大力干事回连队指导工作并身体力行甩板锹，也必须表示欢迎和敬意！同时还告诉大家一个好消息，再过一个星期就是春节，连里决定给工地上的同志放假一天，可以就近到虎林县去逛逛！"

就这一个放假去虎林的消息把大家伙乐得一蹦老高，要不是有帐篷顶捂着，非乐蹿出去不可！

再说人家副指导员郭彩贞，好家伙！就着这三层意思，"咕嘟咕嘟咕嘟"连续喝下去了三小杯北大荒二锅头，还没咋样，把哥儿几个震得一愣一愣的。

还好，这酒本来就不多，再加上必须把控，每个人都喝了点儿还都特别高兴！而且谁也没想到，北大荒水利工地上的大寒之夜还挺热闹的！

在吴启凡所住帐篷里的一角儿，孙大力还有郑平他们三个小声地嘀咕着，看似不关痛痒地聊着天。

吴启凡问道："瓦西里同志，这面包、牛奶准备得怎么样啊？"

孙大力答非所问地说："啊！新来的副指导员挺能造啊！"

郑平说："据我观察，她对牛奶面包之类必需品，还是有所需求的。"

孙大力一愣说："有所需求？怎么讲？"

郑平压低了声音说："她在看果戈理的《钦差大臣》！"

"啊？这么大胆？"吴启凡有些吃惊。

"什么呀！她那本红色的塑料书皮里，前面是《共产党宣言》，后边是《为人民服务》，中间是——啊！你的明白？"郑平有些侦查员味道地说。

吴启凡伸出了大拇指晃了晃说："高！实在是高！"

孙大力点了点头说："看来，同志们对面包牛奶还是很渴望的！"他琢磨了一下又说："这样啊，为了保险起见，牛奶面包还是按照原来的需求走，还要注意保鲜！那位郭，就先不要打扰，多观察观察再说！对了，你那儿怎么样？"

郑平有点泄气地说："咳！没成！说那边的面包没准备好！不过倒是传过话儿来了，正好等着过春节奔虎林，顺手就给办啦！"

诸位听听，在那个特殊年代要想看点书该有多不容易，悄悄地淘换本书看，就好像地下工作者似的。

至于郑平是如何调度书籍的，没有人说得清楚，就算是孙大力、吴启凡他们，也只是知道虎林县有郑平的特殊关系，其他的一概不知也没打算知道，因为只有这样才是对调度们的尊重和保护。

一直到了若干年后，读书已经不再是一种奢侈、不再是一种红色书皮后边的把戏、不再需要什么地下"调度"的时候，郑平的调度秘密才透露出来。

由于郑平作为连队的大车老板，驾驭技术高超、善于认路记道儿、胆子又特别大，所以就有机会隔三差五抄近道、走偏路到虎林县城去拉货送货办事儿。

这一天郑平又去虎林县办事儿了。完事儿之后将至中午，他赶着那套四挂大车威风凛凛地行走在虎林县北街大道上，想寻找个合适的大车店停好车，准备吃点东西就返回连队。

谁知道从前方路口的岔道上突然间就蹿出一套四挂马车，冲着郑平驾驭的马车狂奔而来。那大车上空无一人，车老板在后边提着马鞭子紧追不舍，根本就失去了对马车的有效控制。

路旁的行人被吓得惊呼喊叫，十分担心这两辆马车相撞，要是那样可就惨了。

郑平先是一愣，随即跳下车来嘴里"喔喔"地叫着，顺手就将自己的马车往右侧拨带。也就是几秒的工夫，只见他手持长鞭，三两步就跨到自己马车的左前方，一边照应着自己的马车，一边紧盯着对方川马的动静，开始晃动着那三米多长的大鞭子。

眨眼间，可能是郑平已经看出了对方狂奔马匹的破绽，那杆大鞭子就甩出了节奏异常的"啪啪"声响，再看那边的川马脑袋一低、腰身一闪、奔跑的马蹄也是略显收势，它身后的大辕马也是一个劲儿往后躲，两边的里外套也跟着松了劲儿。

这边的郑平老板早就拿捏住了对方的病灶，又是几声炸耳的鞭响，顺势就是一个眼花缭乱、长蛇般的鞭花甩出直奔对方川马而去。那川马竟"嗷嗷"嘶叫几声，使劲儿煞住了蹄子，而大辕马它们哥儿几个早就绷住了前行的动力。

郑平老板也收势稳住了长鞭，眼看着那位追赶上来的车老板伸手挽住了他那匹呼哧带喘的大辕马，这才放心地反身回到了自己的车旁。

四周担心出事儿围观的人，也都长吐一口气儿，连声叫好着四散而去！

那位大车老板也是北京知青，姓金，是1968年到黑龙江兵团的，就在虎林县边上一个团里的连队马号工作。他看到郑平不顾危险化解了撞马翻车之难，感激不尽！拴好马车喂上马之后，金老板愣是拉着郑平进了大车店，因为都有公务在身，还得赶马车，只是整了点儿小菜喝了点小酒，以示谢意，并且约好来日方长。

这两位大车老板除了切磋赶车技艺、掌鞭手法之外，细聊之下竟相见恨晚之感，于是就结下了朋友。碰巧二人都很喜爱读书，而金老板的虎林朋友，竟是县某图书馆的留守工作人员。这下可好，郑老板与金老板就不愁没书可看了，虎林县这个图书馆也就成为郑老板帮助连队战友们，搞好书籍调度的绝密书库了。

再说那一年，连里给大家伙放了节假，郑平与他的战友们，一大早就从水利工地到了虎林县，快快乐乐过了一个春节。

他们踏着夕阳赶回工地，一个个喜气洋洋，每个人的挎包多少都鼓了起来。郑平老板肩上的那个书包沉甸甸的，战友们发现他一脸春风得意的样子，真不知道他的心里边，到底藏有多少春天的秘密！

十三　钢铁就这样炼成

　　新任连长方国良是春节过后到任的。他是在山东某农业技术学校当兵的，转业后来到了农场也就是眼下的黑龙江建设兵团，在连队里做过农机以及农业技术员，是一个兵味十足的技术型干部。

　　这位方连长中等偏高的个子，脸型正如他的姓一样方方正正、有棱有角，两只溜溜转的大眼睛，透出一股子认真、实诚、执拗的劲头儿，和前任赵希才连长竟有着几分相像，就连那句口头禅"他奶奶的"都味道纯正、颇具韵味。

　　只不过方连长在语言表达上却柔和得多、缓慢得多，就跟那麦苗似的拱出地面也必须一点一点地拔节长高，绝不会一蹴而就！当然，这些绝不会妨碍他行事果断的风格。

　　这不，乘着春播之前的空当，上任不久的方连长和刘学峰指导员特意请来了原陈副队长，一起带领着副连长丁利群、副指导员郭彩贞以及连队统计卫和、机务后勤等各排排长一行人马，连着三天揣着干粮带着水、马不停蹄地跨沟过坎、踏雪溜冰，把连队的所有地号、水系布局、林草生态、道路现状、机务装备乃至场院、砖厂、猪号、马号都仔仔细细地勘察、检查、统计了一遍，让这个新组合的班子以及中层干部重新了解、掌握了自己连队的家底，大家伙大呼受益匪浅。

　　方连长对自己、对大家就一个要求，让他们这些连队的当家人、各路虎将的心里边儿、脑子里，把自己的连队、自己的阵地、自己的岗位、自己的责任，装得满满的、记得牢牢的。

　　用方连长归纳的道理说，就是："种地种地，就是看地看水看天气！翻过来说就是看人看心看精神！一切从我做起，从咱们干部开始！"

　　"种地种地，就是看地看水看天气！看人看人，就是看人看心看精神！"这帮子人越琢磨越觉得方连长这话说得通俗易懂、有道理，越觉得方连长这个人脑袋好使、有门道！

　　从连长做起、从干部开始，对于连队来说，这一年的开始无论如何应该是个好兆头！

　　果不其然，从春播开始，连队士气大涨、天气十分给力。特别是那

铁肩抬泥

近万亩麦子，该拔节、抽穗、灌浆了，天就送来了和风细雨；该固苗、长秆儿、饱粒儿了，太阳就从云彩里钻出来热乎乎、暖洋洋的。

这样的气候，让兵团这些昵称"种地站岗扛大枪"的人们非常高兴，一股子喜气洋洋大丰收的感觉。

好天气、好兆头，要丰收了，最高兴、最着急、最操心的除了方连长，就是连队那位整天观风、测雨、看太阳的场院大管家老潘头——潘天和院长，他叨叨咕咕赞叹不已："这样的好风好雨好日头，联合国粮农办管事儿的，不发它个'风调雨顺金坨子大奖'，我老潘头就有意见！"末了，他又叨咕了一句："看这架势，这场院怕是不够用了，新场院到时候能打出来就万事大吉了！"

打新场院可是兵团各个连队的一件大事儿，随着大批知青的到位，垦荒速度及规模不断加快加大，粮食产量更是大增，连队原有的粮库场院显然不够用了。23连的新场院，在赵希才连长没走的时候已经规划完毕，高大的新粮库也已建成。

老潘头所说的打新场院，指的就是在新粮库前打造一块扬场、晒粮、倒场、进库、出库、装车、卸车等多用途，宽敞敞、平展展的大水泥广场，再进一些高级点儿的卷扬、运送、翻晒、脱粒等扬场设备，妥！就等着大丰收了咱也不怕，保证把那些粮食翻晒、保管得服服帖帖、妥妥当当！而这一切，也正是方连长眼前的重中之重。

修建大水泥场院的准备工作俨然早已进行，打基础用的三四十厘米大石头、连接基础石的十五厘米稳定石，已经分门别类归集到位。而那些用于场地连体、场面平整必须搅拌的水泥沙料二分石，石块不大可用量不小，又没有碎石机，一时难住了方连长。

这时候，场院院长老潘头晃晃悠悠找到了连长，说他有办法，他说："连长，你别发愁，这个活儿就交给我了。我给他来个人民战争！"然后如此这般地跟连长一叨咕，连长紧绷的脸竟笑开了花，一句："他奶奶的，我看成！"

这位老潘头五十来岁，瘦高个儿，别看他没长多少肉，可都是精肉，筋骨好得不得了，那双手就跟铁笊篱似的相当有劲儿。就那些二百来斤的粮食大麻包，只要他双手抓住麻袋的两只角儿，微微往腿跟前儿一拽，再一抖手腕顺腰就给夹起来，跑他个几十米不喘大气！或者一抖手腕、一挺腰抱起来装上解放卡车，一口气整他个二三十包小半车没问题。

再看他那张脸，以黑为主，黑里透红，两只明亮的眼睛格外凸显，眉头稍微一皱其上方的大脑门立显沟沟壑壑，随着那眼珠子的转动每道沟壑里就会流淌出不少主意来！这不，他跟方连长叨咕的"人民战争"，就这么哗哗流淌出来了！

在老潘头的张罗下，连夜准备了足够的大锤手锤。为了确保石头的尺寸均匀，他还备下了几张两分半的大眼儿铁筛，简直就跟他管理粮食一样一丝不苟！

第二天上午稍早的时候，方连长布置完其他事项就跑到场院旁的碎石工地，想看看老潘头的"人民战争"发动得怎么样？

还没近前儿，老远就听到了"啪啪啪！砰砰砰！砰砰啪啪！"的敲击声。再往前走就清清楚楚地看到，几十位身着各色衣衫、头顶大檐儿草帽的家属队的男女老少，挥舞着手锤极其认真、极其专一地打砸着石头，好像那些石头就是日本鬼子、就是侵略者似的，不狠狠砸就怕他翻过身来再干坏事儿一样。

而专门拨给老潘头调度的十来个小伙子，就跟民兵支前运输弹药一样，负责随时搬运稍大的石头块儿专供家属大队敲砸，并随时把那些敲砸成形的二分石子清运集中。

方连长一看就乐了，对跟在身边准备参加水泥场院修建会战的丁副连长、郭副指导员以及吴启凡、赵晓萍等几个排长说："好，人民战争好！过几天就看你们主力部队了！现在，咱们就先体会体会人民战争的滋味，砸石头！"

丁副连长吆喝着，就带领几位干将掺和到家属大队中砸石头去了。

青春流浪

方连长把后勤排长马淑惠叫住了，说："赶快去跟老潘头沟通好，算好人头准备好午饭，如果吃包子个头要大、肉尽量多，管够。另外，保证开水供应，整点绿豆汤更好！记住，这就是咱们水泥场院大会战的实战演习！快！"

马淑惠答应着就跑步找老潘头去了。方连长扭头就走到了家属大队的砸石队伍之中，找了一柄手锤，坐在一块石头上，抡起了胳膊，"啪啪啪！砰砰砰！"砸起了石头！

砸石场上，挥舞的手锤上上下下、扬起回落，"啪啪啪！砰砰砰！砰砰啪啪！"的敲击声，此起彼伏响成了一片！

23连水泥场院最后的决战就要打响了，总指挥是方连长，顾问是老潘头，刘学峰指导员负责全面的政治思想工作。主力人马分为两支队，由基建排、机务排的二十名男同志及青年女排一个班十人组成突击一队，老将李海任虎队队长，丁副连长配合指挥作战；青年排排长吴启凡则带领由原排二十名男同志，及另编入的其他排十名身体棒的女同志组成突击二队，任豹队队长，郭副指导员配合指挥作战。

其他各排人员，由各自的排长或副排长组织相关材料供应、现场照明、后勤保障，以及随时听从指挥调配。

对了，还有那位办事特别认真，甚至有些一根筋，成天扛着三米大拐尺丈量地号、抱着个本本计数的连队统计卫和，竟然被虎豹双方确认，成为比赛监督及裁判，这让虎豹两队之外的观战者们大声叫好，一致认为这戏有的看了，虎豹双方谁也甭想偷奸耍滑、玩儿猫腻了！

会战的主攻任务非常明确：五天之内，在已经铺设完毕并且沉降稳定之后的基础工面上，保质保量完成一千二百平方米水泥场院的沙石水泥搅拌、灌铺、抹平等，最为关键的场院成形施工任务。

在20世纪70年代初，打水泥场院虽然是一件相当排场、豪华、牛气冲天的大事儿，可是对于没有任何机械设备和实践经验的连队指战员们来说，困难是可想而知的。

连里参与过水泥场院建设的，只有总指挥方连长一个人。好在事前他给大家进行了全面的经验传授与培训，所以大概的施工蓝图及方法大家也就有所了解了。真是大胆儿的碰上了胆儿大的，修建水泥场院的高潮说来它就来了！

打水泥场院那么排场的事儿，说起来挺带劲儿、挺风光的，可是瞧瞧咱们突击队员手里干活的家伙什儿，怎么看、怎么想都特别的寒碜！

哪有什么沙石水泥搅拌机呀，一个队就两块大铁板，一块用于备料，另一块就用铁锹翻铲倒腾，看着顶多也就是像村里和泥垒大墙的；就更没有什么传输机、输送带了，每个队就那么五六辆独轮铁槽车，推起来吱吱直响，掌握不好就翻车，怎么看也就像老农民赶大集似的；当然也就不可能有什么防止空心、增加饱和度的沙石振荡器了。每个相关队员手里边的武器，顶多就是铁钎震探、铁锹铲杵，外加可劲儿拍打了，怎么看也就是村里修路的。

知道这情况的人肯定问了，这能行吗？看着这些土了吧唧、不上溜儿、不成系统的家伙什儿，没什么大信心。可是会战一开始，这些个上不了台面的纯土造，让兵团这伙子人一折腾，竟奇迹般活泛起来了。

要说这方连长还真有招儿，他和指导员设计的这场虎豹之争，绝对是面对面、实打实、活生生的争霸战。

为了确保公平公正，虎豹二队的竞争条件必须基本相当，即：

男女搭配人数一样，个个都是精神抖擞没啥说的。

武器配备一样，也就是那些个纯土造，没啥太先进的家伙什儿。

后勤保障一个样，创造一切条件让虎豹二队满意，并能够专心致志投入到争霸战中。

任务也一样，总体工程由北向南推动，抽签决定了虎东豹西直面对方，对方的一招一式尽在眼前，甚至对方的呼吸与眼神就在你的面前飘忽。

青春流浪

　　而首回合工程的工面是，南北长六十米、东西宽十五米，由东西向每行排列五块，每块三乘三米，总共一百个九平方米的水泥板块构成。为了保证中间板块的平整度，虎豹队必须采取二三、三二犬牙交错式的施工方式推进。这种你中有我、我中有你的无缝衔接式施工，就迫使虎豹双方必须精诚团结、互相照应，方能确保工程完美如一！

　　战幕一旦拉开，虎豹之争便迅速展开了近似肉搏之战。您想想看，面对着面、眼瞪着眼、犬牙交错，交战双方都有一种吃掉对方的神态。

　　随着小伙子们挥着铁锹大喊大叫杀声震天，连同在大铁板上铲、翻、搅、拌沙石水泥稀里哗啦的声响，以及随后大铁锹铲料装车，推车手大呼小叫推着那装满拌料的独轮车，飞快奔向工面的噪音，再加上倾车卸料以及卸料手、平料手的吆喝声交织成一团，场院上霎时热闹起来。

　　可以说，在这场院工地上较劲儿双方，活儿干的是真猛、人叫的是真欢，别的不看，半天工夫，光那个绿豆汤就被喝下了六七桶。

　　很快，虎豹双方就各自完成了第一块，乃至一条、二条、三条、四条，总共二十个沙石水泥熟料板块的铺设，并且经过裁判卫和的监督、查验都属合格，打成平手而难分上下。

　　在烈日炎炎下，经过一上午的激战后，虎豹双方的队员都热得、累得差点虚脱。小伙子们光着膀子，这会儿都晒脱了皮，脸上身上更是汗流、灰淌不成人样；女将们则顾不上纱巾遮脸，一个个汗流满面呼哧带喘，泥呀灰呀毫不吝啬地沾满衣衫。

　　到了中午时分，更是满地冒火般的热气腾腾。为了保存体力、科学施工，指挥部绝对严禁顶热干活，任何虎豹班排人等必须听从命令，中午饭后必须好好休息！

　　好在场院不缺大棚子，人们很快就在阴凉之下缓足了精神，并且开始了场外斗法。

　　首先是坐东向西的豹队小青年口中念念有词地叨咕："日出东方

啊！谁人奈我何？哈哈哈！"

居西面东的虎队小青年一听，感觉不对呀！这不是挑战我豹队吗？于是也叽叽咕咕地说："唉！只知东流水，不见西墙高哇！呵呵呵呵！"

豹队小青年又文绉绉地说："东风浩荡，前程似锦哉！"

虎队小青年则酸溜溜地说："东郭先生，糊里糊涂兮！"随即又甩出一句："东方不亮西方亮乎？"进行发难！

"一口吸尽西江水，紫气东来有祥云哪！呵呵呵！"豹队马上予以反击。

"说东道西，不亦乐乎，情人眼里出西施啊！善哉善哉！"虎队也不甘示弱。

眼看着虎豹双方互不相让，越对越急，只见裁判卫和凑了过来，一本正经地宣布："双方对阵时辰已到，本大都督决定：最后时刻，虎口豹嘴各出一词，东西二字必含其中，实事求是、友情第一者，则判为获胜！怎么样？"

"好！好！行！行！""就这么办啦！""奶奶的！我看成！"在场围观者调侃哄闹着。

只见豹队队长吴启凡与虎队队长李海交头接耳之后说："卫和大裁判，我们建议啊，最后双方各出的这一句，由虎队指挥丁副连长与豹队指挥郭副指导员，分别代表虎口豹嘴说出，怎么样？"

"嗯？怎么把丁副连长与郭副指导员扯上了？这——"这个卫和先生一时有点蒙了头，正不知如何作答，只听方连长在后边乐呵呵地冒了一句："他奶奶的！我看成！哈哈哈！"

此话一出，在场的人顿时笑成一团。"哦哦！呜啦呜啦！——"

两天过去，天气大好，虎豹两队的争斗依然继续。首回合工程的一百个水泥板块基座，在双方那些经过特别培训的泥瓦匠师傅的巧手妙工之下，已然大多精细抹平、施工到位，可以盖上湿草帘子进行保养。而仅剩下的两条共十块水泥板块基座正在加紧施工，似乎首战即将告捷。

这个时候双方最为担心的，就是下雨，雨点打上水泥板，岂不变成了坑坑点点、麻麻斑斑的，必须重新来过！

不知道什么时候总顾问老潘头过来了，他没有打搅虎豹两队的队长，而是告诉丁副连长与郭副指导员说："据我的经验，看着这太阳虽然高照，但是刮过来的小风略带湿气，弄不好就要下雨！"

郭副指导员看看天气，半信半疑地说："热得跟着火一样，能下雨吗？"

丁副连长倒是痛快，对老潘头说："您说，咱们怎么办？"

"好！那就听我的，赶快招呼几个人，到库里准备大苫布！"说完话，老潘头扭头就奔旁边的大库跑去！

丁副连长与郭副指导员赶紧张罗着招呼人，随老潘头而去！

真是说风是风、说雨是雨，几天以来一直明晃晃的太阳，突然就被不知何处飘来的大团云彩给遮住了。人们都惊异地望着天空，同时享受着难得的丝丝凉意。

久在砖厂干活儿、视砖坯子为宝贝儿、最为在意天气变化的李海，却从自己身上热度的变化敏感地意识到，不好！这是要下雨呀！

对面的吴启凡眼瞧着老大哥李海脸色的突然变化，试探地用手指指天，又指指地，说："要变？"

李海点了点头，刚要想说得赶快准备大苫布以防不测，扭头就看见了丁副连长、郭副指导员和后勤的几个同志，扛着、抱着大苫布从大库里跑了出来，老潘头颠儿颠儿在后边跟着。李海心想，姜还是老的辣，眼睛可真够厉害！看着、想着就赶忙招呼人过去帮忙。

说时迟那时快，随着老潘头的吆喝，丁副连长、郭副指导员在虎豹两队的全力配合下，大苫布被迅速拉直抻平，达到了随时可以展开、举高，遮挡来袭之雨，并确保苫布之下继续施工的水平！

再看那几位蹲在地上的泥瓦匠师傅，对于什么刮风啊，下雨呀则显得淡定如初。他们根本就不去理会那些嘈杂之声，继续着用长木平板将细沙水泥料蹚平之后，再用那锃亮砥平的钢制水泥抹子，瞧准了边茬接口顺势按将下去，挥动着长臂"唰！唰！唰！唰！"左右开弓抹来抹去，将那些细沙水泥面抹得溜溜平整、锃光瓦亮。

很快，在一阵飘移不定的大风刮过之后，瓢泼大雨毫不吝啬地倾盆而泻。虎豹队员们高高举起的大苫布，被"劈劈啪啪、哗哗哗哗"的暴雨敲击着，雨水顺着举布队员的头顶、胳膊流淌不息。不知是谁，竟诵读起毛主席诗词《水调歌头·游泳》："才饮长沙水，又食武昌鱼。万里长江横渡，极目楚天舒。不管风吹浪打，胜似闲庭信步，今日得宽余。子在川上曰：逝者如斯夫！——"

大苫布下，泥瓦匠师傅，依然挥动着那锃亮砥平的水泥抹子，精工细作忙于施工，就好像在给女儿打嫁妆，没有最好只有更好！

老潘头对着外边的雨水，乐呵呵地说："你这会儿下，多疯狂我都不怕！照样干！等把场院打成，我就更不怕了！"

方连长蹲在地上，歪着身子，扭着头，向外张望着，向天张望着，嘴里絮絮叨叨的："老潘头，瞧这熊天气，我还真有点害怕，咱们十几万亩麦子长得多好啊！它要是——"

方连长没敢说下去，也不敢想下去。

老潘头不吱声了，也歪着身子，扭着头，向外张望着，向天张望着。

许久许久没有动静，看那脸色，似乎很不乐观——

十四　是生存还是毁灭

　　1971年临近夏收之际，23连的近万亩麦子长势确实让人喜出望外。远远望去，那一片金黄的麦浪随风荡荡漾漾、起起伏伏。一股股醇醇的甘甜的麦香随着微风悠悠地涌入口鼻、渗入胸腔，使人身心惬意！

　　走向连队附近1号麦地的一帮女知青，身着颇为合体、干干净净、黄里透白的军装，脖子上东歪西扭地系着漂漂亮亮的各色小纱巾，一路上嘻嘻哈哈、打打闹闹，说是要拍一张麦浪滚滚的合影，所以一大早就趁着太阳还不算炎热赶了过去。

　　班长沈玉兰手里捧着一部不知道什么牌子，也不知道是谁的照相机。她小心翼翼，就跟抱着刚满月的婴儿似的，生怕给碰着或者给磕坏了。

　　其他姑娘也都知道这部照相机的珍贵，所以，沈玉兰的身旁总是跟着两人，就像女保镖一样护卫着相机的安全！

　　刚一挨近地边，姑娘们就被这一片如金似海的麦田，深深吸引住了。

　　她们有的伸出手来轻轻地抚摸着那摇头晃脑、纤纤细细的麦芒，有的伸着头耸着鼻子使劲儿呼吸着麦海香风。

　　扎着两只小辫的小知青苏可，指着地号远处准备试车开镰的绿色康拜因，诗兴大发地喊叫："姐妹们，看吧！我们金黄的大海上，波涛汹涌着、翻滚着，去迎接那草绿色的战舰，战舰桅杆上的红旗随风飘扬，猎猎作响，那响声就是丰收的礼炮，那响声就是丰收的歌唱——"

　　姑娘们干脆扯开嗓子，大声唱起了头天晚上刚刚看完的电影《上甘岭》里的插曲："一条大河波浪宽，风吹稻花香两岸，我家就在岸上住，听惯了艄公的号子，看惯了船上的白帆——"

　　站在旁边一起高兴、一起疯唱的沈玉兰，突然意识到手里还捧着那部照相机呢，这才想起来跑到这儿得照相啊！她连忙招呼："别疯了，照相了，照相了！来晚了就照不着了！"

　　那两一起欢闹的"女保镖"，连忙做出伸手护卫照相机的样子，喊："小心！小心！让列宁同志先走！让照相机先走！"

　　"哦！照相了，哦哦！哦哦！照相啦！哦！"疯起来赛小伙的知青姑娘们，笑着、喊着在排长赵晓萍的指挥下，很快就找好了地儿，排好了队儿，忙活着摆姿势。

　　看见大家伙做好了准备，赵晓萍回头瞧了瞧一脸兴奋难抑、捧着照相机构思画面、准备调焦的沈玉兰，说："玉兰班长，照相机难找，胶卷就更稀缺了。大家半年多都没有照过相，这回人家给咱们剩下两张底片，太难得了！你的任务也就太伟大了！我们这回的麦浪滚滚喜丰收照片，就全交给你了！有没有把握？"

　　赵晓萍一声问，把正在摆弄照相机的沈玉兰吓了一跳，她赶快护着照相机，说："排长，你温柔点行不？别把胶片给吓跑了！你呀，就放心摆姿势去吧！我保证把你们一张张漂亮的脸蛋儿都给照进去！去晚了就照不上了，哈哈哈！"

　　赵晓萍连忙跑进人群里摆姿势、做怪样，姑娘们开心地笑起来！

　　等她们摆好姿势，喜气洋洋地静等着照相时，沈玉兰信心满满地给了个暗示。在接到沈玉兰的暗示后，赵晓萍轻轻地说了声"麦——子"，紧接着大家伙儿一齐深情地喊出"麦——子！"，露出美好的微笑。这时沈玉兰就果断地按下了快门。

　　姑娘们高兴得大叫着："下一张，下一张！"

　　"好！好！下一张！下一张准备！沈玉兰咱俩换换，我来！"赵晓萍一边说着，一边将沈玉兰手中的照相机接了过去，准备调到最后一张，即第 36 号胶片。

　　沈玉兰跑到众姐妹中间又拢头发，又整衣服，外带调整表情。大家都做好了拍照的姿态造型，就等着赵晓萍按动快门了。

　　可是，赵晓萍那儿左摆弄，右摆弄迟迟不见动静，还满头大汗地嘀咕："哎？怪了！真怪了！怎么不见 36 号的字样啊？"

　　沈玉兰一看不对劲儿，连忙招呼着："大家原地不动，我去看看怎么回事儿！"

　　赵晓萍举着照相机让沈玉兰看，希望她能找出原因。

　　沈玉兰瞪大了眼珠也没看出个所以然，嘴里不住地叨咕着："是啊，是啊，这 36 号哪儿去了？哎呀！我照不成了！太遗憾了！"

　　姑娘们静静地看着沈玉兰，对她充满了同情。赵晓萍一副不甘心的架势，还在那左看右瞧的，好像能瞧出点儿什么似的！

　　沈玉兰突然感觉没有了声音，看到大家特别过意不去的神情，赶忙又说："遗憾就遗憾吧！回头冲洗的时候，别忘了给我一张就行！也好留作纪念，好歹这也是我的摄影作品嘛！哈哈哈！"

　　沈玉兰与姑娘们又大笑起来！

　　"我就不信 36 号能跑出照相机去！我非把你们给按进去不可！"赵晓萍边说边把镜头对准了沈玉兰她们，也不知道按到了哪儿，只听"咔"的一声快门响起，把自己吓了一跳，呆愣在那儿！

　　沈玉兰见状连忙过去说："赵大排长啊，你就别忙活啦！"

　　"响啦！按响了！"赵晓萍充满了希望地说。

　　沈玉兰从她的手里接过照相机说："好好好！我的姐姐！管它响不响，照上更好，照不上拉倒，千万不能再动了，咱们确保前边那一张成功就行了！"

　　赵晓萍这才高兴地说："对！必须确保！走，撤退！"

沈玉兰应道："好！姐妹们，撤退了！回连队喽！"

随着她们的一声吼，一个回撤的手势，这些姑娘们意犹未尽、恋恋不舍地离开了金色的麦田，去准备迎接第二天全团麦收大会战的开始！

麦收会战终于打响，游弋在23连5号地、7号地、8号地麦海波涛之中的几辆康拜因犹如绿色战舰，乘风破浪，势不可挡，一往无前。

它们像一只只麦海巨鲸，肆无忌惮地吞噬着那迎风而立的麦秆、肆意甩动的金黄麦穗。不多时，这些吃饱喝足了的"巨鲸"们便将消化而得的颗颗麦粒，卸到如影随形的运麦解放大卡车里。

而那些消化未果的麦秸，则按计划由康拜因自动归集成堆随时运走，或随机打碎均匀撒落在地。等待该地号收割完毕之后，就被随即赶来的机械大犁深深翻扣于黑土之下，孕育着来年作物的勃勃生机！

开镰不到三天，连队的新场院已被随卸、随晒、随翻、随时装运的麦子占满，把个老潘头高兴得不得了！全连上上下下、男女老少都高兴得不得了！

方连长更是喜不自禁，骑着他那辆半新不旧的二八自行车，来来回回地查看麦收地号或者场院。最让全连觉得带劲儿的就是他那句话："天气给劲儿，麦收带劲儿！就是猪号的猪要倒霉了。那没办法！后勤要隔三差五地杀它一头，同志们吃饱了好有劲儿！今年的麦收形势，他奶奶的，我看成！"

甭管在哪儿，只要看见方连长骑着他那辆自行车，一准儿就是跑地号去了！

有同志就纳闷了，这么大的连队，这么多的地，这么远的地号，连长怎么就骑自行车跑哇？就没有吉普车啥的？

那时候情况就这样。兵团物资还很匮乏，汽车仅为生产物资运输而备，比如从各个连往团联合加工厂运麦子啥的，而且车辆都归各团汽车连统一管理调度。至于团首长以及指挥部门，战地吉普车的配备是没有问题的，而连队是没有资格配备吉普车啥的。

别看康拜因等生产机械配备得还算充足，但各个连队的交通工具也就是两三台轮式拖拉机，还有那几辆马车。再有就是几辆属于个人的自行车，但这种奢侈品供应量绝对有限，而且绝大多数人都买不起。

所以连队的人无论是下地干活、跑地号，或者去团部办事儿，基本就是迈开两腿，甩开双臂，撒丫子跑！用北大荒人的话说：这算啥呀，几十里的事儿，跑呗！

这不，连里好多同志都打算着等忙完麦收，得去趟团部或者虎林好好玩玩儿！当然了，如果半路上能截住辆运输车让你坐在后边的车斗里，你得高兴好几天！

可惜呀，原本晴朗朗、万里无云，非常适合大机械、大面积作业的天气，突然在开镰的第四天下午发生了天翻地覆的巨变。

原以为电闪雷鸣、瓢泼大雨过后，再刮他一阵风，好天儿就回来了！谁知道这一回，老天爷可就不开眼了，瓢泼大雨一顿好下，很快就将那些沟沟洼洼填平塞满。直到将近傍晚才略微收敛，逐渐变小，却转变成了密密麻麻的小雨，淅淅沥沥的，不知何时是个头？雨就这么折磨人地一直下个不停。

连部的灯将近半夜才关闭，方连长根本就没回家，蹲在门口看着天，心里五味杂陈，实在想不通！

那天夜里，全连人马也大都无法安然入眠，都在祈盼着雨过天晴好下田。

这一回，所有的人都失望了，密密匝匝的雨一直下了两天多，直到第三天上午才停了，太阳也冒了出来，让人心存希望，而结果却让人目瞪口呆！

连里的干部第一时间出现在了1号麦地，眼睁睁地看着原本好端端的八百多亩麦子，成了沼泽一片，一米高矮的麦秆七零八落、蔫头耷脑地倒伏在水中。人们欲哭无泪。方连长竟急火攻心、一时失语，只是"啊啊"，却说不出话来！

这块距离连队很近的1号地，作为晚熟品种的高产实验田，连里盼望它能够成为丰收样板，原计划是在第二阶段进行重点收割。当然，还有其他几块未收割的麦地，惨状不相上下。全连的同志们确实接受不了这个严酷事实。

面对如此严重的水涝现状，机车根本无法进地收割；而麦子倒伏水淹之后时间久了就会发霉腐烂！

连队所有的人，都面对同样严峻的问题：怎么办？束手就缚，还是奋力抢涝？又怎么个抢涝法儿？

这一年的北大荒，水灾成患、麦子被淹，绝不只是个别团或者连队的局部现象，而是地区性的大面积、大涝灾。23连所在的虎林、密山乃至牡丹江地区，几百万亩麦子都是如此境地。

在兵团指挥部调兵遣将支援抗灾的同时，受灾各师团、各连队毅然决然地确立了一个共同信念：兵团战士，殊死一搏！水中捞麦，龙口夺粮！

23连的水中捞麦战斗是从1号地开始的。

这一路人马的主力班排是：吴启凡的青年排、赵晓萍的青年女排，以及抽调基建排李海他们一个班加盟其中，副指导员郭彩贞担任这路人马的指挥。

郭彩贞心里非常清楚：任务相当重，七八十号人马对付八百多亩麦子，就是正常年景也够招架一阵，何况这些麦子几乎全泡在水里。

问题的严重性从收割队员们第一脚迈进地里，或者准确地说迈进水里，就充分表现出来了：水泡过的田地泥土松软，脚陷其中无法自由移动。仅这一样儿，就把水中捞麦的人们彻底难住了！

要是往常，在干爽的地里割麦子，这帮年轻人个个生龙活虎，看他

抢割大豆

们干活就是一种爽快和愉悦！

可是，在这种泥水之中收割麦子，再强悍的镰刀高手任凭他费尽九牛二虎之力，也是难以施展拳脚。就连往年名震全团的割麦快手"飞刀李"李海、"蹿地虎"吴启凡，也都没有了脾气。

用吴启凡的话说："这哪是割麦子？简直就是割牛皮糖，扶也扶不起，割也割不断，连拉带拽真难办！"

李海也发愁地说："这地球的吸引力也太大了！一脚踩下去简直就拔不出来，比我在砖厂和泥费劲儿多了！"

可是不管怎么说，男同志们再费劲儿也能割它个有所进度，并且随割随往外搬运，一天下来也能收拾出一大片。

女同胞那边的麻烦可就大了！本来那腿劲儿、臂力就稍逊男儿一等，这会儿差别就更大了。原本身体较为轻盈的她们，双腿往水里一站顿时就沉重无比，双脚很难移动不说，就连转个身儿都好像要往水里栽跟头。

　　站在水中割麦的副指导员郭彩贞、排长赵晓萍、班长沈玉兰都算是比较泼辣、皮实的那种女性，自己在那儿割麦子的进度虽然不快，也还说得过去。但是眼看着自己的姐妹们那种困难劲儿，就是想过去帮忙都使不上劲儿，只能可着劲儿地大声喊叫，鼓劲儿加油！

　　还有一件让人无比烦恼又无可奈何的事，那就是雨后的麦地里蚊子、小咬特别多。它们横冲直撞，逮谁咬谁，咬了就起包，又红又肿疼痛难耐、麻痒无比！

　　男同胞们可能是皮糙耐咬还好一些，就算是被咬了，挥起大手噼里啪啦一通乱拍，拍得满脸满胳膊又是泥水，又是蚊子血的，也满不在乎。

　　女同胞们可就惨到家了，也许是那些蚊子们闻着女人的气味香，就特别地眷顾着她们。哪怕是这些姑娘们身穿长衣长裤、脖子绑上围巾、袖口用皮筋儿扎起来，甚至头上戴着遮挡严密的防蚊帽，还是挡不住可恶的蚊子的顽强进攻与袭击。

　　然而就是这样，他们还是照样挥动着手中的镰刀向那水中的麦子奋力地砍去，还是照样挪动着泥水中的脚步，向那一望无际的麦海前方，义无反顾地、艰难地前行着！

水中抬粮

这时候，所有的男同胞都显现出对女士们的无比敬意！所有的人都显露出对战友的无限敬佩！那句生存还是毁灭的世纪之问，那句前进还是后退的战争哲学，在这些勇敢坚强的兵团战士面前，已然得到了无声的回答！

到了第三天的时候，虽然麦地里的水势消退不少，战士们水中收割的门道也掌握了不少，可是所有人的战斗力却下降许多，尤其是女同胞的体力下降更为显著。

到了吃午饭的时候，她们之中竟有许多人，不愿走出泥水麦地吃饭。不为别的，就是生怕一旦走出了麦地，坚持不住，回不了自己挥镰割麦的地方！

为此，连长特别下了一道命令：中午时间，任何人必须走出麦地，到地势较高的大路上吃饭休息！尤其是女同志，必须保证一个不落地上路休息吃饭！

这一天，在1号地割麦的女同志，除了陈俪因为身体太胖、行动确实不便，为了下午还能继续割麦，她强烈要求原地休息不上路之外，其他的女同志经过努力，就跟爬雪山过草地似的互相搀扶着、鼓励着，总算是凑凑合合地都上了大路吃饭休息！

老大哥李海没吃几口饭就往布包里装了包子和水，准备给地里的陈俪送过去。还没等他起身，手疾眼快的吴启凡嘴上叼着个包子、手上还攥了两个包子，斜背着个军用水壶，从李海的手中抢过布包就往麦地里跑。他一边在麦地水里走，一边儿大口地吃着包子，等他走到陈俪跟前，手中的包子也正好吃完了。

陈俪从吴启凡手中接过装着包子和水的布包，眼泪吧嗒吧嗒地往下掉。等吴启凡刚说了声"快吃吧"！陈俪便"哇哇！哇哇！"地号啕大哭起来。

吴启凡不知如何是好，随口就来了一句："赶明儿，面包会有的，牛奶也会有点儿，一切都会有的！还是先吃包子吧！"

谁知道吴启凡刚说完这句话，痛哭流涕的陈俪竟"噗"的一声哈哈哈大笑起来！

吴启凡以为陈俪不信，特别认真地又说了一句："连队特色，包子管够，公路上还有——"

再看看陈俪，已经笑得快喘不过气了！看到陈俪的样子，吴启凡被吓坏了，他连忙查看自己是否有失妥当，还一个劲儿地说："怎么了这是？怎么这么乐观哪？"

陈俪连哭带笑地说："什么面包会有的，牛奶也会有点儿——哈哈哈！人家瓦西里的台词是：'面包会有的，牛奶会有的，一切都会有的！'哈哈哈！还有什么'赶明儿''先吃包子吧'，这是什么台词啊？哈哈哈——"

吴启凡算是听明白了，见陈俪还在傻笑，连忙说："咱啥也别说了，也别哈哈笑了，还是先吃包子吧！行不？"

"行！行！吃！吃！"陈俪拿起包子就咬了一大口，想着想着，又哈哈哈地笑起来！——

吴启凡也只好陪着她哈哈哈地笑起来——

第二天的 1 号地里割麦工作依旧，只是在远远的地方，就能听到那里传来的手风琴与口琴合奏的乐曲以及不时响起的歌声。

地边的公路上站着两位女同志，一个就是胖胖的陈俪，另一个是小姑娘苏可。郭副指导员奉连长之命，绝对不许陈俪再到地里蹚水割麦，她的任务就是在公路上拉手风琴，给割麦的同志鼓劲儿。而苏可年纪太小又有了"大姨妈"探望的特殊情况，也必须特殊安排不能下水。

在随后的几天水中捞麦、割麦的战斗中，人们远远地就可以听到手风琴或激昂或舒缓的乐曲声，也可以听到悠扬的口琴声，或者在手风琴、口琴伴奏下的女声歌唱、女声朗诵——更可以听到散落在麦地里、水花上男生女生们或激昂壮烈，或悠扬婉转的歌声，与公路上的乐曲融合成水中捞麦大交响！

十五　天下好汉莫过于此

　　时间过得飞快，炎炎夏日、麦浪滚滚、瓢泼大雨、水中捞麦、秋高气爽、冰上割豆，北大荒的气候就像一连串令人眼花缭乱的组合拳，将年轻的兵团战士们、垦荒多年的老兵们砸得难以招架！

　　因为雨水浸泡收割不及、晾晒不及的麦子质量不达标，相关师团的麦收损失惨重。

　　为了保证国库粮食的质量与数量，这些师团的各个连队纷纷将精心翻晒达标的高质量好麦子，毫不犹豫地统统上交了国家。而这些师团连队的指战员乃至家属们，从麦收之后就一直吃着未达标且尚能食用的那些泛黑、发黏、发不起来、难以下咽的黑黏馒头！

　　谈起这黑黏馒头，老尤特司机钱途，还有车老板周福仁说："真够窝囊的，咱们种地的兵团战士吃起这个来了，都不好意思！"

　　小姑娘苏可说："想想我爸妈、爷爷奶奶他们能吃又暄又香的大白馒头，咱们吃点黑黏馒头认啦！关键是以后，再也别吃这个了！"

　　车老板周福仁打趣说："啊！让又黑又黏的黑馒头赶快去吧！让又白又香的大白馒头来得更猛烈些吧！——"

　　方连长依旧沙哑着嗓子说："说得好啊，同志们！看来，咱们光会种地还远远不够，还得学会管住地、管住水，确保丰产又丰收！这件事儿得尽快办！"

雪花飘不断，地冻三尺三，青山披素裹，江河大气寒。冰封万里、一望无垠的北大荒，在 1971 年的冬天，显得格外的寒冷与漫长。

为了应对国际上的政治经济封锁，为了防范外来的战争威胁，为了国家的命运与民生安全，黑龙江生产建设兵团秉持战备与生产两不误的精神，命令各师团、各连队牢牢镇守在茫茫的边境线上。与此同时又号令兵团全体指战员作好长远打算，在各自管辖的地域按照统一规划，大展宏图、大干一场！

俗话说，种地不能缺水，缺水不好种地。流经兵团四师诸多团属地域的穆棱河，与大大小小的溪流湖泊，使得这个地区总体水源充沛、草木茂盛、土地肥沃。但是，话又说回来了，种地就怕没水，可是水太多了管不住也不好种地。

所以，开阔流域、疏通河道、兴修水利、排灌配套，彻底解决管得住水的问题，就成了北大荒地域必不可少的特大课题。

这一年的整个冬季，经历了水涝之殇的 586 团，在穆棱河主干道再一次吹响了水利大战的号角！各个连队除了继续完善自己管辖区域内的配套排水渠道之外，还按照团里的要求组成了三个排近百人的水利突击队，投入到了主干道的扩展、深挖、畅流系统工程之中。

刘学峰指导员亲自带队，丁利群副连长全面指挥，男女青年排悉数到位自不必说，后勤、机务、马号等组成了个加强排，力量不可小觑！

最令人瞩目的是，肩负突击队挖掘进度的冻层爆破小组。这个小组人虽然不多，一般只有三五个，可是这些小组成员却非同小可，那都是从突击队里各个班排精选出来的，条件不一般。其成员必备条件是：

第一要责任心强。摆弄炸药事关生命安全，相关人员责任心必须极强，来不得半点含糊。

第二要胆大心细。爆破施工既要胆量，更要观察入微，还要干脆利索，绝不能拖泥带水稀里糊涂。

第三就是团队精神。冻层爆破、施工作业、点火放炮是集体行为、团队动作，每个小组成员心里必须装着战友，行动必须协调规范，绝对服从组织纪律。

就这三个条件，对于每位爆破手来说都不能马虎，面对着无情的炸药，面对着炸飞飘落的坚比岩石、大如盆小如豆的冻块儿，稍有一丝疏忽就会造成不可挽回的损失甚至失去生命！

在黑龙江建设兵团待过的人都知道，北大荒的冻土层是从每年十月开始上冻，随着冬季天气的逐步寒冷，冻土层逐渐加厚直至来年三月下旬开始融冻。

在这长达六个多月的冻土期间，尤以上年十二月中旬冬至前后，到来年的一月中下旬大寒阶段为最，冻土层可达到一点五米上下，甚至达到两米多。谁都会想，干吗非在这天寒地冻的时候兴修水利呀？暖和天儿挖不就得了吗？

回答是：不行！

因为东北一年一季的农作物大忙时期天气虽好，却很少能挤出时间去修水利，而漫长的六个多月冬季农闲时期，就自然而然地成了兴修水利的大好时机，天气再冷、冻土再厚也得想办法！

再说了，暖和天儿河里水太多很不好挖，反而是天寒地冻的没什么明水，就好挖多了。

这就是东北，这就是北大荒！要想修成管天治水保丰收的正果，就必须战胜自己、战胜严寒、战胜大地！

而对付冻土层的有效手段就是实施爆破，简单地说就是在冻层合适的部位上凿洞，填炸药，进行爆破，搬抬运走冻土块儿之后，将冻土下冒着热乎气的软层土尽量快、尽量多、尽量深地挖出去，完成挖土方修水利的任务。

咱们说的各个连队冻层爆破小组一伙人，就是这个过程中关键的一环。只有他们选定、安置、排布的爆破点科学得当、装填的炸药合适，那些水利施工面上的冻层才可以炸透炸松、破碎适中、便于搬抬清除。

23连的爆破小组一共五个人，由后勤班长高培森担当组长，组员有机务排成建功、基建排砖厂随波和木工齐宇、马号班周福仁等。

这五个人除了周福仁是才被选中加入的新手，其余几位至少也有两三年以上的爆破经验了。周福仁虽然是新手，但是他以胆大心细、主意颇多、灵活机动而著称，在老炮手山东青年成建功、炮引时控高手齐宇以及点炮快手随波的反复示范、传帮带之下，经过几个爆破过程之后，较为熟练地参与爆破已经不在话下。

而组长高培森就更甭提了，简直就是放炮无数，尤以定点布阵、听响点数乃至排除哑炮为绝活儿。所以他的耳朵和眼睛就相当灵敏好使，这么些年了始终保持着优秀爆破手的荣誉，担当爆破组长至少也有六七年的经历了。

正是有了这几位爆破高手的保驾，23连炸冻层、挖热土的进度始终名列全团各连之首。每天到了傍晚快要收工之时，只要见到爆破小组的到来，水利突击队的同志们立马情绪高涨起来，好像不把那冻土层下的热土趁热多挖出去一些，就对不住爆破小组的各位爆破高手似的！

每当这个时候，刘学峰指导员和丁利群副连长总会和高培森他们沟通一下，根据第二天的工程推进情况及任务量，决定如何布局、打洞、备填药等准备工作，确保第二天一早顺利爆破施工。

而每每到了第二天的清晨，爆破小组的同志就会背着炸药、带着雷管及导火线，早早地赶到现场进行填装炸药，安置雷管、导火线以及封堵炮口等爆破前的最后准备。

在各道口有人把守控制的前提下，安全员确认爆破区域已无闲杂人员之后，每个爆破小组成员就会发出自己编号的喊声，诸如"1号准备完毕！""3号准备完毕！"等。待到全部成员报告完毕，随着组长的一声号令："各就各位，放！"一个区域一个区域、一个波次又一个波次地，按照事先排定的顺序纷纷炸响。

被炸毁撕裂开来的大地震动着、颤抖着，巨大的冻土块在原地艰难地、上下左右移动着，发出低低的闷沉的声音；呼啸着冲飞上天、大如面盆的冻块儿毫无规则地飞舞着，飞舞着，然后又猛然地冲下来把地面砸得咚咚作响；更多散乱无章、大大小小的碎冻块儿，像天女散花般哗哗地坠落下来，密密集集的，令人无处可藏！

这一天意想不到的大事儿发生了。

按照往常一样，天刚蒙蒙亮，爆破小组就从驻地直奔爆破施工点而去。头天晚上有些轻微感冒的高组长，依然细心地安排、检查着每个爆破点儿、每个爆破手的准备工作，只待一切就绪便可实施爆破。

早霞悄悄地染红了半边天，天气虽然寒冷，但是无风无雪，让人感到了些许安稳与快意。

迎着朝霞，匆匆吃过早饭之后，腿脚利索的吴启凡、丁利群还有张强，兴致勃勃地走在大队人马的最前面，一起盘算着无论如何也要趁着好天气，痛痛快快地拿下它一大块儿地段，让连队的挖掘进度好好提升提升！刘学峰、李海也在不远处边聊边往前走着。后边的队伍同样劲头十足、悉数向前走来。

临近通往施工区的道路岔口时，耳朵相当灵敏的吴启凡首先听到了远处的爆炸声响，他对丁利群说了句："响了！这帮小子挺能干！利索！"

"高培森昨天有些咳嗽，也不知好些没有？"丁利群叨咕了一声。

"好像还行，晚上没怎么听到他咳嗽！"张强答了一句。

"轰！轰！"又是一个波次的炸响声过去，吴启凡、丁利群、张强他们不自觉地加快了前行的脚步。远处的人群向前移动的速度似乎也在加快。

走在前边的吴启凡突然停住了脚步，侧着耳朵听，丁利群刚要说什么就被他伸手止住。片刻之后，吴启凡神色凝重地说："副连长，有人喊救命！——爆破区方向——"

"什么？救命？——"丁利群、张强赶紧侧耳细听，也隐隐听到了"救命啊！"的呼声。

吴启凡一下子反应过来，说了一声："不好！是周福仁的声音，坏了！——"他一边说着一边撒丫子就向爆破区跑去。

丁利群吩咐道："张强，赶快将情况向指导员汇报！把队伍稳住！"说着就紧跟着吴启凡跑向前去。张强答应着拔腿就向后跑。

只听前边"快来人哪！炸坏了，救命啊！——"撕心裂肺的惨叫声越来越近。吴启凡、丁利群迎面就将发疯般、连滚带爬、连哭带叫的周福仁截住了。

周福仁连血带汗、泪流满面地挥着血手，不停地喊叫："成建功！快救成建功啊——啊啊！——"

吴启凡、丁利群没跑几步，就看见前方有三四个人迎面跑来，其中一个人背上还背着一个人。待到会合一处，看到齐宇背着的人，满头满脸都是血，肿胀得已经分不清这是谁！

吴启凡突然想到，天寒地冻的，那脑袋千万不能冻着，于是赶紧摘下了自己的大猱头皮帽捂在了成建功的头上。丁利群想接过成建功来背，这才知道成建功双腿已经被炸得没法儿站立了，他急忙脱下大棉袄包在成建功的腿上。

脑袋同样受伤的高培森只是不停地叨咕着："太严重了，太严重了！得赶快，赶快止血！止血！"

得到出事消息的刘学峰与李海、张强等几个迅速赶到了成建功跟前，查明情况立即作出安排：让赶到的连队卫生员安兰紧急处置，并命令吴启凡，以最快的速度跑到距他们最近的21连卫生所请他们协助救人。吴启凡二话没说发疯般地向21连卫生所跑去！

刘学峰又命令人高马大的机务排钟猛也去21连，必须尽快联系好拖拉机挂好拖斗，随时准备往虎林县医院送伤员。钟猛接到命令，撩开长腿就跑，一边跑一边喊："放心！放心！"

刘学峰看见旁边的李海已经脱下大衣解开绑腿，用两根抬冻块的木杠做担架，立刻脱下长大衣帮助李海往木杠上一套，一副较为结实软和的担架很快就做好了。人们七手八脚地将成建功安置在担架上，抬起来就往21连奔去。

刘学峰嘱咐丁利群跟着担架前去协调，一定想方设法抢救成建功，并让他注意其他几个炮手的伤势，随时汇报情况。

有了担架的抬送，运送伤员的速度快了许多。待到丁利群、李海他们将成建功送到21连卫生所的时候，吴启凡、钟猛已经将指导员交代的任务落实完毕。连队医生作好了接诊安排，一辆大型胶轮拖拉机"哼哼"响着，憋足了劲儿准备随时出发。

连队医生进行了必要的紧急抢救与处置，并初步诊断：成建功头颅、面颊及下巴、口腔均遭撞击而裂损，双腿骨折，必须尽快送往虎林县医院救治，其余几个伤员可留下治疗。

兵团系统的军事化动作训练有素，任务交接得相当利索，成建功很快就被抬到了拖拉机上。

钟猛、吴启凡在21连领导的帮助下，早就把拖拉机拖斗铺上了厚厚的草捆子，很是软乎。丁利群、李海、张强、卫生员安兰等一共十来个人，围坐一圈儿，手抬着担架，将成建功稳稳当当、半凌空地托举在中间，尽量减少因行车的颠簸给他带来痛苦。

拖拉机撒野一样，向虎林县城迅猛开进。司机师傅车技十分高超。团里的冰雪土路还算平坦，一路上几乎没有什么大的颠簸。

被人们平抬着的成建功在担架上盖得较为暖和，也没有遭受震动之苦。一开始，他似乎一直处于昏迷状态，紧闭双眼并不知道发生的一切。

待到拖拉机转上通往虎林县的公路时，成建功开始躁动，先是非常痛苦地"嗷！嗷！"号叫几声，紧接着就试图抬起胳膊用手抓脸。女卫生员安兰想按住他的手都按不住。旁边的张强、钟猛上手使了好大的劲儿，才把成建功控制住。可是他时断时续的痛苦的号叫或呻吟声让车上的同志们心里非常难过。

安兰不时查看大棉袄下盖着的成建功的脸以及鼻息，小声地安慰着："坚持住！不要紧！很快就到虎林了！不要紧——"

张强、钟猛一人按着成建功的一条胳膊，既不敢使劲儿也不敢松开，就怕他又去挠自己的脸，一个个心痛得犹如刀割！

平抬着担架的李海、丁利群、吴启凡等一伙人，大气不敢喘小气不敢出地屏住呼吸一直坚持着平稳如初。看着他们严肃而神圣的表情，看着他们长久保持一个姿势，但却依然挺直的脊梁，让人觉得就算是天塌下来也压不垮他们！

很快，拖拉机开到了虎林县人民医院，已经得到消息的院长亲自挂帅成立了抢救小组。成建功被飞快地推进了手术室。在众人焦急等待的过程中，又被告知由于成建功伤势过于严重而失血过多，院方的血库存量不足，需要尽快输血！

还好，经过验血，23连在场的小伙子们与成建功同一血型的有四个，再加上李海的 O 型血，足足五个人毫不犹豫地去献血。

手术进行了四个多小时，经抢救小组确诊认定：成建功的头部颅骨震裂、颧骨塌陷、颚骨受损波及数颗牙齿脱落，他的两条腿严重骨折、脚底肌腱损裂，其他部位不同程度地被砸破损，但伤者已无生命危险。

院长告知丁副连长、李海他们，已经与兵团四师医院联系妥当，将会适时将成建功转院到这家更加专业，且具备战时救治严重伤员的医院。临了，院长还感叹道："你们这位同志相当坚强，有强烈的求生欲望啊！我们会尽力的！"

同志们都默默地祝福成建功能挺过这一关，希望他好好地活下来！

副连长丁利群与卫生员安兰留下来继续配合协调后续事宜，其他同志则陆续撤走，赶回了水利工地。

参加献血的几位同志则按照医院的要求，一人喝了碗红糖水又吃了几块儿虎林大饼干，稍事休息之后也返回驻地收拾行李，按照领导安排准备回连休养。

在返回驻地的时候，一直忙乎着照看伤员的吴启凡突然感到自己耳朵不太对劲儿，说疼不疼，说麻不麻，只是有点儿痒，他伸手一摸，耳朵已冻得冰冷僵硬。

旁边的李海顺着吴启凡的手一看，那对儿耳朵竟各自鼓起了个包，心想，糟了，吴启凡的那两只耳朵肯定冻坏了，便提醒说："估计你这是大清早往 21 连跑没戴帽子，耳朵冻了，再一见热就鼓包，再见热就会发紫！"

"这可怎么办哪？哎！我说李海大哥，可别光看我了，你那鼻子好像也麻烦了，惨白惨白的像是冰碴！——"吴启凡认真地盯着李海的鼻子看。

"开什么玩笑！我李海的鼻子可不像丁副连长的鼻子又高又大，来了冷风刮来雪花也得先整到他那儿！哈哈——"

紧张大半天的李海这会儿才松下心来，不过待到他真的一摸鼻子，立时也感觉到了不对劲儿，冰凉之中却夹杂着火辣辣的疼！只好调侃着："我是属猪的，这叫北大荒冰冻火烤猪鼻子！哈哈哈！"

经过连里的调查，刘学峰向大家通报了这次爆破炸伤人员事故的大概缘由，周福仁作为亲历者，讲述了早晨在爆破现场发生的情况。

那天的爆破工作，前半段进行得挺顺利。由于是采取东西两侧相向夹击的挖掘方式，第一个波次 15 个炸点在东侧率先引爆一次成功没有哑炮；问题出在了西侧第二个波次 17 个炸点的引爆，负责确认炸响点数的高培森组长还有其他几个炮手，不管怎么数、怎么统计都认定只响了 16 炮，绝对是少响了一炮，也就是说出现了一颗哑炮。

按照确认、排除哑炮的程序，度过了显得漫长的二十分钟待爆、观察期，咳嗽还没有完全康复的高组长咳了几声，说："大家待命，我上去看看！"看见其他人也跟出了安全隐蔽处想一起去，他又哑着嗓子强调："没有我的命令，谁也不许动！听见没有？特别是周福仁，你是新手必须远离观察！"

周福仁嘟囔着："我没事儿！能行！"

"成建功，你是老同志，周福仁就交给你了！要注意安全！都听见没有？"

"听见了！"看看炮手们都躲回到隐蔽处，高组长这才小心地向西侧哑炮处走去。

这时候的爆破区硝烟早已散尽，安静得出奇。由于各个炸点的设计布局是相互交错、避免盲区，所以炮响之后被炸得冻土块儿互相叠压、覆盖，一时不好判断。

不过，经验丰富的高培森，根据炸点起爆的烟柱、未响炸点的方位以及冻土断面的形态，还是很快就判断出了哑炮地点。

他先是在稍远的地方，对着哑炮点仔细观察了一番，又侧着耳朵听了一会儿没有发现异样，就轻手轻脚地贴了过去。

高培森想搬开挤压在哑炮口处的冻土块儿，无奈一个人使不上劲，只好招呼再过去两个人。齐宇和随波听见招呼，二话没说噌地就跑了过去。成建功死拽住周福仁没让他动。

三个人很快就将那些大冻块儿搬开了，露出了装填炸药、雷管后的封口。

"导火索！导火索！"齐宇一下子就发现了好像点燃过后没有引爆的雷管炸药，而被掩埋或隐或现的导火索并喊出声来。三个人本能地、不约而同地向一旁闪躲过去。

过了一会儿，齐宇刚想再过去查看个究竟，却被高培森制止住说："都躲远点，我的经验多，先去看看！"

随波说："你咳嗽着呢，不方便，还是我去吧！——"

"服从命令，我去！"高培森拦住了随波，自己说着就又贴近了哑炮口。

高培森再一次探头观察、倾听炮口有无细微变化，却摇了摇头。片刻，似乎又有所发现地想用手拨开炮口处的碎块儿，一阵轻微的咳嗽打断了他的动作。

稍远处的成建功和周福仁探头探脑地也想过去帮忙，心想都过了这么长时间了，应该没问题了。

这边儿随波见状就喊了一声："你们先别动！"随口又问了一句："组长，没事儿了吧？"

看到高培森摆了摆手，也不知道是阻止还是招呼，齐宇就奔了过去趴在炮口处查看，随波也凑了过去。

成建功将着急过去的周福仁按住说："你千万先别动，我过去看看再招呼你，必须的！"见周福仁点了点头，他撒腿就从施工面上跑到了哑炮方位的上方向下观看，并提醒说："多注意导火索——"

齐宇举着手里拽出来的那根导火索说："都着完了，可能是旁边炮口炸飞过了的。"

随波说了句："再仔细听听，还有没有动静——"

一直狐疑侧耳听动静的高培森突然说："好像有声音，对！有响动——快躲开！"他一边喊，一边把齐宇、随波推开，还喊着："快！成建功，快跑！"

随着高培森的喊叫，只见他们三人扭身就跑，断面上弯腰低头查看的成建功也扭身想跑开，而周福仁却正往这边跑着。

只几秒钟的工夫，刚才还沉寂无声的哑炮断面，骤然发出了"轰！"的一声巨响，大大小小的冻土块儿伴随着硝烟冲天而起，随即而来的大冻块儿"嗵！嗵！嗵！"砸地声以及碎块儿"哗哗啦啦！"的落地声响成一片。

眼见着成建功腾空而起不知摔到了什么地方，为躲避突然炮响而趴在地上的周福仁，被眼前的这一幕惊吓得有些发呆，但他很快反应过来，赶紧爬起来一边喊："成建功被炸了！高组长你们在哪儿啊？"一边跑向刚刚炸过的哑炮断面。

断面不远处，成建功浑身是土是血地俯卧在杂乱的冻土块儿地上。他是随着脚下一个大冻块儿被炸，飞上半空又摔落在地上的，此刻他一动不动完全失去了知觉。

周福仁看到成建功被炸伤的样子，大声号叫："快来人哪！快救命啊！——成建功不行了！"

断面西侧稍远地方，被哑炮炸响后气浪连推带掀冲出去的齐宇，从高培森的身旁拱了出来，他们俩显然听到了周福仁的号叫，顾不上头被砸伤、腰被砸疼，顺着喊声连滚带爬跑了过去；再稍远的一个大冻块儿旁，随波也爬了起来，颠着被砸伤的脚往喊声处挪动。

周福仁还在哭叫着："快快！这可怎么办哪？"

高培森只查看了一下，就果断地命令："周福仁，赶快跑步向路口迎去，报告这里的情况，请求紧急抢救成建功！快！"

周福仁擦了一把眼泪，站起身来就往大队人马前来的道路岔口狂奔而去，边跑边喊，喊声煞是凄惨！

伤势较轻的齐宇在高培森和随波的帮助下背起了成建功，三个人艰难地向路口小跑而去！

哑炮事件过去不少时日，成建功虽死里逃生，但依然在战友们的心里留下了不少的伤痛。自从成建功转院到四师师部医院，每当有他的好消息传来，大家总是欢欣鼓舞地为他祝福，也总是祈盼着新的好消息快快传来！

寒冬过去，春暖花开，夏天就要到来。前往师部医院探望成建功的周福仁、齐宇，还有丁利群副连长，一回到连队就特别兴奋地告诉大家：成建功就是一个奇迹，震裂的颅骨和肿胀如斗的脑袋已经恢复如初，塌陷的颧骨也修补得几乎看不出毛病，颚骨更像原装无损，就连伤损或脱落的牙齿也都得到很好的修复矫正，光看他那张脸就像没发生过哑炮那回事儿似的。

"双腿接得怎么样？骨头长好没有啊？"高培森着急地问道。

"还有那脚底肌腱恢复了吗？"随波也问起来。

丁副连长一个劲儿赞叹说："放心吧！脚底肌腱恢复得相当不错，成建功自己都能运动脚指头。"

"我摸着他那两只脚热乎乎的挺好！"周福仁抢着告诉大家。

"不是，我问的是成建功的两条腿怎么样了？真是急人哪！"听他们几个老说别的，高培森显然是担心成建功的腿没接好。

"高师傅，你千万别着急！我重点汇报的就是成建功的腿。"丁利群流露出极其佩服的神色说，"首先要说明的是，成建功的两条腿都接好了，医院还特意表彰了接骨医生的高超医术，也表彰了咱们成建功同志的坚强毅力。"

听到这儿，同志们都为成建功高兴，"啪啪啪"地就鼓起掌来。

高培森也激动得直抹眼泪、不停地叨咕："我就知道他行！我就知道他行！"

"但是我必须要强调的是，成建功的坚强和毅力远不止这些。用医院的话和其他住院人的话说，成建功就是个铁人哪！"丁副连长说到这儿，竟激动得一时语塞。

旁边一直憋着没机会说话的齐宇，赶紧抢着说："副连长，我替你汇报行不？"见丁利群点了点头，齐宇马上接着说："啊！本来呀，成建功的两条腿接得都挺好，只要好好养就行了。可是，没过两天，成建功觉得其中一条腿有点别扭，接得不如另外一条腿好，就想重接。"

"啊！重接？那得多疼啊！"听着的人们都觉得要冒汗，替成建功着急。

"可不是吗，医生说重接可以，但是必须把接好的骨头敲开，那是相当疼痛的！建议不要动了！"齐宇也显得很是震惊，服气地接着说："谁知道第二天上午，成建功愣是将自己那条腿往桌子角儿上一磕，'咔吧'一声，那条接好了还没长结实的腿就又断了。医院的医生含着眼泪心痛地又重新给他对接上了。"

缓过劲儿的丁利群接着就讲："住院的一位老先生对他佩服得五体投地，说早年间有位京剧名家盖叫天为了重登舞台演武松，愣是将接歪了的腿磕断重接，被人称为'真好汉、活武松'。你们连的这位成建功，那也绝对称得上'兵团好汉真英雄'啊！佩服！绝对佩服！"

看着满脸震惊的同志们，齐宇又说："啊！我们这回看到的就是成建功重新接好的腿，他说，这回的腿就算是对劲儿了，长好之后骑个自行车啥的没问题！"

在旁边儿静静地听丁利群他们讲述成建功故事的方连长，也情不自禁地嘟囔了一句："奶奶的！这才像我的兵！都帮我记着点儿，等成建功一回来，我的那辆自行车归他了！"

刘学峰指导员也喊了一句："成建功，好样的！"喊着就带头鼓起掌来。

热烈的掌声在人群里猛烈爆发出来，好久好久都没有停息！

十六　好马不能放南山

　　风霜雪雨来去回，冰封消融几轮还，春暖花开尚知晓，乍暖还寒待何年。

　　1972 年，"大海航行靠舵手"的歌声依然格外响亮，无奈"文化大革命"的大船还在继续前行。"左"倾错误路线的影响仍在全国延续。

　　鉴于黑龙江生产建设兵团"屯垦戍边"的职责，以及军事化管理的严格要求，虽然漫及全国的极"左"思潮到了兵团已经无力潮落，但在大势所趋的风浪之中还是有所侵蚀。

　　按照上级的要求，这一年的备耕时节，连队"人定胜天，小镰刀战胜大机械"的革命精神被渗透到了其他诸多领域，诸如在场院"小肩膀要战胜卷扬机"，宁愿人成天的扛麻袋也不开动机器；"小肩膀战胜大骡马"，宁可让马在马号里歇着，也得让人挎上套包驾车拉套。

　　这个马放南山、人拉车的具体操办方法是：连里的三挂大马车，由青年、基建、机务三个排各负其责的各套一挂，也就是一辕三套的最佳阵容，由各排自己搭配。

　　咱们就说青年排负责的这挂大车吧，排长吴启凡尽管不是那种膀大腰圆的身材，可也是几年来由弱小锻炼的特别结实、筋道的那种汉子，驾辕的活儿也就归他了。剩下的一个川套两个边套就由三个班长各自领衔。

其余的战士则由副排长统筹安排：吴启凡驾辕的身体两侧的车辕杠头，由两个劲儿特别大的战士护着保持车辆平衡，既不能后沉上撅起来、更不能前沉压下去，当然最可怕的就是前沉，如果弄不好前沉压下去就会伤及驾辕者，所以两位护辕人的责任也是很大。

其他的战士就杂七杂八的护在大车两厢以及车后板，尽其所力推车以及助威吆喝。

总之，一挂挂由人驾辕、拉套、众人推车干活的大马（人）车，就这么着在"无产阶级文化大革命""与天斗、与地斗、与人斗其乐无穷""人定胜天"的热潮中，热热闹闹、奇奇怪怪地产生了一个"与车斗、与马斗，其乐无穷"的新生事物。

这种人拉马车的新生事务，在第一天的实践过程中，尽管把原本应该套在大辕马脖子上的套包、或者应该套在川套、边套那些马们脖子上的套包套在了各排的最佳阵容身上。

当天夜里，驾了一天辕的吴启凡累得够呛，他怎么琢磨这人驾马车的"人定胜天"不是个好事儿。

第二天，全方位的人驾辕、人拉套、连拉带推着大马车，往地里送肥料，"人定胜天"的壮举，依然大呼小叫的进行着。

在通往2号地的公路与地号交界之处，那片壕沟已经被过往的车压人踏，自燃就形成了一段比较难走的陡坡之路。也就是过这段壕沟陡坡路时，会在上下坡的时候产生俯冲之力，造成马车或前沉或后仰极易出事故。

吴启凡驾辕的这辆马车，在下午装满肥料之后，排里的人前呼后拥着往2号地奔去。

一路上，吴启凡不由得自我感觉，那挎在自己脖子上的马套包就是战士的钢枪，双手紧握车辕杠拼命拉拽着、奔跑着的马车根本就不是马车，而是冲向敌军阵地的重型坦克，竟莫名其妙地产生了一阵阵的英雄豪气，更加不顾一切的向前跑着。

将近2号地那道壕沟之前，副排长就喊："快过壕沟了！放慢脚步！前边护辕的保镖千万注意！"

跟车推拉的人们呼应着："好来！车慢行了！"

注意力集中驾辕的吴启凡，以及三位奔跑拉套的班长，喘着粗气迎合着："好！慢！慢！"

到了壕沟边儿，在副排长"慢！慢！再慢！注意！注意平衡！"的叫喊指挥下，吴启凡的双脚朝前蹬踹着减缓车速、双臂使劲儿的控制着车辕尽量保持马车平衡。他两边护辕的壮汉用力地把控着车辕杠子，生怕装满肥料的马车前沉压坏了驾辕的排长吴启凡。

马车缓缓的向坡下滑动，突然那原先稍有些向上微翘的马车因为装载较重，竟"噔"的一下子前沉、猛地就向下压着，并且不停地往前往下滑动。

随着副排长"小心！拽住！拽住！"的喊叫，以及人们的惊慌失措，只见前沉滑动的马车将吴启凡向下压迫着、向前推动着。

吴启凡刚一开始还顽强挺着肩膀向上顶、双脚蹬着地阻止车滑动，可是最终还是挡不住满载肥料的马车，挡不住那极重分量形成的俯冲惯性。他腾地就被压跪在那儿，腰杆还直直地挺着，拼尽全身之力没有趴下去。

身边护辕的战士一直拼命使劲地往上抬着、抬着，没有放弃。

马车停在那儿了，一动不动。惊呼的人们急忙将前沉的马车抬平，将跪着的吴启凡扶起来，卸下脖子上的套包走到一边，并团团围住他，嘘寒问暖，不知他能伤成啥样？

吴启凡在那儿缓缓地活动着腰，又扭扭脖子，竟嘿嘿笑起来，说："没事儿！就是腰有些发沉！"

护辕的壮汉惊魂未定，非常后怕地说："哎哟我的妈呀！还没事儿那？光听见排长的腰'咯咯、咯咯'直响，真吓死人啦！"

"没事儿，没那么严重，什么叫立柱顶千斤？只要腰不弯它就压不垮！哎！遇到这种情况，就是那大辕马也不过如此！哈哈哈！我这叫当代小猿人战胜东北大辕马！"吴启凡以自嘲的方式，缓解着战友们紧张的情绪。

继而他又把套包套在自己的脖子上，握起车辕杆招呼着："各位里套、外套、川套师傅，穿戴好行头了！二位保镖，各位护车大师们，起驾！走！"

在扶正端平了那辆险些酿成大祸的马车之后，吴启凡挺直了腰杆，三位拉套者绷直了套绳，二位保镖抱紧了车辕杠头，随着副排长一声"各就各位，预备，走车了！走！"的呼喊，这帮明知虎山险偏向虎山行的兵团战士，又呼应着："走车了！走！"——前呼后拥下将大车一股劲儿地推上了沟坡，直向2号地边推去！

这正是春播大忙时节，全连人马起早贪黑地围着麦播任务忙乎，许多一线人员一天两顿甚至三顿饭都在地里吃，眼瞅着播种机呼呼地来回跑，拌药、上种子、跟车，可谓忙得不可开交，吃饭喝汤都不踏实。

为了抢最佳农时、抢播种进度，从天刚蒙蒙亮迷迷瞪瞪开始干活，直到太阳落山迷迷糊糊看不见，一溜歪斜地回到宿舍睡觉，那都是家常便饭。

即便是这样，广大知青兵团战士们毫无怨言，因为他们知道建设兵团是干什么的，"屯垦戍边"意味着什么，种地、站岗、扛大枪，吃苦、流血、舍命上，那是兵团战士的职责与荣耀！

可是那天收工回来的晚上，一个第二天凌晨三点半全连集合，在大食堂集体学习"最新精神"的通知，却让这个异常忙碌却非常平稳的连队议论纷纷、莫衷一是。

好家伙，凌晨三点半学习，五点半就得出发干活去！这？这！这算怎么回事儿啊？人们都在观望着、琢磨着，想看看第二天凌晨的集体学习到底能学成个啥样子。

几个班排长相视一笑，不知道啥主意。吴启凡拍打着他那崭新的手表，自顾自地嘟囔了一句："发条给你上紧了，关键时刻千万别掉链子——赶快钻被窝休息吧！哈哈哈哈！"

北大荒的初春夜晚，天空黑漆漆的，与毫无绿色可言的黑土地连成一片，静悄悄的。气温不高，但是不冷，尤其是捂上棉被，这是一个非常适宜劳累一天而异常疲倦的人们酣睡不醒的日子。

酣睡中的吴启凡突然听到了极其刺耳的哨音，可是，极端疲倦的鼾声将那凌厉的哨音严严地遮盖，有一种雷打不动的顽强。

又是一阵哨音，就好像足球场上严厉的裁判员吹响了终场结束的哨声，无庸置疑、无可阻挡、不可商量！

朦朦胧胧之中，睡在二层铺的吴启凡半睁开、半眯缝的眼，仿佛看到了副连长丁利群长着大鼻子的脸，以及半张半合的大嘴。他迷迷瞪瞪地嘟囔着："干啥呀？干啥呀？别闹！睡觉！"说着就又迷糊过去了。

站在床前又喊又叫又吹哨的丁利群，无可奈何地扯着吴启凡的耳朵说："吴排长！老伙计！吴启凡——"

吴启凡对于自己的名字还是比较敏感，顺口就答了一声："到！"

"哎哟！我的祖爷爷！你可醒来了，我这儿喊你喊二十分钟了！"

"啊？好！我这就起床，你可真能催呀！"吴启凡还真醒了。

丁利群见他醒来说话了，赶紧接着说："三点半学习，这会儿都四点半了！那几个排长也睡过了，正往大食堂赶哪！就差你们排了！温主任他们，还有全连都等着哪！"

吴启凡一听，腾地就坐起身来找到那块儿手表看，一边看一边说："哎！好好的手表怎么就停了呢？你看看，你看看多不好！"说着就跳下二层铺，穿好衣服就往外跑。跑出宿舍大门，只见身后劈里啪啦地又跟上了好几个，前后脚地直奔大食堂而去。

丁副连长在后边不停地叨咕："麻烦了！这回麻烦可大了！碰上

团部的温老头，就算方连长、刘指导员也帮不上了！"

果不其然，连队大食堂里，等着学习的人哈欠连天，但是气氛却异常的严肃。

温主任穿着双大皮靴、披着件军褂子、双手往腰间一叉站在正中央，昏暗的灯光下他的脸色泛着白且夹杂着铁青，一动不动的像个从衙门口搬进屋里的石狮子。

方连长在靠近大门处来回转悠，不时地看看手表，又不时地向门外张望；刘学峰嘬着牙花子冥思苦想，替吴启凡着急；李海、沈玉兰、马淑惠、郑平、张强等一干人马，没事儿似的冷眼观看。

大门呼的一下就打开了，吴启凡捂住棉袄走了进来，身后随着就闪进来一串儿人，直接找空位子去了！

温主任稍向前动了一下，直愣愣地盯着吴启凡，吴启凡瞧了他一眼没吭声，就那么闷着。只见温主任怒火万丈，好像是一把火一点就着的样子，吴启凡犹豫了一下刚想说什么，只听方连长吼了一嗓："奶奶的！还不赶快找个地儿坐下！"

随后进门的丁利群听连长这么一吼，顺口就应和着："快坐下，快坐下吧！"说着就将吴启凡拽到了旁边的空位上。

这边儿温主任狠狠地瞅了丁利群一眼，正想要跟方连长说什么，那边儿的刘学峰很严肃地喊了一句："学习了、学习了！时间紧，任务重，一切想法看行动！现在，学习'最新精神'最重要！张强！"

张强就跟打了鸡血似的回应："到！请领导指示！"

"文件预备好了，时刻准备读！"

"明白！读出感情、读出信心、读出力量、读出干劲、读出成果、读——"还没等张强的感想说完，"啪啪啪啪！好好好好！"——四周的郑平、舒高、钱途、李海、苏可、沈玉兰等众多人的掌声与喝彩声顿时就响起来了。

刘学峰挥了挥手，做了个暂停的手势，待掌声稍微平静下来就说；

"主任、连长，瞧瞧这革命群众的革命热情多高！请领导指示！"

方连长瞧了瞧满食堂的人，又看了看温主任，温主任非常恼火又不便发作，他的情绪被高涨的革命热情点燃的有点不知所措，呆呆地看着方连长似乎是说，你看着办吧！

方连长趁势说道："我看这群众的革命热情很高，好哇！那就不能被干扰，那就必须保护群众的积极性，好好学习、抓紧学习！请温主任指示。大家呱唧呱唧！"

四周稀落地响起了"啪啪啪"的掌声。

温主任还没等掌声回落，抬手晃了晃手表，说："五点半了，散会！"说完，抬腿就走出了食堂大门。团里来的几位也随即跟着出了大门。

方连长、刘指导员、丁副连长、郭副指导员难堪地对视片刻，陆续跟了出去。

食堂里的掌声骤然之间爆发出来，经久不息、持续良久！

很快，在温主任的主持下，连里的领导被统一了不同认识，对于吴启凡凌晨睡觉不醒，耽搁全连学习"最新精神"的事件进行了处理。处理决定：由于吴启凡对学习中央"最新精神"认识不高、有抵触上级党委的情绪，理应从严处置，但是鉴于该同志革命干劲儿较大，能够吃苦耐劳，所以决定从轻处理，即日免去其青年排排长职务！

吴启凡被免职了，他从心里感到了一身的轻松。

吴启凡决心做一个最基层的北大荒人！做一名普普通通、踏踏实实、痛痛快快的人！

十七　边境线上的运动场

连里正发愁给马放南山的吴启凡安排个什么活儿。正巧儿，原先驾着一头牛车、负责烧开水、送水的龙先生，说是有大学问、被师部调走去办什么培训班，这个空缺就算是让吴启凡给补缺了。

吴启凡哪儿干过这种老头们干的活儿，也没有烧开水的锅炉。就是一间土屋里支着两口大铁锅，门外堆放着一车清林下来的枯木树枝、还有一堆头年拉来的麦秸、豆秸，再就是那挂独牛车、几只大水桶。

但是烧水、送水的任务很清楚，时刻保证开水充足，并且按照连里的通知将开水及时送到指定的地号。

不过这不要紧，尽管头一天吴启凡有些手忙脚乱，熏的满脸黑烟跟小鬼儿似的挺可笑。但是第二天，在砖厂烧过窑的沈玉兰，还有李海大哥、郑平、张强、赵晓萍、冯双双、苏可等一大拨人马，就像天兵天将一样驾到，拾掇锅台烟筒的、劈柴折枝整柴禾的、刷缸挑水烧火的，帮着吴启凡很快就进入到了良性状态。

在担当排长那会儿，吴启凡满脑子都是排里那三十多号年轻人的事儿。这会儿，虽然面对的是各个地号众多干活的人，可是他领导的就是那头走起路来不紧不慢、晃晃悠悠、"哞哞"叫的大黄牛，能跟他整天交流的也就是这头大黄牛。所以，吴启凡与大黄牛很快就成为了好伙伴。

原本就喜欢利索的吴启凡，每天收工之后顾不上自己休息，从牛头牛脸、牛脖牛身直到牛腿牛蹄，他都会给冲洗的干干净净、擦拭的顺毛齐整，再加上精心护养，那大黄牛出落的油光发亮、牛肌强健、精气十足，走起路来杠杠的有劲儿头。

有时候，当吴启凡驾着牛车悠走在往地号送水的田野小路上，除了可以肆意的、深深的、毫无顾及的呼吸那清新、纯粹、乡野之气，也会放肆的、舒展的、任性的高声嚎叫。

更多的时候，吴启凡会久久的盯着他的大黄牛。大黄牛对这位新伙伴很是满意，对他的心路也很对劲儿。对这些个地号小路早就熟透了的大黄牛，只要将它引上该去的路，它就会一往直前的走去。它那看似慢悠悠的脚步，可无论眼前的路是坑、是坎儿、还是坡儿，它都会悠然而过，决不停息、决不掉链子。

到了要上坡的路了，吴启凡看着这独自驾辕、低头运劲儿、腰腿紧绷的大黄牛他就会情不自禁的抱住车辕、连拉带拽，而自己的肩背、脖子乃至双腿都会像大黄牛一样浑身使劲儿！上了坡，大黄牛放慢脚步左右甩甩头，再高昂着头"哞哞！"叫上几声，似乎是在说，放心吧！咱老牛没事儿，小坡儿小坎的，算个啥呀！

上坡儿之后的吴启凡与大黄牛一样的兴奋、一样的惬意，听到大黄牛"哞哞！"的叫声，他有时也会抱着牛头与牛对视，同样发出那"哞哞！"的嚎叫，并且有高有低的、一来一往的连续好几个回合。你就听吧，这一人一牛"哞哞！"的声音，肆无忌惮的在这空旷、博大、一望无际的荒原上盘旋着、回荡着！

这个时候，23连里聚集着"京津沪哈齐鸡"六个城市的知青已经达到了二百余人，再加上复转官兵、下放干部、各地支边青年以及家属孩子，男女老少，满打满算也有了五百多口子。

人丁兴旺、成绩斐然的全兵团不失时机地，响起了"扎根边疆，建设边疆！"的号召，共青团工作也"噌"地一下成为各个连队的当下重点。

不忘锻炼

　　改选后的 23 连团支部，副指导员郭彩贞担任支部书记，张强任副书记、赵晓萍、舒高分别为组织委员、学习委员，而文体委员这个角色在万连长、刘学峰的力挺下，免职后赶牛车送开水的吴启凡才被允许列为候选人，经团员大会选举高票通过之后，总算是定下来了。

　　作为连队团支部文体委员的吴启凡，根据本连爱好体育运动的青年比较多，临近几个连队足、篮、排球队也不少，就是缺少运动场的情况，他在支部会上叨咕："要是咱们连修建一个运动场就好了！"其他几名支委随即就聊起了这个话题。

　　赵晓萍头一个表示支持说："年轻人这么多，整天光干活吃饭睡大觉可不行，尤其是女同志特别能长肉，再不好好开展体育运动就往横里长了！"

　　"哎！这运动场修起来，绝对一场多用，起码咱连小学校上体育课就解决大问题了！哈哈哈！支持支持！"学校美术老师兼体育老师舒高恨不得明天就把运动场建好。

　　在学校上学时就热衷于体育锻炼的张强也赞成说："舒大艺术家兼

长跑大师这个设想好，一场多用、足篮排全面发展，非常适合年轻人的需求。"

"我打排球可是没得说了，一扣一个准的，蛮厉害的！"团支部书记郭彩贞也兴高采烈地说起自己的拿手好戏。

要说这些个兵团战士、北大荒的年轻人凑到一块儿，还真像那一堆堆、一垛垛待燃的干柴火，只要粘上那么一点点的火星就会"呼呼"燃烧起来！

也就是锄一垄地的工夫吧，吴启凡叨咕出来的连队修建运动场的提议，经过大家七嘴八舌地出主意，就算是支委们全票通过了。当然，有关事务的负责人自然而然就落在了吴启凡的头上，具体方案则由他与舒高共同策划，之后再报连队领导批复。

连里的动作也是相当快，自团支部书记郭彩贞递交了"23连综合性运动场建设方案"，到获得指导员、连长批复，一共三天。批复的内容也是相当简练，一共就三个字：刘学峰写了两字——同意！方连长更干脆，就写一个字——好！

修建连队运动场的事儿，团支部力挺，连长指导员说好，又得到了连里大多数人的支持，至于如何具体落实，就成为这位赶牛车送开水师傅吴启凡的重头戏了！

要说这运动场的设计标准还是挺高的，图纸由舒高绘制，简单明了地描绘其大小模样就是：

运动场的中间有一个长九十米、宽四十五米的中号标准足球场，一条绕周五道三百米长跑道；西侧设一个篮球场、一个排球场，另附设单双杠各两副；东侧设一座联合运动器械，另附跳高、跳远沙坑各一块儿。

跑道外北侧架设长方木条若干，以便观众席用。

跑道外四周种植绿树两层，里侧绕周种五排蹿天白杨，象征着拼搏及蒸蒸日上的精神；外侧则绕周种六十厘米宽的榆树墙，一来可以美化，同时也可以挡住鸡鸭鹅闯入运动场。

运动场的位置就在连队大食堂正前方、连队大道的南侧，那里原本就是一大块想做操场的荒草地，眼下堆放些杂七杂八的东西，以及远端有一个大食堂的猪圈。

几乎所有的人想想这个运动场，都觉得好是挺好就是太难整，真够吴启凡、舒高他们折腾的！这万把平方米的地得整平、压实；这球门球架子得做，需要木工、铁匠；这树得挖坑栽种——好家伙！想想脑袋都大！

你还别说，这个吴启凡、舒高得到了领导肯定、年轻人支持，原来脑子就转得飞快的他们，愣是平添了不少并非邪门歪道的好主意。这在当时，谁都没有觉得什么特别，可是事后一琢磨，就一个字：绝！

先说这时机，选择的就是巧！麦播过后豆播之前十来天的休整期，既不耽搁农活又可机动调度设备人员，连里各方还必须全力配合，啥也没得说！

再说这整体安排与用兵之道，各项工序环环相扣、任务明确各负其责，统筹安排得严丝合缝，那叫一个妙！

总体程序从舒高的设计图开始就明明白白、清清楚楚；测绘丈量由统计卫和负责，熟门熟路、一丝不苟；球门框子、篮球架子、单双杠子等由木工齐宇负责全套制作，人家早有筹划，保证提前交活。

而最关键的大活儿，就是把这场子给整出来。这档子事儿早就让吴启凡给协调安排妥当了。

机务负责全场整理，翻地、耙地、平整等由张强协调落实；运沙运土、摊平撒匀由马号车老板郑平负责，青年男女排各抽一个班全面配合；至于运动场的最后刮平、压实，吴启凡则拍胸脯打包票，到时候那刮道机、压路机一准儿开到。

不过这话又说回来了，万事开头难，平整场地就够难的了，必须得先清场，不清场后边的一切计划等于零。后勤排排长马淑惠按照要求，

咱也照个相

倒是负责将炊事班的猪圈清理搬走了，可是偌大一片荒草丛生、凌乱堆物的场地就跟挑战似的横卧眼前，就跟钉子户似的说：怎么着，想整运动场？你得看我高不高兴，我在这儿躺多年了，啊，说走就走哇？

修建运动场的第一仗必须打好，不就是清理各类杂物吗？不就是清理满地荒草吗？这算什么呀！拿下！必须拿下！你就看吧，这活儿干得那叫一个绝！

吴启凡、舒高他们在安排好钱途的拖斗车、郑平他们马车的前提下，与青年女排排长赵淑萍，还有新任青年排排长周福仁一商量，决定实施男女搭配干活不累之策略，以确保快速度、高质量地完成任务！

果不其然，正式开工的那一天虽然是休息日，可是钱途、郑平他们早早地就把拖斗车、马车开到了食堂前连队大道上待命。

值班员沈玉兰调侃地对赵晓萍说："今天就好好检验一下咱们兵团女战士的风采与魅力！你信不信，我只吹一声哨，喊一嗓清理场地了！

只要咱们女同胞扛着铁锹一出来，男生那边保证颠颠地都会跑出来帮忙！"

"我信！北大荒啊好荒凉，又有兔子又有狼，就是缺少大姑娘，有我们美丽的玉兰女士在，北大荒就不会荒凉了，就是好地方啦！哈哈哈！赶快吹哨吧！"赵晓萍打趣地开着玩笑，她和吴启凡这伙子团支部的同志确实琢磨过，得想办法多给青年们创造接触的机会，能够让他们快快乐乐、健健康康地谈情说爱，也是团支部的重要任务啊！

正如吴启凡、赵晓萍他们所料，只听沈玉兰一声哨响后紧接着又是一嗓："义务劳动了！"她们几个女青年身着干净利落的春装、脖子上系着各色小纱巾，扛着铁锹就直奔连队大道。

紧接着，同样是干干净净、利利索索的男女青年们，纷纷从连队的几处宿舍向大道拢去。要不是他们一个个手里提着镰刀、肩上扛着铁锹，看那悠然自得的架势，根本不像是去干活，倒像是出席什么文化活动，或者参加什么沙龙集会。

大道上钱途他们的拖拉机"突突突"地立时响了起来，郑平、胡本田他们把那大长鞭子轻轻一晃，几挂车的高头大马也"咴咴"地嘶鸣着。

在钱途、郑平的指挥下，青年们自由组合地跟随着车辆，向那片杂物荒草之地涌去。

早早就到了现场的团支部成员们，看着大队人马的到来，对于眼前这片土地的清理，对于未来同样是在这片土地之上建成运动场，充满了十足的信心！因为他们相信，在这些经历了荒原扑火、酷夏打场、冰上割豆、水中捞麦、寒冬救人等艰难困苦都不在话下的年轻人面前，就没有克服不了的困难，就没有拿不下来的山头！

这个时候，连队大道上又陆陆续续来了一些人，先是后勤的高培森、场院的老潘头、油库的韩大叔、机务老张等一大拨老同志，还有那位一直挂着、没给出具体说法的原陈副队长，一个个的都拎着铁锹、镰刀，往清理现场走去。

连长、指导员、副指导员、副连长、统计他们，好像是刚开完会从连部出来，一个个的也都手拿着清理场地的家伙什，往大道这边走。方连长看着前边去帮忙干活的老同志，自语道："我看行！老将出马一个顶俩！哈哈哈！"突然又敲着脑袋说："大事儿差点忘了！丁副连长，你再去盯一下，看看食堂中午的猪肉炖粉条准备得怎样了，要确保参加清理场地的同志每人一大碗！奶奶的，必须管够！"

"是！必须管够！"丁利群答应着，一溜小跑奔食堂而去。

清理现场不时传来年轻人欢快的笑声，自由组合的男女搭档显然和谐亲热得多，活儿干得也是相当利落。

一向喜欢与青年人打交道的场院院长老潘头，扯起他那特有的北大荒酒嗓吼了起来："哎！北大荒啊好荒凉，又有那兔子又有狼，就是缺少大姑娘；北大荒啊好地方，荒凉劲儿啊变模样，姑娘小伙谈呀谈对象；哎，谈呀谈对象——"

要说这兵团战士就是不一样，军事化的管理、训练乃至任务的下达与完成，丁是丁卯是卯的绝不含糊！不到一个星期的工夫，运动场的用地该清的清了、该翻的翻了、该填的填了、该垫的垫了，转眼就到了刮平、压实的工序。这就该看吴启凡承诺的刮道机、轧路机是不是能够及时到位了，否则整个工程只好往后推。

到了那天晚上八点多钟的时候，机器的事儿还没个准头，吴启凡和舒高在连队大道急得直转磨。只听吴启凡嘀咕着："早上就说好的事儿啊，应该没问题！我相信这老伙计！"

"你说的是孙大力？对呀！应该没问题！咳！只可惜电话太不方便，如果哪一天打电话不用电线连着，能装在口袋里，说打就打、说问就问，那可就太好了！哈哈哈！"舒高发挥着艺术家的想象力，不由得笑了出来。

吴启凡还是挺着急地说："先别说电话装在口袋里了，就是能成天背着也行啊！咱们还是老办法，先上粮库房顶看，如果九点之前还是没有机车过来的动静，我直接就奔人家那施工工地，说什么也得请来！"

说着走着，舒高就与吴启凡向连里的场院粮库跑去。

大宿舍里，赵晓萍调侃地对沈玉兰说："都这会儿了，还没个机器影儿！这回倒要看看吴启凡这小子，有多大能耐！"

沈玉兰也焦急地说："不能啊？他办事儿挺有谱的，不能落空啊！"

看见沈玉兰比吴启凡还着慌的样子，赵晓萍赶紧说："昨天我到团部办事儿，听孙大力说，吴启凡老早就和他打听好，也招呼好了！那刮道机、轧路机这些天就在咱连附近作业，人家队里听说咱连要修运动场，决定全力支持！临了还说了一句'到时候我们队去跟你们比赛踢足球，准备好猪肉炖粉条和北大荒二锅头就行！'"

"听你这么说，应该没问题呀！哎，那吴启凡知道吗？"

"他哪儿知道哇，我这不是刚给你传达吗！反正人家一准儿能来不就行了吗！瞧把你急的！"赵晓萍看着沈玉兰着急的样儿，觉得很有趣。

沈玉兰见赵晓萍在调侃自己，想想那刮道机、轧路机的事儿还真有谱，干脆不紧不慢地说："那就不着急了，等吧！哎，我好像听到了机车的动静，说不定孙大力同志跟着就到了，可是赵晓萍同志却还在这儿坐着，不对！不好！嗯——很不好！"

"来就来呗！反正昨天我们还见过！"赵晓萍装作没事儿人似的忙活自己的活儿。

"哎呀！还是不对！天太晚了一打黑，他们过那条狼道可就有危险了！"沈玉兰做出一副害怕的样子。

"你别吓唬我啊！没事儿，孙大力那大个子，两条狼都打不过他！"赵晓萍说是这么说，还是赶紧收拾了一下东西就准备往外走，却对沈玉兰说："赶快去告诉吴启凡同志吧，孙大力跟着机车一会儿就到！"

早就想去告诉吴启凡别着急的沈玉兰，拽起赵晓萍就跑出了宿舍，赵晓萍一边跑一边问："这是往哪跑哇？"

"场院粮库呗，他可能属猴子的，一着急就上房顶！"两个人咯咯笑着，向场院跑去。

这个时候的场院，吴启凡正从房上往下跳，根据从远处一前一后开过来的机车行进速度、灯位安排，他断定就是那两辆姗姗来迟的宝贝机车。

舒高指着跑过来的两位女将对吴启凡说："你看看，有人关心多好！幸亏你从房上跳下来了，否则一个同志又该说猴子蹿房顶了！"

"嗨，你干脆说我上蹿下跳得了！呵呵呵！"眼看着机车快到了，吴启凡也高兴地打哈哈。

"吴启凡，你没在房顶上啊？看来，机车快到了吧？"赵晓萍边开玩笑边掩饰不住地说："咱们到路口迎迎呗！"

"没错，机车有谱了！哈哈哈！你看这孙大力同志还没到，这迎宾都迎到大道上去了，不仅女排长亲自出马，后边还有个女保镖！"

沈玉兰不等吴启凡说完，就接过话茬："咱们赵晓萍同志，担心有人被大灰狼给吃了！哈哈哈哈！"

赵晓萍未置可否地打着哈哈说："得小心！小心点好！"

舒高一本正经地瞧了瞧黑乎乎的夜空，说："哎呀！天都黑成这样了，咱得赶快迎上去，看他们过没过狼道？你说是不是，吴启凡？"

吴启凡明白舒高、沈玉兰的玩笑，可是看着平时就特认真、特信别人说事儿的赵晓萍那副紧张的模样，不忍心再逗下去，就说："狼道是存在的，危险也是有的，可是他们坐在封闭的驾驶舱里也是很保险的！"

"对！驾驶舱很结实的，狼爬不进去的！"赵晓萍刚舒了一口气，又有些不放心地说："那要是来了一大群狼怎么办？他们往哪儿跑哇？"

"不是，姐！你脑子有病吧？他们开的是刮道机、轧路机，大灯一晃、机器一响，多吓人哪！那狼早就跑远远的了！除非那狼脑子也有病！呵呵！或者，就把孙大力一个人搁在机车后边跟着跑！哈哈哈！"

心直口快的沈玉兰，没心没肺这么一说，倒让赵晓萍彻底踏实下来，她说："你瞧瞧我这大保镖，说危险的是她，说没事儿的也是她！什么保镖哇？我得跟连长建议建议，让她去给吴启凡老板当保镖算了，呵呵呵！"赵晓萍这话一说完，竟自己笑得差点儿岔过气儿去！

在这夏日未到、春意甚浓、夜色茫茫的北大荒边境连队，几个年轻人焦虑着、担忧着、憧憬着、嬉闹着，在迎接着刮平、压实未来的博弈之地——运动场的重型利器刮道机、轧路机的到来！

车灯将连队路口的大道晃得通亮，在刮道机的面前似乎没有任何物件可以阻挡，在轧路机的身后留下一片平坦。

经过一夜一天的填、补、刮、压，运动场平坦如砥；早就造好待命的各类框、架、杠、杆等一应俱全，也很快就安装到位。

这几天孙大力就留在了连队，在他的张罗下，团宣传股带来了几个其他连队的副指导员或团支部体育委员，先是一起帮助将足篮排以及跑道的标线划定，接着就和刘学峰、郭彩贞、吴启凡、舒高他们开会协调约定：

第一，待到23连运动场正式落成之日，全团各个连队派员前来祝贺捧场。

第二，团机关足球队与23连足球队，作为开场进行友谊赛。

第三，择机商议农闲或假日期间，其他兄弟连队来连交流比赛。

在答谢会餐时，孙大力特意和附近连队的两位同志端着北大荒二锅头，到吴启凡、舒高他们跟前说："那天晚上机车迟到，就是因为半路杀出个程咬金王副连长，还有体育委员小张，今天他们特意来敬几位，必须酒干为敬！"

那位王副连长端着酒说："今天有三层意思我得喝酒，首先得敬酒，我非常佩服你们连能修这么漂亮实用的运动场，这在咱们这一片的连队独树一帜，以后我们得经常到这比赛凑热闹，这杯酒必须敬你们！我喝了。第二，我得罚酒，那天傍晚我半路截车，为我们连队刮平、压实新修的篮球场，耽误了你们用车的工夫，心里怪不落忍的，应该向你们道歉，所以这杯酒必须自我罚酒，我就自觉喝了！"说着他就一仰脖把酒喝下去了。

看着人家王副连长又敬又罚地喝下两大杯酒，旁边的刘指导员，还有吴启凡他们赶忙问："您太客气了，没事儿吧？"

"没事儿！这哪儿到哪儿啊！应该的！"王副连长跟做自我批评似的忙说："这第三层意思最重要，这一杯还得是罚酒，得重罚！"

"王副连长，太谦虚了！不能老罚您哪！"舒高赶紧劝解王副连长。

谁知道王副连长说："谢谢你们的好意，但是罚还是必须的，不过不是罚我，而是罚他，小张！"

王副连长看着大伙儿纳闷的眼神儿指着身旁的小张继续说："不明白为什么要罚他了吧？我想想都觉得可气、可乐！哈哈哈！不行不行，还是让他自己说吧！哈哈哈！"

吴启凡、舒高他们被弄得一头雾水。

那位体育委员小张满头大汗、面带歉意地端起了两杯酒说："真不好意思，我们王副连长说得对，我必须道歉，这酒必须得罚，并且得罚双杯。"说着说着就把那两杯酒给喝了，好像这才有胆子说事儿似的，说："喝了这酒我也算是壮胆儿了，再丢脸也得说！"

瞧这边热闹，别桌的人也都凑了过来。

小张也豁出去了说道："不怕大家笑话，本来我这胆子挺大的，大家都管我叫张大胆儿。那天晚上，我们连截住了开往你们连的轧路机、刮道机，先帮我们干了两个小时，谁知道出了点小故障。王副连长怕你们等得着急，就派我去给你们报个信儿。"

舒高插了一句，说："肯定是因为你胆儿大！"

"可不是咋的！大黑天的荒野茫茫，就我自己个儿骑辆自行车，没点儿胆子哪成啊！我飞快地骑着车，直奔你们连而去。说话间就到了咱们两个连交接处，心想这就骑一半儿路了，挺快！挺带劲儿！突然，前边的几束绿光吓了我一跳，啊！这不是狼眼吗？我的乖乖，它们怎么在这儿待着哪？"

吴启凡叨咕一声："坏了！你这是快骑到狼道了！"

小张"啪！"地拍了一下手，说："可不是咋的！再往前一点儿那就是狼道哇！搁在白天还好说，一个人壮壮胆儿就过去了！可是大黑天儿的，还有几只绿眼狼在那儿趴着，再胆儿大我也不敢跟狼较劲啊！想着想着就冒了一身冷汗。二话不说，我调转车头就骑回连队了！"

刘学峰拍了拍孙大力说："哎！我怎么听说是，有人担心孙大力同志过狼道别出什么危险哪？"

孙大力调侃道："我也听说了，可能是因为那些个狼嫌弃我的肉太肥，就没理睬我！哈哈哈！下边，咱们提议干三杯酒，刘指导员看看行不行啊！"

刘学峰玩笑着说："孙干事干实事，行就是行，不行也得行！都得干！"

孙大力回敬道："刘指导指导事，干就是干，不干也得干！三杯酒咱们一块儿干！"

接着，孙大力和刘学峰就首先为张大胆儿的自我揭短、坦诚布公干一杯！再就是为各个兄弟连队的大力支持和帮助干一杯！最后为这个边境运动场能办得红红火火再干一杯！

当这些个北大荒体育运动的张罗者、爱好者、领导者一起，将那一杯杯六十二度的北大荒二锅头灌进了肚子、满脸通红、浑身发热的时候，吴启凡和舒高又悄悄地干了一杯，他俩都在琢磨：这偌大的一个场子，怎么着也得让它热闹起来！

这个边境连队的运动场终于修建好了，四周那些榆树墙以及蹿天杨，是团支部组织团员和青年们在五四青年节那天栽种的。经过两场小雨，这些小树已然长得枝繁叶茂、郁郁葱葱，将运动场装扮得更加漂亮。

青春流浪

运动场落成那天，正如事前约定的那样，兄弟连队纷纷来人祝贺、学习、观摩，孙大力愣是带着团部的足篮排三支球队来啦。

久违热闹的连队一时就跟开运动会似的，穿着各色运动服的年轻人跑跑跳跳就不知道个累，调试扩音器"噗噗噗、喂喂喂"的啸叫声直刺耳膜，小孩子们钻来蹿去跟过年一样异常开心。

经过协调，为了保证运动员的体力以及方便观众的捧场观看，足球赛放在上午进行，女排比赛放在了下午两点钟，男篮比赛则放在了下午四点钟。

要说这三场球，虽然都是业余球员业余比赛，可是场场都很热闹，大家都很认真，都很玩命，时常还会冒出些精彩场面。

就说这场足球赛吧，也许是运动场建成首赛，围观的男女老少观众还真不少，全连几百号人的助威呐喊，让场上的球员非常兴奋、非常卖力。比赛场面渐入高潮、观众的观赛状态也渐入佳境。

让人没有想到的是，原以为的足球比赛，也就是每边十来个人只许脚踢不许手碰，在挺大的场地里头跑来跑去抢一个球，还有两个人一头一个戳在那儿说是守大门，其实就是站在一个大木头框前晃来晃去、蹦来蹦去，半天也摸不着球看热闹的家伙，哦！就是摸着球了顶多也是一个连滚带爬的大马趴或者四仰八叉的出洋相！啊，就这么一档子事儿，累得够呛还能踢出个啥名堂？

俗话说，真人不露相露相非真人。双方球员的踢球技术水平竟如此好看，什么"颠、传、停、抢、盘、过、射、扑"八项足球技术，让这些个平日里和大泥脱砖坯、挥镰刀割麦子、握铁锹修水利、开机车站康拜、扛枪杆趴戗壕的兵团小青年们玩耍、运用得淋漓尽致！

原来，在这些知青当中既有普通中学的体育好手，也有业余体校的尖子队员，更有近乎专业运动员的高手。只不过平时他们"抓革命促生产"忒忙，哪有工夫训练哪，更别说比赛了！顶多就是几个人闲来无聊拿个球扔几下、踢几脚，自我娱乐娱乐罢了！

就说这23连的拖拉机手张强，平时看着性格较蔫儿，话语并不太多，可是爆发力挺强，有个啥事儿并不打怵。这一上足球场，就更不得了了，能跑、能抢、能盘、传得好，只要那只足球传到了他的脚下，就跟粘上了糨糊、抹足了万能胶似的，只见他左一磕右一碰、前一晃后一抹，简直就是人在哪儿球就跟在哪儿，不定哪一会儿他的脚稍稍那么一动，就把球稳稳当当、精确无误地传到了同伙的脚下，不时获得四周观众的掌声、喝彩声。

再看团机关队的孙大力，别看他块大膘肥的，平时人们也就知道他人生得结实长得壮，办事利落喜欢旅游探险到处溜达。这会儿愣成为机关队的门将，也就是那个站在门框前，瞪着大眼珠子看来看去、跳来跳去、横扑竖挡、一会儿一个大马趴、一会儿一个仰八叉的角色，愣是挡住了不少对方大脚踢过来的球。一个胖胖的大高个子，能够轻盈灵巧地蹿来蹿去、扑来扑去、趴在地上又蹦起老高，瞪起眼珠子唬得对手脚下方寸大乱，就这两下子，并非常人能够所为。

仔细一打听，这个孙大力还有张强，在北京上中学时就接受过专业训练，参加过市业余体校足球队。还有其他一些队员在上海、天津、哈尔滨等地也有类似的经历，难怪他们的足球技术如此娴熟，难怪他们的场上动作如此潇洒，难怪边境线上的男女老少也会如此捧场、如此叫好呢！

不过，尽管这场球踢得挺精彩，遗憾也是不少，这些球员一个个看着挺结实，可是踢到下半场双方竟有五六个人腿抽筋，躺在地上起不来，任凭队友揉、按、压、掐，就是拿着鞋底子抽，也不管用，只好给抬下去了！

方连长在观众席直嚷嚷："奶奶个熊的！看来平时光干活儿还是不行，还得锻炼，得运动！"

坐在他旁边的老潘头说："咱们这个运动场算是修对了，哈哈哈！没事儿啊，我早上得在这儿的杠子上悠悠，想当初在部队，我的拿手项目就是单双杠！"

方连长特别认真地提醒他说："老伙计，刚开始，你可得悠着点，必须先把筋骨活动开，不然的话从杠子上扔下来，可不是闹着玩儿的！呵呵呵！告诉你吧，昨天晚上我想试试，没悠几下，就差点从双杠上飞出去！哈哈哈哈！"

要说下午那场女排比赛，从时间点儿上说绝对难打、难赛。

你想啊，人们在运动场待了一上午，又喊又叫、又说又笑、又拍巴掌地捧场加油，虽然天气不热、微风徐徐，那也够累的。就算是中午饭不会太复杂，但是忙忙活活休息不了多大一会儿，就又到点该比赛了。有人担心到了女排比赛的时候，观众会少了不少，不热闹。然而这种担忧，到了下午一点多钟就完全化解了。

人家女排双方的运动员还没从休息、更衣的宿舍出来，排球场的四周已经围坐了不少人。男女青年们自不必说本来就好凑热闹、本来就恨不得上场展示一下自己的排球功夫，毕竟这样的场合不是太少，而是在这些年里，在这儿根本就没有过。

同样老早就围过来的，还有不少男女老同志甚至家属们，用他们的话说，就是想看看西洋景，就是想瞧瞧这些个姑娘家家的能疯成个啥样儿！

特别是那些号称啥阵势没见过的家属媳妇们，私底下紧忙着悄悄议论，这个说："听说这些姑娘们上场比赛不能穿长衣长裤，那穿啥呀？"

"穿个背心、裤头呗！这我见过！"一位家属显得挺明白地搭腔。那个又说："就这么大模大样、露着个大白腿，满地里跑？多难看哪！"

"你这啥思想啊？都新社会了还挺封建！我就不怕，要不是蚊子、小咬多，我也敢穿裙子、亮大腿，看看咱们谁白！哈哈哈！"又一位胆大嘴硬的媳妇忍不住说笑起来。

说话间，连里和团机关的女排队员们来到了球场，这还没比赛，那观众席里就响起了热烈的掌声，一双双兴奋、渴盼的眼神，毫不掩饰地放着光！

双方队员们在各自队长的带领下进行了赛前热身活动，弯腰、踢腿、左右挪步，扣球、垫球、抡圆了胳膊，一个个的生龙活虎、青春绽放，一颦一笑、一招一式都透着美丽与帅气。

随着裁判员的哨音与手势，很快就要进入比赛阶段，双方运动员纷纷从场上跑回到自己一方。

团机关队的球员二话不说就脱掉了外面套的长衣长裤，露出了一水儿的淡红色运动短裤、淡红色齐肩短袖运动衣，一个个脸色白里透着红、大胳膊大腿的红里透着黑，显得十分秀丽健康。

连队里的球员姑娘们，显然不像团机关女同胞训练那么多、那么经常、那么开放，就是这一回要不是因为有了运动场地、有了比较正式的比赛，在这之前也就是随便打打，也不用太正式的比赛服。再说，有了团机关队的姑娘们在眼前挑战，咱23连的女将怎么着也不能甘拜下风是吧！

所以，这些姑娘们只是犹豫了片刻，在球队队长副指导员郭彩贞的带领下，一个个也潇洒地褪去了外套，露出了海蓝色的运动短裤以及同色的齐肩短袖运动衣。

这些个连队的年轻姑娘们，已经被那些黄草绿色军装裹挟得太紧、太久，青春的线条与肌肤已经被掩藏得无可奈何、不知所措。这会儿的她们一经释放，美丽、饱满连同鲜活的青春气息，竟将已经有些躁动不安的排球场吹拂得悄然无声。几乎要屏住呼吸的人们，或悄然或大胆或躲躲闪闪，却争先恐后地沐浴着超越春风荡漾的火热与奔放。

千里荒原、微风习习，温暖和煦的午后阳光，洋洋洒洒地抚摸着这一群花样年华知青少女裸露的肌肤；面庞黑里透红却不失平滑细腻，臂膀肌肉结实却无限的圆润柔和，白皙滚圆的大腿十分有劲儿，线条柔韧舒展，一个个挺拔修长的身姿无不散发出青春的美丽与诱惑，着着实实形成一道边境赛场亮丽的风景线。

随着裁判一声哨响，这亮丽的风景骤然跳跃起来、流动起来，像红红的火焰熊熊燃烧，似蓝蓝的海水滚滚翻腾。

舒高的目光始终在审视着熊熊的火焰与翻腾的海水，手中的画笔不停地走游、涂抹、勾勒在他余光下的画纸上。引臂、抛球、挥臂、击球，只见红光一晃，白色的皮球闪飞过网，蓝色的盾牌悠悠一颤，立刻将那白色的影团垫回到了火红之间——助跑、起跳、空中击球，蓝色的幽灵又将白色的闪电无情地扣杀在腾腾的火焰之巅——

终场的哨音早已逝去，靓丽的风景在人们的喝彩、掌声中，在同伴儿们的呵护、簇拥下，热气腾腾地向前流动。

吴启凡轻轻地招呼依旧眯缝着眼、涂抹着画纸的舒高，说："我说艺术家先生，看你这满纸的优美线条，真不知道你又捕捉到了什么灵感？"

舒高的目光依然投射在球场上，喃喃自语："千里冰封处，茫茫大荒原！那一团团燃烧的圣火，那圣洁如冰的海蓝，那游动跳跃的灵魂！哎！对呀！对！是冰是火北大荒，冰火燃烧的北大荒人啊！哈哈哈！"舒高激动地喊起来："神秘、美丽的北大荒！我终于找到你了！"

吴启凡也兴奋地说："是冰是火北大荒，冰火燃烧的北大荒人！好好！我也感觉到了！好！"看着舒高走火入魔的样子，吴启凡又调侃地拍了拍他的肩膀说："行了行了！老大不小的，找到了就好哇！是哪位？我给你当介绍人！呵呵呵！"

"嘿嘿嘿！好小子，你就闹，啊！老实交代，你和那位玉兰花怎么样了？"一直沉浸在艺术状态的舒高，总算是回到了运动场、回到了老朋友的身边。

"嘿！怎么又扯回到我这儿来啦？行行行，告诉你吧，我已经突破了条例不许谈恋爱的规定，心里有这个想法！"

舒高比吴启凡还高兴地说："成成成！有想法就成！有想法就成！

给哥们儿透露透露，到什么程度了？"

"没到什么程度，我连她的手还没正式碰过哪！"吴启凡也眯起了双眼，盯着空空的排球场，似乎也在回想那蓝色的闪动。

舒高一本正经地说："这回行了，上级号召'扎根边疆'，你呀别跟赶老牛车似的慢慢悠悠的，可以加速前进了！到时候我送你们一幅画——'美女与车夫'，怎么样？"

"那好哇，一言为定！不过，那幅画的名字应该是'美女与牛车夫'，哈哈哈哈！"

"哈哈哈哈！"吴启凡与舒高面对面痛痛快快地笑起来！

边境线上的这个运动场，除了全连的人在这儿跑步、打球、锻炼，更成为孩子们上体育课的绝佳之处。周边以及其他连队的足篮排球队还有团部的球队也时不时前来约战。

每当方连长听到团里或者其他连到这儿比赛、参观时说到的，诸如"这是他们看到的最好的连队运动场，'扎根'工作在运动场上就给做了，精神面貌还真不一样，有点意思！"等话语时候都很兴奋，每一次都会安排杀猪。这样，连里的同志以及家属孩子都可以改善一下伙食，兄弟连队来比赛的同志，也少不了品尝到23连别具风味的猪肉炖粉条子。

当然了，最高兴的还是全连的男女老少。对于这样一个比较闭塞的边境连队，甭管怎么着，随着团里安排的比赛活动以及与其他连队的比赛、文化交往事项的增多，人们的眼界、心胸也随之开阔了许多。

十八　男大当婚女大当嫁

前边说到舒高半开玩笑的，促使还没有正式拉过玉兰手的吴启凡，尽快开启恋爱的加速器，并调侃要送一幅"美女与车夫"的画。其实，在兵团的各个连队像这样不开窍、懵懵懂懂的"车夫""美女"竟是大有人在的。

俗话说，世间本有情，人间皆有爱。在兵团里同甘苦、共患难，战斗了六七年的这些二十多岁的男男女女、十分健康的小青年们，也绝不是冰冷的冻土一块。就算是冰封万里，那也是北大荒的特色，一旦冻层深掘之后必然热气腾腾！

说实在，也难为这些老大不小的小青年们了，在谈恋爱问题上，一个个懵懵懂懂、迟迟缓缓、不知所措的样子，与他们平时种地站岗抗大枪的干脆、利落、潇洒的劲头相差太远了。

你想啊，这些个知青从城市到了北大荒，正值建设兵团创建之初，也正处于屯垦戍边任务繁忙的阶段；同时还必须开荒种地多打粮，确保国家战备用粮安全；再加上北大荒天寒地冻气候恶劣，水利基础设施薄弱，抗击自然灾害的能力低下，兵团战士们每日里早起晚归两头不见太阳、辛苦劳作难有闲暇时机。这就造成了他们根本就没有时间、没有精力谈恋爱。

再说了，北大荒的环境、气氛、气候条件都忒不给力了，老大不小的小青年们想谈也没个地方啊！

一个连队的地号倒是不少、面积也不小，然而可以待得住人的场所就那些个，谁都数得过来：集体大宿舍吧，少则十来个人，多则几十个人，极少数也得挤他四五个人。大食堂就更甭提了，有二三百号人，一天三顿味道十足、非常热闹。再就是砖厂、油库、机修库、猪号、马号、材料库、粮库、学校、小卖部，当然还有连部、卫生所。要是在这些个人来人往、车来车往、牛出马进的场所谈恋爱，确实很难进入角色！

也有同志说了，北大荒的风景多美呀，多开阔啊，多富有诗情画意呀！风和日丽、天高气爽，"美女"与"车夫"们手牵着手，不紧不慢、溜溜达达、晃晃悠悠的，多惬意啊！

且慢！因为这等惬意的好天气，根本就只属于野外出工作业干活。而到了恶劣天气无法干活的时候，广大的"美女"与"车夫"们却又瑟缩在宿舍里或者被窝里，用以缓解长久劳作后的极度疲倦或者严重的体力透支。

再加上几乎所有的连队，当时都处于人烟稀少、周边荒芜的大开发状态，开发者的生存环境基本处于三大状态：天气长久高寒，出门就冻得慌；天气相当炎热，蚊子、小咬满天飞；天气不冷不热，早出晚归不见太阳。

面对这没地方谈、没气氛谈、没力气谈的尴尬境地，您说，这满连队男大当婚女大当嫁的男女青年该有多难哪！话又说回来了，这些兵团战士连死都不怕，成天拿着苦累艰难当家常便饭，就着冰霜雪雨当咸菜吃的主儿，不就是谈恋爱吗？谈哪！这是好事儿啊！有天大的困难咱也能克服对不对！

有了这种革命的精神状态，有了无产阶级革命的壮阔胸怀，广大的知青"美女"与"车夫"们，倍受鼓舞，倍感热血沸腾，在有理有利有节的惯性思维下，于北大荒广袤的土地上，展开了类似于"游击战""持久战""地道战"等优秀战法，并大大拓展了"草垛战""冷冻战""遥望战""拉锯战"等新型战法。

调往团部宣传股的孙大力干事，与23连青年女排排长赵晓萍谈恋爱，采取的就是典型的"持久战""拉锯战"兼顾"遥望战"。

要说他们相识有六七年了，产生爱意也有五六年了，可一直就这么绷着，不敢大谈哪！生怕违反条例，那多不好！尽管嘴上不说，只好心里惦念，那份两情相悦的煎熬无以言表。

特别是孙大力远离连队之后，他与赵晓萍的那种相思相念就愈发强烈。好在各自的工作都较为紧张，使得他们根本无暇、无力顾及那应有的祝福，而存放在心里酿着也许更加甜蜜。他们的"持久战"是毫无疑问了。

至于他们的"拉锯战"则往往是孙大力回连或者到附近连队蹲点，与赵晓萍二人相互探望之后的分别，那简直就是"鲁班开课，拉锯为先"，拉来拉去、扯来扯去，且没完哪！

那会儿也没个车啥的，就那么干巴巴溜达着。先是赵晓萍送出去五里地，孙大力不放心又送回来五里地；这边赵晓萍总觉得话没说完，边走边唠又送出去三里地；孙大力担心太晚了让她赶快往回走吧，人家赵晓萍咬咬牙刚往回走没几十米，他又不放心地腾腾腾腾跑了过去再送回去三里地；直到孙大力目视赵晓萍蹑手蹑脚地回到了宿舍、拉开了灯，这才依依不舍、一步三回头地离开连队，然后就撒开了脚丫子连嚎带叫地跑回去！您瞧瞧，这锯拉得该有多么没完没了、情真意切呀！

至于原版"美女与牛车夫"的主人公吴启凡和沈玉兰似乎更善于"冷冻战""草垛战"。近两年来，吴启凡自从在运动场边受到艺术家舒高的启发，也不知道哪天哪月，就大胆地、正式地牵住了玉兰的手。

这二位身材相对精致的年轻人，也许是刨冻土块儿、挖水利的高手，或许是割麦打草的飞刀快手。大冬天的，别人谈恋爱净找暖和地儿，他们却经常一身儿大棉袄大棉裤的，头顶着大皮帽，脚蹬着厚棉靴，要么在运动场里，要么在通往砖厂的坡路前，就那么走走停停、溜溜达达，嘴巴里还不知叨咕些啥，有空儿他们就徘徊于那冰天雪地之中，就那么不嫌烦地冷冻着。

也有的时候，那是在秋末冬初时节，这两个人明明是在地面上晃晃悠悠地溜达着，刚那么一眨眼、一扭头的工夫，人就不见了，只剩下路旁高高的大草垛，或者是散发着麦香气、神秘的麦秸跺。

嘿！这二位大活人竟瞬间消失了，反正不知去向了！据他们的好朋友舒高透露，吴启凡曾嘱咐过他，假如遇到紧急情况找不着他俩，就到连队东边的草垛旁或者麦秸垛旁，高声吹口哨，他们一定会在哨声中迅速地出现在集合的队伍里。

设身处地想想这些年轻人，瞧着他们整天嘻嘻哈哈、乐乐呵呵、不知天高地厚的样子，甭管他内心深处是个啥样儿，甭管他在这儿是待了七年八载，还是一年两年，能够在这样的环境下、气候中，坚持着把自己磨炼、摔打成铁打的汉子、泼辣的女子，把自己煎熬、雕刻成北大荒人，那就是好样的，那就不是个孬种而是条令人敬佩的中国龙！

拖拉机手张强和小学老师冯双双，与更多的知青恋人们一样，许多时候会相约在老同志们的家。

说是接受贫下中农再教育也好或者访贫问苦也罢，推心置腹、解惑答疑、挑水劈柴、打理家务，反正是老同志及其家属小孩儿，与小青年们之间建立了具有北大荒特色的不舍情谊。

张强与双双常去的地方，就是一直被挂起来的原副队长陈钟家里。陈钟老两口有两个子女，老大陈北是小子在别的团工作，老二陈妮是闺女儿刚刚高中毕业在别的连队上班，老伴儿栾大妈身体不好在家属队干杂活。

还是刚到连队陈钟在任副队长的时候，他的那股子精悍、利落、干巴脆、跑遍全连累不垮的劲头儿，就给张强留下了深刻的印象。

后来因为说不明、道不清的原因，团里将陈钟副队长给挂了起来，虽没正式宣布免职，但连队班子里没了他的职位。

尽管陈副队长已然被挂了起来，而小青年张强还是一如既往地尊重他、请教他，一来二往的这么多年，他们也就成为忘年之交。

每年麦收清场之后，在大豆收割之前的秋天里，知青们大都会到各自交往甚多的老同志家帮忙打草，准备来年的烧柴。这是生活在北大荒的人必须十分重视的一件大事，烧炕做饭、取暖过冬，需要储备大垛大垛的秸秆儿、柴草，谁都绕不过这档子大活儿。

在经常出入陈副队长家拜访聊天、帮忙干活儿的过程中，冯双双与张强的共同语言逐渐增多、二人的情感关系也日益加深。近几年来，家里人手少、老伴儿体质弱的陈副队长家打秋草的事儿，就是张强与冯双双忙活着张罗的，他俩也学会了什么叫作过日子！在张强、冯双双的张罗下诸如吴启凡、沈玉兰、李海、舒高、郑平、胡本田、苏可等一拨战友也都会过来帮忙。

说起打冬草，各家各户通常的情况都是，先由户主打草人提前跑到连队的周遭，在未曾开垦的荒草地里寻找合适的草源，前提是地要平缓、草密棵高、方便装运，拥有足够打上一大马车烧草的量。只要打草人认定了此处适合自己的胃口，且断定此处并无他人在自己之前涉足围占，那就可以当机立断地在这片草场周边开出围占的草道、打上若干草捆，往显眼的位置一戳，妥！这片密密麻麻、随风晃悠、微紫泛绿散发着草香的大叶章、小叶章齐胸长草，今年就归他打、归他用了！

每回都是陈副队长先将草场提前俩礼拜就围占好了，老大陈北在别的团不方便回来，也就指望不上。陈妮倒是会请了假回来帮忙，她的主要任务就是在家做饭做菜，等着七八个打草干活的人回来好好热闹一番。

到了打草那天的一大早，陈妮就帮助她妈把中午用餐的半筐葱花烙饼以及一盆炒鸡蛋做好，先用洗净漂白的纱布包上，再用厚厚实实、干干净净的小棉被那么一裹确保热乎，外加一大铁桶开水都准备好了，等

拖拉机拽着上班去

到张强那伙子知青哥哥姐姐们一到，随时就可以挑着这些吃喝出发了。

北大荒的秋天无疑是沁人心脾的，湛蓝湛蓝的天空似乎没有一丝瑕疵杂色，长久长久地定格在万里天穹。

习习秋风清爽而平滑滑地抚摸着人们的脸颊，尽显着北国粗犷性格里的难得温柔。

火红火红的高粱穗像一支支未曾点燃的红蜡烛轻轻摇曳着，与吹胡子瞪眼的金黄玉米棒子遥相呼应，镶嵌在那浩浩荒原、坦坦沃野之上，收获着北大荒四季之中最骄傲的亮色。

这一年的秋天，张强挑着装满食物与开水的担子，与冯双双不紧不慢地跟着陈副队长他们，行走在连队西南方向前往打草的路上。所不同的是，队伍里少了吴启凡与沈玉兰，他们俩开春的时候就登记结婚了，这个时候也像陈副队长那样领着一些帮忙的知青朋友，在早已围占好的荒草地里张罗着割打过冬的烧草。

当张强他们快要路过一片小树林时，通红通红的、首先跃入眼帘的是槭树的满冠红叶，这种扎根生长于寒冷的北大荒、名头不大，却形似枫树的槭树，经常会被冠之于风靡世间的枫树名号。

张强指着那些在朝霞的映照下飘荡荡、红通通玛瑙般的槭树，告诉冯双双，他曾听孙大力说过，这种槭树的叶子是对生，就是在同一节上必定有两片叶子相对而生；而枫树的叶子是互生的，也就是在同一节上只会长出一片叶子。

随着每年秋天的到来，气温急剧下降变化，使得槭叶与枫叶中的叶绿素分解消退，并逐渐显现出叶黄素及叶红素。

由于北大荒的槭树，叶红素比较浓烈且叶落缓慢，所以就往往呈现出满树通红、持久壮观的景象。

冯双双跑到红红的槭树下，望着挂满枝叶、两果并生、每果各具一翅，很像长了一对棕黄色翅膀的槭树果子，想象着它们展翅飞翔的样子。她略显兴奋地对张强说："我真的很喜欢这通红喜庆的槭树，也非常喜欢这一对对张扬翅膀的槭树果子！"

张强指着那些飘落在地，黄黄的带翅的槭树果子说："带翅的槭树果随风飘移、落地生根，具有极强的生命力！挺好，我也喜欢！"

冯双双喃喃地说："是啊！如果它的翅膀再硬、再大一些该有多好哇！"

走到远处的伙伴们，调侃地招呼他俩快点跟上队伍，别在那儿磨叽着观赏槭树美景了，火火热热的太刺激人，前边还有白桦林哪！

伙伴们不知道这对恋人在红槭树下又说些什么悄悄话儿，只是知道，他们经常讨论的话题少不了婚姻大事，也少不了未来的去向与理想！

这是每一对儿知青恋人、每一个知青朋友，都要面临的人生大事，而且也是必须回答的人生课题！

张强和冯双双答应着赶紧追向前去。他们知道就在离陈副队长围占打草不远的地方，可以看到成片成片、枝叶茂密、生机盎然的白桦林，那是连队知青们在北大荒最最喜欢去的地方。

他们在学校念书的时候就听语文老师讲过：白桦树特别喜欢阳光，通身上下雪白雪白的桦树皮，就好像是无数根储存了无限能量的炽光板，积蓄了极其旺盛的生命力。无论它们遭遇到何种天灾地难乃至烧毁殆尽，只要给它一缕阳光、一滴露水，首先挺身而出再一次顽强出现、勃勃生长在苍茫大地上的就是白桦树，并且很快就会形成大片大片的白桦林，让世间再一次目睹到它们平实而并非华丽的身姿。

他们也在读过的许多俄罗斯文学作品中知道，俄罗斯人视白桦树为纯洁、美好与朴实的象征，体现了女性的温柔和秀丽。同时白桦树也是美好爱情的象征，青年男女常常相约树下，让白桦树为他们纯洁的爱情见证。

而在我们中国的北方，在北大荒，无论是在荒原上、在森林里、在大路旁，都很容易在随意的一瞥之中发现到它。

无论你从哪里来，无论你离开它有多久，那一道道闪闪白光、一簇

白桦郁葱

簇灿灿黄叶、一片片挺拔隽美的白桦树，就会远远地、静静地矗立在那儿，大瞪着它白白的树干上特有的或温柔，或忧郁，或深情，或欢快的秀眼，注视着、欢迎着来自远方的朋友、亲爱的家人。

相亲相爱的恋人们，更是喜欢手牵着手到白桦林里倾诉衷肠，也许在那里，他们会寻觅到对方的心中秘密，或许也能找到自己渴盼已久的答案！

十九　人间正道是沧桑

时光荏苒，转眼到了1976年，也就是农历丙辰年，正是中国的龙年。

这一年的2月25日中央决定将"黑龙江生产建设兵团"予以撤销，改编成立了黑龙江国营农场总局。知青们经历了从中学生到农场职工，从农场职工到兵团战士，再从兵团战士到农场职工的转变。

有人戏谑地说："如果哪一天，这些知青们再从农场职工回到学校做学生，那才叫作头尾相衔、天方地圆哪！"

这几年，连队里人员可是调动不少，调到其他连队的、参军的、身体不好离开北大荒的、回城顶替进工厂单位的或者保送工农兵上大学的……什么样的情况都有。

北京知青马车老板郑平，头两年就离开了连队，离开了北大荒，先是不知去向。后来，过了很久很久才听说人在香港连名字也改了。

青年女排排长赵晓萍前年就结束了十八里相送的"拉锯战"，与调到了师部宣传处作副处长的孙大力结了婚，家就安在密山。后来赵晓萍生了一个胖小子，活脱脱的孙大力模样，起了个名叫孙晓。

那位排哑炮被炸成重伤的山东青年、机务排拖拉机手成建功，伤愈之后回到连队静养了一年，在大家伙的帮助呵护，以及他自己的持久锻炼之下，那两条接好的断腿竟然恢复如常了。

这个成建功先是扔掉双拐自由走动，走得还越来越有劲儿，随后又骑上了自行车，再后来他不愿成天闲着又强烈要求工作，团里就根据他办事认真、勇敢坚强的实际情况，调他到了团部看大门。

最棒的是，人家成建功伤成那样，愣是能接连生了两个儿子，把两口子高兴得不得了，把连队那些个新老同志们都高兴得了不得，光是到他那儿喝北大荒二锅头就不知道喝了多少！

吴启凡与沈玉兰的孩子是在连队生的，就在连队东南角那一排土坯草顶房中。房子是连队为新婚知青专门整修过的，外墙用黄沙土拌短碎草和成泥，抹得平滑如初，房顶也是头年秋天用当年的大叶章长草新苫的。

那一年吴启凡二十七岁，沈玉兰二十六岁，怀个孩子吧竟敢在连队里生，并且是让连队卫生员安兰她们接生的，而这俩卫生员呢其实就是北京上海的俩女知青，您说这两个人的胆子够不够大！

再说这个沈玉兰，临产前一天还在运动场看小学生们踢足球，并且东跑西颠帮着人家捡球，就不知道个危险。那个吴启凡也是傻闷到了家，头天还赶着那辆牛车忙活着给地里送水，到了下工才想起来玉兰都快生了。您说这两人邪不邪乎！

不过，邪归邪愣归愣，这二位平时就是没心没肺、乐乐呵呵、干事儿认真、敢作敢当的年轻人。在这世事难料、沧桑巨变的 1976 年，在这人烟稀少、茫茫大荒的北国边陲一个小小的边境连队，在那栋炊烟袅袅的土坯茅草屋里，一声清脆无比的女婴之啼，惊醒了那个乍暖还寒的春天的黎明。

由于这个小女娃儿是连队里知青夫妇所生的头一个孩子，大家都稀罕得不得了，争先恐后地想抱抱她，抢着为她起名字。最后这个女孩儿的名字，还是已经调到团部中学当美术老师的舒高，还有张强、刘学峰他们给起的。

那天是孩子满月，舒高约好了早就调任团生产处当处长的刘学峰，还有师部宣传处的孙大力、赵晓萍一同赶回连队，看看老战友们，看看还没正式起名的小宝贝儿。

这帮知青哥们儿、姐妹们凑到了一起热闹了一气儿、海侃一通，很快就说起了给小宝贝儿起名字的事儿。

赵晓萍、沈玉兰她们几位女将的意思是，给孩子起名的活儿就交给这几位叔叔大爷了，最后由岁数最大的李海大哥拍板。

李海举着酒杯、端详着小孩儿说："闺女儿啊！你可是咱们知青的一号作品哪！要说烧砖我都一块块儿把关，这给知青一号作品起名字绝不能马虎。这个关我得把住了，哈哈哈哈！诸位叔叔大爷们，好好动动脑子吧！哈哈哈！"

孙大力喝着北大荒烧酒侃道："让李海大哥一定调，这任务可大了去了！这名字不仅孩子他爹妈满意，咱们那伙子知青兄弟姐妹也得满意呀！"

"对！知青一号嘛，这名字里就必须得有知青的意思啊，是不是？哎！有点意思！"刘学峰豁然开朗似的说着，又"滋"的一声喝了口北大荒二锅头！

那小娃娃瞪着亮亮的眼睛，可能是看着刘学峰喝酒的样子怪怪的，竟"咯咯咯咯！"笑起来了，那甜甜蜜蜜的婴儿笑声异常悦耳动听。

舒高喝着小酒，不住地点头，口中念念有词儿地说："有点意思！有点意思！"

李海也点着头应着："是有点意思！啊！"

赵晓萍在旁边看着张强皱着眉头苦思冥想，嘴巴里不知在叨咕些啥，一副要创作大作品的劲头儿，调侃着："冯双双，看看你们张强那架势，出个主意怎么跟演陈占武似的，酝酿这么长时间的感情！哈哈哈！"

还没等冯双双说话，孙大力做了个静音的手势拦住了她，夸张地看了看张强，说："感情要来了！千万别打扰！"

青春流浪

只见这张强跟没事儿人似的，对大伙儿说："这感情是来了，可我啥也没想好。就是总觉得吧，今年这龙年非常的特别，咱们这知青一号来的特别是时候，寒冬总算过去了，春天已然来到，在这么一间茅草屋里，能够听到这宝贝娃娃的啼笑声，真的不容易，真的不简单！"

大家听张强说的正来劲儿，他却突然话锋一转，把矛头对准了舒高："啊！知青一号啊，我为你骄傲！小孩她大爷，舒高先生你说呢？"

舒高端着酒杯放在嘴边，眯缝着眼，神情颇为专注兴奋，好像发现了新大陆一样，一只手将杯中酒"噌"地一下倒在了自己的嘴里，另一只手紧紧抓住了张强的胳膊，说了声："来了！"随即就喷出一串诗句："冬寒情未了，茅屋烟袅袅，悦耳啼声处，春来尽知晓！"

几个人顿时安静下来，品味着舒高冒出来的这几句词儿。

刘学峰"啪！"的一拍巴掌说："嘿！好你个舒高，寒冬过去春来到，茅草小屋烟缭绕，小孩咯咯笑不停，知青一号春知晓！那几层意思都搁进去了！啊！"

李海笑眯眯地说："诸位，都听明白了吧？我可宣布了，知青一号的大名是——"

孙大力、刘学峰、舒高、张强几个人跟集体朗诵似的齐声说出："知——晓——！知晓，吴知晓！"

吴启凡与沈玉兰高兴地连声说："好好好！哈哈哈！吴知晓！吴知晓！太好了！"

吴启凡立马提着大酒壶给大家伙都斟满了北大荒，说："我代表吴知晓和她妈，敬各位叔叔阿姨大伯大妈了！喝！"

在场的所有人都痛痛快快地喝下了这杯酒，想大声呼喊又怕吓着孩子，拥在了一起小声的、合唱似的念叨着："我爱你，知青一号——吴知晓！——"

赵晓萍笑得快喘不上气儿地对沈玉兰怀中要睡觉的小孩儿说："哎哟我的小闺女儿，吴知晓啊，吴知晓，这才一个月你就有了这么多的梦中情人，你就啥都知道哇！哈哈哈！"

随着这些叔叔阿姨、大伯大爷的笑声和干杯吆喝声，知青一号作品、知青女儿的名字知晓，虽然尘埃落定，但是知青们今后的命运如何，却谁也说不清。这个春天啊，是如此折磨人哪！

大伙儿临分手的时候，孙大力酒劲儿还没过去地冒了一句："该吃吃！该喝喝！面包会有的，牛奶会有的，一切都会有的。一切都会过去的，咱们走着瞧！"

吴启凡感慨万分地说："天生我才莫须有，十年磨剑待何时啊？"

"扬眉剑出鞘，惊雷似无声，潜心做学问，大任担乾坤！"李海边借着酒劲儿吟诵着，边朝着北京的方向抱拳致意！

他们不约而同地随着这位脱了十年坯、烧了十年砖的老大哥，向着西南方向的北京，默默遥望！

转眼就到了1977年下半年，因为父亲被给予平反，苏可也被落实了干部子女政策回到了北京。她也不知道从哪儿打听到了，关于全国高等院校招生工作座谈会的消息，并且说是教育部组织召开的。反正是有鼻子有眼的，就想方设法悄悄告诉了回京探亲的沈玉兰、吴启凡。

吴启凡和沈玉兰一听就来了精神头儿，看着不少知青找到各种理由离开了北大荒，也在想着未来怎么办？可是这二位不愿意稀里糊涂就回北京了，总想着有个说得过去的、硬邦邦的理由。这下子听说有恢复高考的可能，决心铆足了劲儿拼一把，正正当当地该干嘛干嘛！

工人家庭出身的吴启凡首先得到了家里的支持，他的妈妈干脆提前退休给他们看孩子，让他们集中精力准备复习。机关大院一般干部家出来的沈玉兰虽然没有什么背景，可是教过书的父亲却帮助他们寻到了宝贵的复习资料。

他们在家里根本就无心久留，狠狠心放下了一岁多的女儿知晓，背着沉甸甸的一包书啊纸啊笔啊，很快返回了连队，并告诉了大家得赶快准备。

连队的知青们得知此事，先是欣喜若狂感觉有了希望和奔头，但是很快又热的热、凉的凉，趋于无限焦躁的状态。

想想也是，虽说这些知青们人数众多，可尽是些初中生或者刚上高中的，有的仅仅是小学六年级文化程度，让"文化大革命"闹得根本就没学到多少文化。何况这一放十来年，原来在学校学的那点知识早就还给了老师。就算是那几个少数的高中生脑子好使，要想复习明白、考上大学，那可得下足了天大的功夫才有可能。

就在各个连队的知青们议论纷纷、瞻前顾后、慌慌张张地徘徊于考还是拉倒的矛盾心理时，这个牵动人心、恢复高考的民间传说，竟闪电般成为现实。

1977 年 10 月 21 日，新华社、《人民日报》、中央人民广播电台等各新闻媒体，都以头号新闻发布了恢复高考的消息，还发布了《关于 1977 年高等学校招生工作的意见》。文件规定：凡是工人、农民、上山下乡和回乡知识青年（包括按政策留城而尚未分配工作的）、复员军人、干部和应届高中毕业生……符合条件者，均可申请报名。考生要具有高中毕业或相当于高中毕业的文化水平。招生办法是自愿报名，统一考试，地（市）初选，学校录取。录取原则是德智体全面衡量，择优录取。恢复统一考试，由省级命题。招生考试在冬季进行，新生春季入学。

那个冬天是异常寒冷的，而关于恢复高考的消息犹如爆炸了一颗原子弹，震撼了整个中国大地，烘烤着多年积压下来的几千万中学生。

与热气腾腾的全国各地一样，北大荒的几十万知青简直就被炸晕了、震蒙了，欢呼雀跃，奔走相告，好像真的就又去背着书包上学堂了。

然而，再仔细一琢磨、一核算，这些个被炸晕了、震蒙了的年轻人干脆就蒙瞪过去了！一张张红润润的脸变得刷白，一个个热气腾腾的脑袋直冒冷汗。

您想啊，1977 年 10 月 21 日中央媒体才发布消息，说是恢复高考了；可是规定到 1977 年的 11 月 28 日高考就要开始，最迟也就是到 12 月下旬，满打满算的也就只有一个多月的复习准备时间。并且还要分文、理两大类，文科考政治、语文、数学、史地；理科考政治、语文、数学、理化。

您说，这么短暂的时间要复习这么多科的功课，先别说消化、分析、理解、掌握了，就是张开大嘴囫囵吞枣地将那些课本、资料，一张张塞进嘴里，嚼碎，再咽进肚子里，那都嫌时间不够用。

这一个多月的考前准备时间，煎熬着决心一试身手的知青们，也考验着北大荒的人情冷暖。

远在师部的孙大力虽然自己不参考，还是特地托人给战友们捎来了宝贵的复习书籍与参考资料。团部的刘学峰碍于自己高一的学识不足以及身为副场长的实际，决意放弃高考，却整来了几箱肉罐头和奶粉专程跑到连队给战友们加油打气。

方连长和连里决定给参考的知青放假，让他们安心备考，争取有所建树。他还说："考上了是你们的能耐、是连队的光荣，考不上那才叫正常，多学点知识没有坏处！"

说实在的，这次高考根本就没有输赢。

如果说有，就只有赢家，那就是高考制度重见天日；那就是普普通通的学子有了脱离愚昧、脱离贫困，迈入文化殿堂的可能；那就是从这一时刻起，一条全新的起跑线又划了出来，让天下有志者能够有机会起跑飞奔！

这一次高考，23 连没有多少人报考。有的准备好好复习来年再说，有的嫌省里的大学学科太弱不想考，总之想法还挺多。

据报道，这一年报名准备高考的中国青年多达一千余万人，其中一共有五百七十余万人参加了考试，而最终被录取的人数只有二十七点三万人。

幸运的是，吴启凡和沈玉兰双双考入牡丹江师范，算是不错的去处。

青春流浪

李海则考到了省城哈尔滨师范，那是当年最好的结果。郭彩贞考到了离农场不远的鹤岗师范，干脆就没去报到，她说，还不如在农场好好再复习一年，考就考个像样的学校。

舒高没有合适的美术院校可考，孙大力在师部事情多没有参加考试。

张强也没有参加高考，他忙活着帮助冯双双复习，双双愣是考到了齐齐哈尔师专，可是这不近的距离闹得她和张强人在两地，结婚的事就搁在了一边儿。以后的事儿还不知道咋样呢！

1977年恢复的高考，以当年冬季进行招生考试，来年春季新生入学，百天之内解决问题的速战速决方式，把全体中国人憋闷了十年之久的一口恶气喷发出来了。

晒场小憩

　　这块像"睡美人"一样被久久冰封了的大地、心田，将如何迎来苏醒的美丽容颜，将如何迸发出长久的、灿烂的、文明的欢笑？

　　人们都在默默期待，又悄然隐藏着些许不安！

　　北大荒的知青们，是那个特殊年代锻造的特殊群体，用他们的话说：咱也种过地，咱也扛过枪，咱还跨江守边防！

　　北大荒的土地开垦出来了，北大荒的小树挺拔起来了，北大荒的知青们成熟起来了，只是他们真的不知道他们到底算个啥？他们的未来能是个啥？

二十　再见了，我的大学！

　　这个世界真奇妙，不说不知道，一说真是又烦恼，又搞笑！

　　当 1967、1968、1969 年"知识青年到农村去，到边疆去，广阔天地大有作为！"的震天口号余音未尽，当几乎所有的家庭都在为儿女上山下乡而心有余悸、当千家的孩儿万家娃胳膊长粗了、身子长壮了、心里装着北大荒开始挑大梁了的时候，另外一场与之完全相反的运动赫然登场、堂而皇之地敲响了急急风似的锣鼓。

　　到了 1978 年的时候，知青们大多都亲身经历了从中学生到农场职工，从农场职工到兵团战士，再从兵团战士到农场职工的转变。不仅如此，这些青年们有的又从农场职工回到了学校做学生，更有数以十万计者以不同的缘由、不同的方式返回到城市与家人团聚，开始了人生的新征程！

　　当然还有更多的战友还处于两难选择或苦不堪言的煎熬与折磨中！

　　青春是美丽的、青春是火热的、青春是浪漫的、青春是甜丝丝的，有时也是苦涩涩的。生活、战斗在东北边关兵团战士的青春，则更多了些艰难与圣洁、多了些冰火交融的味道。

　　张强和冯双双的婚事还是有了可喜的进展，在冯双双离开北大荒，

秋桦正茂

准备到齐齐哈尔上学之前二人就甜蜜相约：在来年秋季的北大荒，当槭树满冠红叶、间或摇动着棕黄色翅膀的双双对对果子的时候；当那白桦树上灿灿透亮、淡黄叶子飘舞着，等待着亲爱的朋友、亲爱的人来临的时候，回到农场登记，并且邀请孙大力、刘学峰、舒高等老战友，到连队里参加他们的婚礼。

在众多的朋友们上学的上学、调离的调离、病退困退接班，纷纷想方设法返城的风潮中，张强并不积极。他总是觉得这么多年了，自己已经习惯于北大荒农场或者连队的工作与生活。他喜欢北大荒那种博大辽阔、那种满目悠然的气氛，喜欢北大荒那种人、天、地浑然和谐的感觉，更喜欢北大荒人的那种纯粹与豪放！

张强的父母都是报社的，都做过记者或编辑，由于思维比较活跃、想法比较多，在平时的工作以及"文化大革命"中免不了受到侧目或者冲击。

张强的性格偏于沉默、话较少，主要是受父母的职业影响。他们一忙起来写稿子、编稿子疯狂至极，很少顾及孩子们。其实，张强的内心会经常翻滚着激流，就像父母一样思维活跃而自有主张。

到兵团、农场这么多年了，一直工作在机务排的张强，虽然只是个普通机务人员，但他坚守职责、精通业务、熟知机务对于连队的整体作用，更是深知大机械、现代化对于农场、对于北大荒的重要性。这个张强与脱了十年坯、烧了十年砖、当了八年班长的老大哥李海一样，也跟被免去排长职务，当了五年烧开水赶牛车的好友吴启凡一样，更和那些做了多年马车老板、牛倌、猪倌、炊事员乃至普通农工的广大战友们一个样，对于什么干部、职务啥的从来没有奢求！

从某种意义上讲，长年坚持战斗在兵团或者农场连队第一线的指战员们，通过多年的艰苦奋战与拼搏，已经将自己的连队建设得有模有样，并且将它视为第二故乡。张强为此而自豪！并且一直在想象着未来会是什么样？眼瞅着知青越来越少的连队、农场，他也在为自己的未来而担心着！何况冯双双与自己的想法有不少差距。

还有一个同样深受走与留的艰难抉择，而备受煎熬的战友就是刘学峰。这些日子里身为副场长的他，在农场领导班子中始终扮演着为知青落实返城政策办手续的角色，先是说服其他场领导理解知青的困难与实际，又进一步说服大家理解这种大势所趋的无可奈何。

还好，这些在北大荒最艰苦的岁月曾经与知青们摸爬滚打在一起、患难与共的老领导，或者像刘学峰一样成为干部的知青领导老战友，对于这些为北大荒献出了宝贵青春年华的年轻朋友，有着极为深切的理解和同情，对于这场来自京城乃至全国的风暴会给农场造成近乎灾难的伤痛，也只好勇敢地担负起浴火重生的大任，也只能像十年前热烈欢迎他们来到农场似的，真心地祝福他们一路走好！

刘学峰最钟情的时光是在连队的那几年。一个火车皮拉来的男男女女同学们，真有一种兄弟姐妹般的友爱与亲情：几个伙伴闯虎林集体失踪，同学们与老同志挑灯夜寻；老大哥左右叮咛，千万注意董平平从小怕冷；吴启凡赶牛车送开水、大伙儿忙着烧火熏成了大花脸；自己当了副连长乐坏了还是小兵的同伴们——

　　刘学峰非常清楚地知道，除了自己的朴实、聪明、颇为能干，并不是因为自己有多么超人的领导能耐，就做了连队乃至团级干部，自己那个组织信任、根正苗红的贫农家庭才是理所当然的最大资本，而知青战友们的支持、理解、默契，更是他在那个位置上能够坐稳的底气。

　　令他十分懊丧或耿耿于怀的是，那段同甘共苦、难以忘怀的幸福段落，随着"文化大革命"的落幕，也渐行渐远。

　　到了来年，当槭树叶子红了、棕黄的果子飘飘荡荡，白桦树叶黄红相间、纷扬落地，就连林边的榛树棵子都被胖嘟嘟、沉甸甸压弯了枝头的时候，孙大力、赵晓萍两口子及刘学峰、舒高如约，从师部、团部来到了连队与张强会合。

　　在这之前的一个多星期，他们就知道了冯双双不会回来的事情了，并且也知道了冯双双爽约的原因，就是只要张强不离开北大荒，他们俩的婚事儿就无从继续。可问题是张强并不愿意就此离开北大荒，也不愿意到他认为的那个无所事事、并不喜欢的报社去当勤杂工，成天混日子。他的烦恼真是无处倾诉，憋得难受。

　　孙大力他们是傍晚时分到达连队的，当他把吉普车停到安静的场院，以免打搅连队而走向连队大道时，才发现这种担忧完全是多余的。自打大批知青返城而去，各个连队都呈现出了萧条气氛，早就没有了当年叽叽喳喳、热热闹闹的劲头。

　　尽管太阳还没完全落山，秋日北大荒的傍晚凉意已经十分浓厚，各家各户的房顶上青烟缭绕，连队大道上无人走动，往日生龙活虎的运动场静悄悄的无一人影。

　　张强连跑带颠迎了过去，心情十分激动地握着老战友们的手，高兴地寒暄着却显然失去了往日的欢笑，他指了指运动场，又随手指了指大食堂说："没多少人在这儿吃饭了！到我宿舍去，咱们得好好干几杯！"

赵晓萍拍了拍手提包，说："佐料都带着哪，我给你们做几个拿手下酒菜！"

张强这才发现一个个的跟串亲戚似的提着包、拎着酒，心想这下子可坏了，今晚非喝多了不可！

大批知青返城后的连队，已经没有几个人住在原先那一排排的大宿舍了，而是两三个人住在一家一户的家属房里。而且没正式走的人大部分也不在连里，他们不是回城探亲想办法往回调，就是三三两两地聚在一起琢磨着到底是走还是留。

张强住的地方，就是原先那些结了婚的知青离开连队后空出来的家属房，也就是外屋支锅烧火做饭、摆放生活杂物，里屋是一副火炕用来住人，地面上可以摆放桌椅、家居的那种格局，这会儿就张强自己一个人住着倒也宽敞。

这些知青早就磨炼出了各种生存能力，烧火炒菜做饭根本就是小菜一碟儿。这不，在赵晓萍的指挥下，很快就干得差不多了，就等着刘学峰从场部整来的狗肉一糊熟，就可以开喝了。而再把好不容易搞到的大米饭一焖就全齐活儿了！

闻着那一锅"咕嘟咕嘟"正糊着的狗肉香味儿，说起了待会儿要焖的大米饭，他们这哥儿几个突然想起了刚到兵团那几年的时候，特别馋吃大米饭的事儿。

那会儿的兵团按计划种植的都是小麦、大豆、玉米，根本不种水稻，也就很难看到大米。如果一年半载能吃上一次米饭，简直就像过年，想想都舍不得忘记那大米饭是个啥模样、是个啥味道。

那一回，孙大力、刘学峰他们几个到团部所在地小青山上打石头，听说团部食堂中午有大米饭吃，好家伙，一个个就像饿了半年的疯狼闻着味就跑了过去。

刘学峰记得特清楚："嘿！那天中午我吃了一斤三两多的大米饭、

一大碗足有八两重的红烧肉，那个香啊，美呀！喷喷！真香！谁知道外带三大碗萝卜汤一喝下去，麻烦出来了，肚子那个涨啊，呵呵呵，我基本上迈不动步了！哈哈哈！"

舒高连说带比画地形容："哈哈哈！那天我也撑得够呛，哎，就这么大个的肚子，五六碗大米饭、一碗多红烧肉往肚子里一装基本就满了，再倒上两碗萝卜汤一泡，好家伙！我是勉强走出食堂啊，根本不敢低头、不敢张嘴，生怕这一张嘴米饭就喷出来了！哈哈哈！对了，那回吃米饭张强愣没赶上，他在连里修拖拉机哪，对不对？"

半天没怎么吭声的张强也忍不住地说："可不是咋地，把我馋得够呛！再让舒大艺术家一通猛侃，我接连三四天做梦都是红烧肉拌大米饭，呼噜呼噜地往嘴里划拉，甭提有多香了！啊！——对了，咱别光说那回我没吃着的大米饭红烧肉了行不？开喝吧！"

"对！喝喝喝！"就这么说着，侃着，笑着，哥儿几个就开始喝起了北大荒二锅头，随后赵晓萍将一盆热气腾腾、奇香无比的狗肉也端上了桌。他们一会儿就干掉了两三瓶。可是，这顿酒喝得异常的沉重、艰难！

什么有趣的往事儿、难忘的回忆，什么沈玉兰忙着照相到了也没照上；什么孙大力青山探险，找日本鬼子的秘密山洞至今还是个谜；什么树林扑火发现了大片蘑菇群等，侃了个够、笑了个足，剩下的两个主要话题却始终绕了过去没有涉及。

其实，孙大力两口子和刘学峰、舒高这次回连队的目的只有一个，就是与张强告别，同时还要再看看自己生活、战斗过的老连队。

张强早就知道，他的这几个好朋友很快就要离开自己、离开北大荒，返回北京或者其他城市了，他一想到这档子事儿就难过得要命。张强琢磨着，这会儿酒喝了不少，话也唠了许多，可是谁也不提这个伤心的话题。不行，舒高他们明天就要和自己分别了，这杯告别、祝福的酒必须得敬，必须得喝！

刘学峰、孙大力、舒高他们也在琢磨：哥儿几个这么一走，肯定触及张强的痛苦神经，这老伙计到现在也拿不准到底是走还是留，他们也拿不准张强的心思是什么，可是，明天就得与他告别了，这杯战友酒、分别酒必须得好好喝、痛痛快快地喝！

就在瞬间，张强和哥儿几个几乎同时站起了身、举起了酒杯，互相凝视着，举起的杯子停在了半空，空气在这一刻似乎也凝固了。片刻后，这几只微微颤抖的酒杯便"哐"的一声撞在了一起，像是被电焊住了似的久久没有散开。好一阵的厮磨碰撞之后，这些酒杯便迅速地飞回到各自的嘴边一仰脖儿就将酒灌进了嘴里，谁都不知道它是什么滋味，谁也不说话，就这么喝着。

赵晓萍默默地为哥儿几个倒着酒，也给自己倒了一大杯，不知不觉竟喝了个干干净净。

张强也紧忙活着敬酒，干杯！他在用一杯杯的酒封堵住自己满心的痛苦，也表达着自己对战友们的祝福，看得出来他满眼眶的泪水，只要稍不控制就会哗哗流淌出来，就像决堤一样堵也堵不住。

孙大力、舒高是喝完一杯酒，马上低着头啃着早就被啃得没有肉丝的狗骨头棒子，甚至是紧紧地咬着那光溜溜的狗骨头不撒嘴，生怕一松嘴就把控不住自己而哭出声来。

最清醒、最神经的就属刘学峰了，只见他对着酒瓶子跟吹军号似的"嘟嘟嘟"喝了起来，又显得特清醒似的侃侃而谈："舒高同志，你头几天说的那些诗，就是高！哎，比高老庄还高！哈哈哈！"

他又吹了一下军号闷了一口酒，朗诵起来："啊！当这些年轻人的身体与灵魂，经历了战火的磨炼、任务的重压、生活的艰苦、信念的煎熬，当他们可以从容面对血与泪、荣与辱，乃至生与死的时候，还有什么困难与烦恼不可战胜，还有什么最宝贵的东西比得了他们的青春奉献与无价收获！啊！啊！"

这回，刘学峰刚把"啊！"给啊完，还没等他举起酒瓶子吹响冲锋号，就蔫蔫醉倒在火炕上，呼呼呼地睡着了！

这一晚上，他们喝掉了六七瓶北大荒二锅头，啃了一盆狗肉，只是那一锅香喷喷的大米饭，谁也没有吃下几口。

这些老战友们，横七竖八地醉卧在张强那张火炕上，一直睡到第二天下午的两三点钟。

当他们在连里转了一遭，最后来砖厂大窑的东侧，那一片松树林里董平平的墓碑前时，午后的缕缕阳光照射进来投放在墓碑上依然暖意融融。

老大哥李海为怕冷的董平平去世后选建的这个地方，背靠的大窑，火热已经不复存在，而面向的温暖朝阳却会不改初衷，还有那挺拔而起、高高耸立的棵棵松树，将会一直目视着他、陪伴着他！

突然，静静的松林里又默默地走出来几个人，领头的是还被挂着没有说法的陈副队长、场院里的老潘头、后勤排的高培森等几位老同志以及陈副队长的老伴栾大妈、老潘头的姑娘潘云，他们寒暄着与刘学峰、孙大力、赵晓萍、舒高、张强他们握了握手，不知道该说些啥好！

是不舍？是狐疑？是惆怅？还是——沉默？

粗糙的大手握着同样粗糙的手久久不愿撒开，但是相互的目光显然都很慌乱，甚至缺少了往日的热切、亲昵、随意与镇静！

陈副队长将手里拎着的北大荒酒，分别倒在了十来个碗里。人们一一端起了酒碗，又依次跟随着陈副队长，一边围着董平平的坟墓慢慢走动，一边将碗中的白酒泼洒墓边。随后，又依次站定在那墓碑前，共同朝着长眠在此的北京知青董平平行三鞠躬致礼！

往后，双方又是长久的沉默！不是低头望着墓碑，就是抬头看着高高的松树枝头。

再往后，又是相互握着同样有力的手摇晃着，久久不愿撒开。

赵晓萍伏趴在栾大妈的肩上，忍不住地哭泣，旁边的潘云拽着她的手轻轻地安慰着。

只听见老潘头说了一句："走吧！记着回来看看就行！"

陈副队长也说了一句："放心吧！这儿有我们照看着哪！"说完就带头往松林外道旁的吉普车走去。

孙大力、赵晓萍、舒高纷纷与张强拥抱分别，不舍地登上了汽车。

刘学峰走到了陈副队长跟前，紧紧地拉着他的手，说："老队长，各位老同志，栾大妈、潘云妹妹，我们都记住了，一定会常回来看望！因为这儿，就是我们人生的大学，是我们的第二故乡！还有我们的张强兄弟，拜托你们多照应了！学峰给你们鞠躬啦！再见！"

刘学峰深深地鞠完躬，泪流满面地扭回头就钻进了汽车。

孙大力缓缓启动，汽车缓缓地向前移动着，车窗边一张张挂满泪水的脸，一晃一晃地就在人们的眼前模糊了。再一会儿，顺着老同志们挥动的臂膀缓缓落下，那辆军绿色的吉普车也渐渐地消失了！

高培森他们几个老同志与张强招呼着到家吃晚饭，张强朗朗地说："今天不去了，改天一定会麻烦大家！"

他目送着人们缓缓离去，又向着场部开去、早就不见踪影的吉普车方向望去，叨叨咕咕地说："放心吧！我的朋友们！再见吧！我的兄弟姐妹们！这儿就是我的家！"

孙大力、刘学峰、舒高他们很快就离开了北大荒，回到了北京城。在他们的之前或者之后，有成千上万的知青离开了北大荒，回到了上海，回到了天津、哈尔滨，回到了远远近近的各自的城市、各自的家乡。

然而，离开了北大荒的许许多多的知青们，就像是远离父母、浪迹天涯的游子，无论你闯荡得如何，无论你行走多远，无论你心怀感念，无论你恩怨多深，无论你轰轰烈烈，无论你平平凡凡，北大荒始终张开双臂迎接他们的归来！

那句临别时的最普通的话语："再见了，我的北大荒！总有一天我会回来看你！"就像是在北大荒黑土地里播撒下去的种子，实实在在地发芽，扎根，拔节，成长，直到收获！这些在北大荒百炼成钢的知青战士们，心里竟扎下了剪不断，理还乱的北大荒情结，成为实实在在的北大荒人！

多少年来，他们时不时地就行走在奔向北大荒的列车上、高速公路上或者飞机上，为什么？

许多人都在问他们为什么？为什么不管你在北大荒待了多久，为什么不管你是待了一年两年、三年五年，抑或是十年八年，或者更多，都会挺自豪地说自己是北大荒人，都会从心里头思念北大荒？！

当然也有人说，这辈子都不会再想那块伤心的地方，其实这也非常正常，俗话说"仁者见仁，智者见智""横看成岭侧看峰，远近高低各不同"，世界这么大，有什么样的想法都很自然！

那个曾经在北大荒教书、画画、割麦、扛麻袋，生活了十多年的艺术家舒高，多年后一说到北大荒，就会情不自禁地这样感慨：

我的灵感与智慧来自北大荒，我的题材与情感根植于那片黑土地，因为我曾经在那儿生活、战斗、哭笑、呐喊、困惑，甚至埋怨——

但是无论何时何地，我也不会诅咒她，诅咒她就是诅咒自己！无论我走到哪里，也都会常常挂念她，因为我的青春与性格是在那里艰难地养成——

北大荒太宽阔、太博大了，绝对容得下开拓者的挥洒与充满想象的涂抹！

而现在依然留在北大荒、做了农管局领导的张强，以及他的战友孙大力、刘学峰、吴启凡、郑平、苏可，还有许多当年在连队共同奋斗的朋友们，一说起北大荒，总会有这样的感触：

北大荒，是我的人生大学，是我的第二故乡！

北大荒，就是我的家，我会永远地思念它！

拓荒者纪念碑

知青纪念石

冰火燃烧大荒歌，天南地北任君说，

高歌轻吟魂牵梦，归去来兮何蹉跎！

这些来自天南地北的知青，这一辈子，都将最美好的青春年华奉献给了北大荒。无论是种地，还是扛枪，无论是富庶，还是荒凉，无论是苦涩，还是欢乐，无论是寒冰，还是热火，都会在他们的心里燃烧、升腾、激荡！

那曾经遥远遥远，如今却近在咫尺的北大荒！

那曾经冰寒冰寒，如今却热气腾腾的北大荒！

那是冰是火的北大荒，青春的热血啊，总是在它那博大的胸膛里流淌！

那是冰是火的北大荒，青春的灵魂啊，总会在它那宽阔的怀抱里流浪，流浪！

第 二 篇

魂牵梦萦

一　狼搬草

东北边境，人烟稀少，草丛茂密，一段公路拐弯处，有一条狼道，也就是狼群过道的路线，七八米宽，十多米长，顺着两侧的壕沟延伸而去，神秘莫测。各路狼群或者孤狼，不定期地要从这里来回通过。好家伙，一群群眼冒绿光，长嘴红舌，想想都心发毛，腿发软！生怕碰上那些狼趴在草丛里，要是惊动了它们，那可就惨了！

有个职工胆子特大，人称张黑愣，跟伙伴们说："什么狼道？我不信那个邪，今天夜里，就去会会那些个狼外婆！嘿嘿，嘿！" 伙伴们劝他千万别去！

可这个张黑愣不听劝，非去不可！还特意喝了两碗北大荒烧酒，腰里别了把大号镰刀，拎了根一米多长的柞木棍。他听说狼会记仇，生怕日后哪只狼认出自己，也为了防止自己那张脸让狼的大舌头给舔了，特别准备了一个帆布头套，套在了脑袋上，跟大侠似的直奔狼道而去！

灰白惨亮的大道上，空无一人，两侧壕沟，黑影斑驳。原本打算来他个高门大嗓，连喊带唱地接近狼道，一来能壮胆，二来吓唬吓唬那些狼啊野兽啥的！黑愣刚想开口号唱，就发现狼道有动静，脑子一转："不对呀！那狼多机灵啊，说不定这会儿正趴在那儿等着过路哪！啊，我这儿手拎大棒，就够显眼的了，好歹还戴着头套，弄不清我是谁，这要是大唱起来，不就是告诉大灰狼，张黑愣灭你们来了！这不是找死吗？"
想到这儿，竟吓出了一身冷汗，嗖的一下子就蹿到了壕沟里，先藏起来
再说。

　　你别说，黑愣还是胆大，还有七八十米的样子，就发现狼道上好像
趴着一只狼，路边的草好像在慢慢移动。那只狼抬起头伸了伸腰正想起
身，张黑愣赶紧屏住呼吸，不敢动弹，那只狼也就又趴在了地上。等气
儿喘匀了，见那只狼还在地上趴着，边上的草还在慢慢移动。黑愣心一
个劲儿地猛跳："这草捆子怎么就自己移动起来？还有狼放哨？……哎
哟我的娘啊，这不是狼——搬——草吗？老辈儿说了，狼过道，要清道，
狼放哨！这不就是说大批狼群就要过来了吗？"想着想着，张黑愣就开
始往回缩，顺着干涸的壕沟连滚带爬地跑回去了！

　　第二天，张黑愣眉飞色舞的，给大伙讲述昨晚的狼道之行，特别神
秘的描述了他亲眼看着群狼是如何过狼道的……

　　还没等他说完，同事老李就打断了他的话："哎！昨天夜里我怎么
没看到什么狼搬草，狼过道哇？"

　　黑愣说："昨天晚上你在哪儿啊？"

　　"噢，我昨天夜里就在狼道。"

　　"啊？吹！吹！你就吹吧！深更半夜你到狼道干什么？"

　　老李非常虔诚地说："昨天是鬼节，老辈儿说了，在这天夜里倒
草垛，驱鬼散邪有福气，就领着大花儿给我壮胆，到狼道搬草垛子干
活去了！"

　　大家伙没吭声，张黑愣也没吭声。他有了个新绰号，叫狼搬草！

二　狼记仇

　　还是在黑龙江兵团时期，每逢八月麦收季节，都会有许多故事发生，大兵团大机械大地块，各个连队黑天白夜忙着收割，运送麦子的解放牌大卡车，在大道上，在大地里，你来我往，飞驰而过，非常壮观，非常热闹。

　　四五十年前的黑龙江北大荒，总体还是人烟稀少，除了开垦出来的地块，每个团每个连队的周边还是野草丛生、非常荒凉，时常会有各种野兽前来光顾，什么野猪啊、狼啊、傻狍子啊、熊瞎子啊，都会在麦地里、地头边寻找吃食、窜来窜去凑热闹！兵团战士们与它们一般都是和平相处，轰走了事，互不打扰。

　　当然，这些野兽们大肆祸害庄稼，或者侵害连队安全，兵团战士们也就不能袖手旁观不管啦！

　　这一年的八月初，在某边境连队的麦收大地里，却发生了一件让人意想不到的事儿！

　　——团部车队的拉麦汽车，在夜里运送麦子的时候，在连队的麦地里，愣是撞到了一窝狼。尽管夜深天黑，那辆车的司机大老李又素称夜猫子眼，所以根本就没开大灯，照样不减车速地行驶在麦地大田里，当时也并没有发现什么特殊情况，只是觉得汽车颠簸了几下，停也没停地就继续向前冲去!

可是，等到装满了麦子，按照原路稳稳当当往回开的时候，在大灯的照射下，大老李突然发现了车前横七竖八躺着被撞身亡了的几只狼。好家伙，当时就把大老李吓了一大跳，心想"这可不是闹着玩的，这是哪个胆儿大的主儿敢把狼给撞了，而且一撞就是好几只!"

瞧着，想着，琢磨着，大老李忽然想起："哎，刚才来的时候，自己的车子不就是在这儿猛然间颠簸了几下，似乎是碰到了什么物件! 对，对，就是这儿。啊! 哎! 难道这几只狼是自己那会儿撞的?"

本来还想着，这几只死狼跟自己没什么关系，就打算倒车绕过去的大老李，不知道脑子挂上了哪根弦儿，干脆开门下了车，拽了条麻袋，噼里啪啦就把那几只死狼装了进去，顺手扔到了车上。前后左右看了看，没发现什么情况，抬腿就跨上车，"啪"的一声关上车门，一踩油门"唰"的一家伙，跟没事儿似的，驾驶着汽车就直奔团部联合加工厂开去。

第二天的中午，团部大食堂飘来了阵阵香味儿，大家伙都夸赞大师傅做的肉包子好吃，又香又鲜、野味十足、口感甚佳! 好吃，好吃，真好吃! 大老李看着众人吃得津津有味，心情十分愉悦! 在麦收大忙时期，能让辛辛苦苦的人们改改口味，尝尝鲜，挺好! 不喜欢张扬的大老李，默不作声地品味着为人民服务的快乐!

又过了三天，团部周边发生了几件群狼围攻的事儿。首先是团部食堂的猪号，也就是通常说的猪圈，被群狼大肆袭击，一个晚上就叼走了二十多只肥猪；紧接着是靠近团部连队的马号，半夜三更活生生地被叼走或者咬伤了十来匹马；最为严重的是群狼围着那个撞死狼的麦地的连队，转了好几天，嗷嗷直叫! 吓得连队的人根本就不敢外出，接连好几天在连队的周边撒白灰、画白圈、燃火堆，总算是渡过了狼群围攻的危机!

团保卫部门，为这事儿展开了调查。大老李第一个就跑到了保卫处，说明了事情的原委，并积极协助保卫处搞清楚了另外几处遭受狼群围攻的缘由：凡是到团部大食堂吃了狼肉包子，或者带走包子回到各自连队的那些人的连队，或多或少都引起了狼群的关注，或者遭受了袭击！

从那往后，在黑龙江的各个农场连队，团部乃至地方，就很少有吃狼肉的现象了。当然，狼群围攻连队，围攻猪号马号，围攻人的事儿也很少发生了！

三 牛醉了

但凡跟过剧组的人都知道,导演最关心也最头疼的部门就是演员组,老演员老艺术家们没那么多事儿,他们的生活很朴素,他们的要求很简单,心思全在琢磨演戏上,戏好,人好,好交道;问题就是那些刚刚出了点名儿,通过媒体一通热捧,演技还远不是那么回事儿的所谓腕儿,事儿忒多:什么飞机非头等舱不坐、住宿非高级宾馆不住、剧组得给仨助手报销费用,不管导演啥计划拍戏,睡觉必须睡到自然醒……当然,这些牛到家的腕儿,还有好些不着边际的要求,听着就好像说醉话似的,我这儿就别再耽误大家伙的时间了,一个词儿——忒牛!

今儿个跟诸位说的可不是剧组里的牛人,而是剧组里的一头特别牛的牛,为啥?不为啥呀,人家这头牛,今儿个要当把主角儿,您说它不牛谁牛?

这一天,因为剧情的需求,要准备一头牛协助拍戏,制片主任就按照导演的要求,从当地老乡那儿借了一头大黄牛,一看就特别带劲儿,又壮又结实还特别漂亮!导演挺高兴,演员挺高兴,剧组里的人都挺高兴!大家心里想,整个戏拍得挺顺,演员也挺卖力,最后就差这组牛戏了，要是今天能顺利拍完，就可以吃关机饭，就可以回家了！多好！

所以，剧组起了个大早，各个部门老早就准备就绪，演员也化好了妆随时待命，就等着开拍！

说话间，就到了拍摄现场，一切就绪，导演小声地说了声："预备……"负责牛戏的副导演牵着那头大黄牛，把缰绳交给了主戏演员，演员为了亲近牛好配合演戏，不住地给牛挠挠痒痒，牛显得挺舒坦地晃了晃头，还挺高兴似的侧过牛脸瞧了瞧演员。只见执行导演跟导演交换了一下眼神，挺神秘地与各部门做了些手势，又与演员打了个无声招呼，然后很抒情地说了声："开……始……"，眼看着那头牛就跟听懂了执行导演的话似的，迈起矫健的牛蹄跟着演员演起戏来，说走就走说停就停，不时地还和主演对视交流，把导演给高兴地咧开了大嘴，人家大黄牛一段戏都演完了，才迟迟不舍得下令打住。

旁边围观的老百姓都看傻了，议论着说："这牛可给咱们村儿长脸了，跟艺术家大明星似的，不！跟大腕儿似的，牛，真牛！"

说着，这就到了牛的主戏：大黄牛虽说没什么台词，也就是哞哞叫那么几声，不再是走走停停，摇头晃脑，抬头凝视，而是要按照剧情要求，因为吃了农药而晕厥倒地，而保险公司要前来确认，好保障养牛农民的应有权益。您说，这大黄牛的戏重不重？

可是到了这节骨眼上，出麻烦了，而且麻烦非常大！本剧第二主角儿——大黄牛不听话了，男演员让它躺在地上它就是不躺，就是在那儿站着，任凭执行导演喊破了嗓子，它就是不听，脑袋卜楞卜楞的，好像是说，怎么着了，我就这样！

制片主任一看，哎哟，这不行啊，怎么说不通哪，这牛也太牛了！直想揍它一顿，可是脑子一转，心想这不成啊，把牛惹急了再跑了罢演，那就更麻烦了。只好忍住气，向乡亲大哥请教，这会儿该怎么办？

旁边的乡亲看了看天，想了想，特别认真地告诉主任，说："快到中午了，这牛也累了，想让它好好配合你们，并且躺在地上拍戏，只有一个办法。"

主任着急地说："兄弟，兄弟！你是我大爷行不行，快说，什么办法？"

那位乡亲伏在主任耳边说了几句，主任不住地点头："对！对对对！高！高高高！谢谢，谢谢！"

说着就从书包里，掏出二瓶北京二锅头，一瓶塞给了那位兄弟，另一瓶就准备给大黄牛喝。

说时迟那时快，经过几位有劲儿大汉的帮忙，半瓶二锅头就给大黄牛喝下去了。你别说还真管用，不一会儿，眼看着大黄牛就喝醉了，迷迷瞪瞪地在旁边溜达了几圈，晃晃悠悠就躺在地上了。

主任赶快招呼导演说："导演那，行啦！牛大角儿躺那儿了，抓紧拍戏吧！"

剧组各部门动作相当利索，演员也相当到位，大黄牛当然也相当入戏，闭着眼睛喘粗气，现场一片寂静，只见执行导演非常专业的一个手势，啪的一家伙，摄像机就开始启动了，这戏就算正式开拍了！主戏演员非常专业，非常认真地和牛演起戏来！

再说这边，制片主任正和几位乡亲兄弟喝着二锅头，小声地表示感谢！只见大黄牛突然间从人群中蹿了出来，一通儿乱跑，牛主人在后边猛追不舍。

主任还挺高兴，心想二锅头真管用，这戏就这么顺利完成了！

执行导演跑过来说："主任，戏没拍完，牛大腕儿跑了！"

主任说："刚才那牛不是醉了躺那儿了吗？怎么——"

导演过来了，说："这大黄牛真牛，那点儿酒根本不过瘾，只管十分钟！"

制片主任惊讶地说："啊！什么大牛腕儿啊这是？半斤八两都打不住！还跟咱们诈醉？导演，您放心，不就是牛大腕儿吗，不就是二锅头吗？交给我，我豁出去了！什么腕儿啊？就这点儿量，我保证把它拿下！"

导演一愣："啊……主任，你没事吧？"

四　牛蹄子

大家都知道，剧组拍戏就怕碰上和什么动物打交道，那些狼啊羊啊，狗哇牛哇哪儿能体会到咱们人的苦恼和辛苦哇！您再碰上牛大腕儿这样的牛牛，那可就惨了！

就说这大黄牛的戏吧，本来拍得好好的，就剩下最后一组躺在地上的戏了，喝下去大半斤二锅头就迷糊了那么一小会儿，结果还是跑了，戏也拍不成了！为这，全剧组都着急上火，导演愣是急得满嘴起燎泡，俩小时喝了半箱王老吉也不管用！

制片主任更是不好意思了，那也是见过大场面的主儿，什么大腕儿没见过，什么大戏没拍过，今儿个愣是栽倒在大黄牛身上了！可这关键是自己也喝酒了，尽管没喝多少，却喝迷瞪了！

所以，到了傍晚一醒酒，制片主任立马就仔细琢磨，仔细盘算，姜还是老的辣，他很快就有了主意，怎么着明天也得把戏拍完，怎么着也得把关机饭吃了。

他先是把想法跟导演进行了沟通，得到了导演的认可。而后又找来了那几位乡亲，得赶快把大黄牛弄回来，好接戏呀！

要说这制片主任还挺认真负责的，为了确保第二天把戏高质量拍完，都晚上十点多了，还亲自找来了负责牛的牛师傅反复叮嘱："牛师傅，我跟你说啊，第一，明天这大黄牛的戏相当重要，必须确保它安静地躺在地上，以便主戏演员表演；第二，为了确保大黄牛能安静地躺在地上不动，根据它的酒量，至少一斤能躺十五分钟，我这给你两瓶，总共两斤，确保躺足十五分钟到二十分钟。第三，这条很重要，不到万不得已，咱们才把牛杀了，让它彻底安静地躺在地上拍戏，把戏拍好！"

牛师傅一听很是振奋，拍着胸脯打包票："主任您放心，我一定让那头牛安安静静地躺在地上，你们就只管拍戏吧！"

主任很高兴地说："好好好！还有啥困难，有啥要求尽管提，只要能完成任务，都好办！"

牛师傅挺谨慎地说："没困难，也没啥要求！对了，假如最后把牛杀了，我说的是假如！那几只牛蹄儿归我！行不？"

主任想都没想地说："没问题！不就是牛蹄儿吗？你就好好干吧！不过，最好别杀！得给剧组省点经费！啊！"

牛师傅乐呵呵走了！制片主任也稍微放下心来，等待着第二天把牛戏给顺利拍完了！

第二天上午，天气晴朗，阳光灿烂，微风拂面，非常适宜拍戏。按照主任的安排，导演，演员以及各个部门老早就做好了准备，随时待命拍戏！为了保证万无一失，制片主任亲自提前到拍摄现场去检查，只见大黄牛并没有躺在地上，而是在拍摄地周围晃晃悠悠地溜达；不一会儿又迷迷糊糊倒地不起。制片主任夸奖着说，嘿！还真躺下了！没想到腾地一下，大黄牛又站起来了。

那个牛师傅赶紧跑过来说："主任，不行啊！大黄牛酒量太大，二斤都下去了就是不醉！"

主任看了看手表，又看了看牛，无可奈何地说："大黄牛哇，大黄牛！对不住了！你酒量太大，我这儿没人敢奉陪了！牛师傅，一个小时后我让剧组到位，你千万把事儿办好！千万别耽误拍戏！"

牛师傅说："您放心，我一定让牛在地上躺着，不能再跑！"

主任拍了拍牛师傅的肩膀，伸出一个手指头说："一个小时后见！"随后扭身走去!

说话间，一个小时过去，主任带着剧组往现场赶去。一个剧务慌慌张张跑了过来，前言不搭后语地说："主任，主任！蹄子！牛蹄子！……"

主任打断了他的话："慌什么，什么蹄子？"

剧务说："牛蹄子，挂树上了！"

主任直犯晕："什么？牛蹄子怎么挂树上了？"

剧务挺着急地报告："主任哪！那个牛师傅，把牛杀了放倒在地上，说是为了保证拍戏，您同意的？"

主任点了点头："对！可是那牛蹄子？"

剧务说："牛师傅又说了，您同意把那几只牛蹄子送给他！说着牛师傅就把牛蹄子给卸下来了，我们拦都拦不住！……"

"啊！啊！……"还没等剧务把话说完，制片主任就晕死过去了……

只见远处的大树上，几只牛蹄子随着山风的吹动，摇摇晃晃……

五　大拜年

每逢春节，相互拜年，互致敬意，是中国人千百年传下来的一个习俗。新春第一面儿，哪怕是擦肩而过，对于亲朋好友、街坊四邻来说，"给您拜年了！""春节好！""您吉祥！"的祝福那是最普通，最普遍，也是最朴实的拜年话儿了。新春第一面儿，讲究的就是开门见喜，出门就乐，互致问候，见面抢先儿表达拜年话。甚至素不相识者，春节期间只要照了面儿，只要有接触，好像不说声拜年话儿，就不吉利，不讲礼貌，就好像没过春节似的不得劲儿！

近年来，由于家庭住宿方式的变化，由于短信微信的兴起，人们相互来往、走动拜年的习俗也发生了极大变化！人们过年的感觉变得索然无味，竟怀念起早年间的春节拜年热闹劲儿了！我也想起了在黑龙江兵团过春节的情景！

记得那个时候，每逢春节，连队的全体人员就要集合起来，列队，升国旗，唱国歌，紧接着就是连领导向战士们拜年，随后就是连长指导员与战士们揉成一团互相拜年了！那种兄弟姐妹关系，那种战友朋友关系，那种遥远边关的神圣与壮怀，在面对面，在肩并肩，在热烈的拥抱与祝福中，把边境连队春节的年味儿、兵味儿、人情味儿彰显得格外深情与浓烈！

后来调往恢复了的农垦总局文工团，由于是新批编制、人员调整多，住房一时紧张。全团人马几乎全都临时住在团部大楼的一二层，基本是一间办公室就是一个家，炉灶就支在自家门口，真可谓你家熬粥我家香，我家炒菜满楼香！文工团真有了一股子大家庭的温馨气息！

说起那年的春节拜年，更是让人难以忘怀，基本上是属于无缝链接型儿的，也就是各家各户刚刚过完年三十儿，夜里十二点钟声一响，一连串儿开门儿、掀帘子声儿响成一团，各家大门还没完全打开，夹杂着男高音女高音，男中音女中音，以及各种"春节快乐，春节好！过年快乐，过年好！"等的拜年话儿便一股脑儿地汇成一片。

一楼二楼的各位拜年者上蹿下跳、涌来跑去、抱拳挥手、鞠躬招呼充斥着整个文工团的大楼。看那架势，就好像这些人多少日子没见面似的，激动得不得了，亲热得了不得，兴奋得刹不住！

也不知谁喊了一声："别老在楼道拜年哪，干脆到排练场得了！"

嘿！就这么一嗓子，这伙子人大半夜的竟像是接到了排练任务一样，清着嗓儿、抻着腿儿、涮着腰儿，非常神圣地奔排练场走去！

文工团的三楼排练场立马灯光大亮，为了不打搅周边楼宇居民的休息，大家伙在折腾、在调侃、在唱歌的时候，都自觉压低声音采取了气息控制，自我感觉还挺良好！

这时候，排练场的大门缓缓打开了，因为一直沉浸于创作新歌曲而没有露面拜年的乐队指挥，神神秘秘地走了进来，审视了片刻之后，预备演奏的手势习惯性慢慢抬起，再轻轻的向下按了按，唱歌的人们顿时安静下来。他特别激动地向大家深深鞠了个躬，说："非常感谢各位的敬业与努力，通过你们刚才的练唱处理，我终于捕捉到了新创歌曲的演唱方式，那就是高唱低走、欲放乍收、气息控制、引而不发，我感谢你们对生活的热爱、对春天的向往、对未来的期盼，请合唱队的成员各就各位，就按照刚才你们唱歌时的感觉，把年前布置的新歌进行无伴奏练唱！"

看着指挥怪怪的、夜游神的样子，听着指挥没头没尾、非常专业的要求，合唱队成员就像着了魔一样，按照舞台演出暗灯转场似的，快速而安静地站成了演唱队形。

这边的指挥非常满意，就跟要演出似的迈着稳健的步子走到队列前方站住，朝着其他的人轻轻挥手致意，又向着合唱队微微点头示意，随后便轻轻的说："同志们，大家辛苦了！我给大家拜年了！"

合唱队的同志们感受着指挥的情绪与音调，非常专业而深情地回应："拜年了……春节好……"

排练场轻轻回荡着合唱似的拜年问候："拜年了……春节好……"

"过年好！……"

"春节快乐！……"

六　他，就在北大荒！
—— 怀念范国栋先生

　　在东北往北的黑龙江，那块叫作北大荒的黑土地上，流传着许多故事，流传着许多北大荒人的故事。很多年以来，从那块黑土地上走了一些人，也留下了许多人！

　　这许多个传说或者故事，就是在这块黑土地的上上下下孕育着、诞生着、流传着！

老范与演出队员们

　　20世纪中叶，也就是五六十年代初，当时的北大荒还鲜为人知，人们认识北大荒就是凭着那出演遍了全国主要剧团、主要剧场的话剧《北大荒人》以及由北京电影制片厂拍摄的电影《北大荒人》。

　　在那个物资极度匮乏以及传播技术、传播手段极度单一的年代，这部戏剧与电影竟然将北大荒以及北大荒人传遍了天南地北。甚至那句让人们至今开口就说的"北大荒啊，好地方！又有兔子又有狼，就是缺少大姑娘！"的台词，仍然会勾起人们对北大荒的想象与思念！

而创造这个奇迹与传说的，就是该剧的编剧执笔人，就是故事里那些转业官兵当中的一个，就是北大荒人群体里的一员，他叫——范国栋，笔名晓范，也就是后来的北大荒文工团团长。

建三江慰问演出前

他的作品就不再赘述，有了《北大荒人》，有了亿万人知道了北大荒，惦念着北大荒，他就足够强大了，因为他是北大荒人！

因为尽管他来自北京、来自部队，但是他的情感来自北大荒！因为尽管艺术的天堂频频向他招手，但是他的双脚依然行走在北大荒的黑土地上、他的热情与灵魂永远属于北大荒！

这一天，他终于轻轻地、悄悄地、安详地离开了我们！他微笑着走了！

他是在北大荒文工团的述职报告中走的，手中依然紧握着那支书写平凡与豪情的钢笔，就像战士紧握钢枪一样；还有那宽厚的高度近视眼镜，依然跨架在他那微耸硕大的鼻梁上，远远望去让人以为眼镜后边那紧闭的双眼似乎是在闭目小觑；然而，那紧闭的双眼却再也没有睁开！

人们似乎从他那略带笑意的脸颊上，想起了他前往连队与老铁道兵们聊天的欢畅大笑，想起了他伏案创作血压走高的疲惫之态，想起了他深入基层挖掘新人求贤若渴的期盼，想起了他为文工团发展与各方领导反复掰扯的窘况，更想起了大幕拉开之后侧幕条旁的喜怒哀乐乃至癫狂……

范国栋先生照片

青春流浪

北大荒开发建设八十年了，在这块神奇的黑土地上，留下了几代新老北大荒人的足迹，转业官兵、知识分子、知识青年伴随着荒友、兵团战士、北大荒人的自豪与骄傲，伴随着北大荒的贡献与发展，每一个曾经为它付出心血汗水，付出青春年华，乃至奉献生命、子孙的践行者，都将无愧于这北大荒人的称号！

在这个庞大的集体荣耀与足迹之中，那一双四十三码大小的足迹无论如何也显得微不足道。他和那些不知名的先行者们，先后在这块黑土地上激昂着、欢笑着、痛苦着、骄傲着、呐喊着！又先后默默地、无声无息地消失在人们的视野，永远长眠在那依然神奇、依然博大、依然壮观的黑土地之下！

值得骄傲与回味的是，虽然他早已驾鹤西去，但是他的精神与灵魂已然深植在北大荒；虽然他依旧守候着那一方黑土，他的学生与朋友们却挟带着那神灵之光，令人称奇地游走攀登在共同心神向往的艺术殿堂！

无论他们走到哪里，无论他们身居何位，无论他们的名声如何辉煌，如果你要问他从哪里来？他的灵感来自何方？最心动的回答，也最值得骄傲的回答总会是：就在北大荒！

《北大荒人》剧照

《是冰是火北大荒》诗三首

五十年前，也就是 1967 年 11 月 20 日，随着北京知青前往黑龙江的汽笛长鸣，全国先后约五十五万知青奔赴北大荒，保卫边疆，建设边疆！如今，他们大多年近七旬，心里却依然挂念着北大荒！

作为这个队伍里的一员，赋诗一首，诵读纪念！

还是想念北大荒

十六七岁，你奔赴北大荒，
六七十了，你思念北大荒！
出发那天是你的生日，
绒绒的稚嫩的脸颊，
流淌着妈妈的泪水。
伴随着火车的长鸣，
冲向那，冲向那，
遥远遥远的黑龙江！

千家的孩儿万家娃，
冰天雪地里把根扎；
在腊月里放哨站岗，
在春天里播撒梦想，
在八月里百炼成钢，
在秋风里收割希望！
这就是兵团战士，
这就是知青故乡。

青春流浪

六七十的荒友啊，
忆想当年脸就烫；
返城后的徘徊，
夜灯下的狂想，
创业路的煎熬，
退休前的惆怅，
看孙儿的喜悦，
微信群里彷徨！

十六七岁奔赴北大荒，
六七十了思念北大荒！
这就是他们，
这也是我们；
天南地北总相聚，
高举酒杯手不晃，
待到八十那一日，
再乘高铁向北闯！

那一年·那一天

那一年，
我们乘着疯狂的列车，
在青春荡漾中，
奔赴那神秘的北大荒！
那一天，
年轻装满了绿色解放，
在胸有朝阳里，
车灯扫亮了连队营房。

那一年，
我们抡起生活的重锤，
在热气冻土中，
挺起镇守边关的脊梁！
那一天，

寒冬已挡不住冰冷，
在雪白的大地，
种植丰收季节的希望！

那一年，
我们审视曾经的脚步，
在荒原烈火中，
燃烧的年华花儿一样！
那一天，
焦灼已不再那么炙热，
在金黄的田野，
流浪着梦幻般的交响！

那一年，
我们像白桦一样茁壮，
在莽莽沃野上，
轻拂着北风磨炼刚强！
那一天，
丰收的老酒三碗不醉，
火热的果实里，
爱的血液默默地流淌！

那一年，
我们仿佛离开了田边，
从粗糙的大手，
抽出躲躲闪闪的目光！

那一天，
镇静啊显然已经慌乱，
老班长的眼里，
转动着不舍沉默惆怅！

那一年，
岁月的列车加速鸣响，
在霜鬓鹤颜间，
聚集情谊撞击着胸膛！

那一天，
神情年轻着已然鲜亮，
黑土地的传说，
是冰是火是浪漫沧桑！

种地·站岗·扛大枪

青蓝草绿黄军装，
帽子无星领没章，
稍息立正天天练，
手拎锄头肩扛枪！

军歌我天天唱啊，
排起队来去垦荒，
一二三四可劲喊，
风霜雪雨得站岗！

手上沾着泥呀，
汗水在脸颊淌，
青春祭无悔哟，
血洒那黑土上！

亲亲那绿苗苗，
抱抱那大粮仓，
巡逻那边境线，
紧盯那高鼻梁！

坐地不改名和姓，　　　　咱也跨江扛过枪，

兵团战士北大荒，　　　　咱也种地喝菜汤，

骄骄男女寻梦去，　　　　天若有情天亦老，

翩翩耄耋慨而慷！　　　　跌跌撞撞好风光！

2017 年 6 月，37 团 16 连荒友纪念奔赴北大荒 50 周年聚会中，大家纷纷在"中国人民解放军黑龙江生产建设兵团四师三十七团十六连"红旗上签名留念，并商讨回访之事。特作此诗纪念！

《别梦营盘》诗三首

回 营

别梦营盘泪滔滔，大暮青春更妖娆，
铿锵锣鼓翩翩舞，山镇酒香又喝高！
莫道你我常相远，一颦一笑眼前飘，
匆匆相聚真情在，旌旗招展再拥抱！

2015年9月，黑龙江建设兵团四师演出队部分队员回访师部密山驻地，仿佛又回到了那激情燃烧的岁月。

别梦萦

京畿启程笛长鸣，冰雪铸就铁骨铮，
斗转星移荒魂在，轻吟高诵总关情！

1967年11月20日，北京一批知青告别京城奔赴北大荒，至今五十年，赋诗一首，以作纪念。

旧照春芳

偶得旧照度重阳，蓦然回首唤春芳，

纵然年华似流水，灿烂阳光日久长！

　　2016 年 10 月 9 日重阳节，在兵团战友微信群里看到了几十年前难得一见的老照片，那青春勃发的气息仿佛扑面而来。

《漫步偶得》诗三首

漫步平沙

百步平沙万里涛，佛国普度青烟高，
满眼皆是虔诚客，亦步亦趋复辛劳。
忽闻南山诵经起，众生采莲天之郊，
昂首膜拜吾观音，香云楚楚入心膏。

2016年10月13日，随中国文联老艺术家采风团重访普陀山，见成群结队大批年轻的香客，蜂拥而至。

雨滴四季

徜徉于暖的始初，回眸那挂满枝头的火热，
冰寒已不再冰寒，一线微微的点滴将雪白、
淡淡地润绿！

青春流浪

流浪着火的灵魂，击打那飞珠溅玉的激昂，
干涸已不再干涸，一湖悠悠的涟漪将炽烈，
隐隐地着墨！

淅沥着天籁之声，沐浴那怦然心动的金色，
陌生已不再陌生，一弦满满的音符将委婉，
浓浓地交响！

不期而至的婀娜，铺展那银装素裹的天际，
遥远已不再遥远，一袭纯纯的飘舞将晶莹，
缓缓地飞扬！

2017 年 1 月，身体不适恰如寒冬，甚至影响了播讲事宜，诵读平台那些未曾谋面的热情、善良、执着与真诚的诵友们，那一首首奉读于众，或娴熟，或稚嫩，或平缓，或激昂的诗句、散文、故事，如雨滴，如交响，让人不能不振奋、不能不回味、不能不珍惜。

品读 • 倾听

喊一声，
我尊敬的诵友，
新春快乐！

不知道何缘何故，
不记得何年何月，

不管他赵钱孙李，
无论他童声鹤颜；
那小小的话筒前啊，
发出了袅袅回声，
浩浩男儿抒豪情，
纤纤女子点江山！

叫一句,
我亲爱的听友,
祝您吉祥!

不知道天南地北,
不记得左右方圆,
不管他男女老少,
无论他叔婶爷娘;
那小小的耳机旁啊,
聚集着温馨期望,
豪情伴随走天涯,
江山装点咱胸膛!

我那不曾谋面的弟兄啊,
真情之处热泪淌,
致傻傻的自己呀,
感动瞬间多欢畅!

我那不曾相识的姊妹啊,
激扬文字诗书韵,
一袭水墨悠扬长,
铿锵玫瑰满春芳。

我不会忘记,
喃喃细语的孩童,
朗朗乾坤稚嫩腔,
爷爷就是个老头,
听醉了多少希望!

我不能忘记,
巍巍耄耋的长者,
娓娓道来的沧桑,
青海湖你的气息,
沐浴着梦幻之光!

为你诵读吧,
我真心的祝愿!
轻轻地抚摸着,
那小小的话筒,
拨动那暖暖的心弦!

我在倾听啊,
他火辣的祝福!
满满地流动在,
那热切的耳畔,
品读那燃烧的春天!

2017 年春节,冰戈为诵读者以及听众朋友所作,顺致问候、拜年!

后 记

2017年11月的北京，尽管秋意绵绵但是那绿褐相间或金黄、火红的各色树叶，在略感寒意的秋风中依然顽强的摇曳飘荡。为了半个世纪难忘记忆而著的《青春流浪》一书，在中国言实出版社各位编辑老师们的精心编审、细致制作下，如约而至，实为感动、感激！

同样需要说明的是，由于50年前我们的国家还很贫穷落后，普通人家乃至大多数人很少拥有照相机、更是很难买得起或买得到胶卷。故，那个时候也很少照相，很难留有照片。

所幸，本书所采用的许多照片，均来自知青兵团战友们的难得摄制、有心保存、深情提供。

其中封面照片及大部分照片，来自原黑龙江生产建设兵团四师三十七团宣传干事侯玉华先生，另有邹辉煌、那连生、张欣等各位战友，也为我提供了多幅照片，还有部分照片由不曾知名的知青朋友们提供。

作者在此一并衷心感谢，如有不当万望指教、敬请见谅！感谢对此书的创作提供力所能及帮助的所有朋友！感谢悉心编校、同是知青、共同战斗生活的我的夫人！

在广大知青朋友奔赴北大荒五十周年纪念的时候，希望这本书能被大家喜欢，能够不忘初心，能够青春岁月虽逝去、激情依然在燃烧！

冰戈

2017年11月